KB069159

조선이
문명함

조선이 문명함 **10** **완결**

초판 1쇄 인쇄일 2023년 10월 11일 | **초판 1쇄 발행일** 2023년 10월 16일

지은이 조휘 | **펴낸이** 곽동현 | **담당편집 팀장** 이범수
편집부 정요한 김승건

펴낸곳 (주)조은세상 | 출판등록 제2002-23호
주소 서울특별시 동작구 동작대로1길 27 5층
TEL 02)587-2966 | FAX 02)587-2922
E-mail bukdu@comics21c.co.kr

ISBN 979-11-391-2441-5 | ISBN 979-11-391-1486-7(set)
값 9,000원

10 완결

북두

조선이 문명함

조휘

대체역사 장편소설

조휘 대체역사 장편소설

NEO ALTERNATIVE HISTORY FICTION

CONTENTS

226장. 그래, 거의 다 왔다. … 7

227장. 뭐 잘되겠지 … 17

228장. 그들에게 과인의 말을 전하게. … 27

229장. 원래 작전 계획대로 진행하시오. … 37

230장. 여기 이 부분을 한번 읽어 보십시오. … 46

231장. 역시 쥐구멍으로 달아나는군. … 56

232장. 우리의 두 배인 셈이로군. … 65

233장. 이다음엔 내가 한 방 먹일 차례니까. … 74

234장. 실망하게 만든 거 같지 않아 다행이군. … 84

235장. 정말 놀랄 노 자로군. … 96

236장. 와, 엄청난 보상이네. … 106

237장. 소생을 믿으실 수 있겠사옵니까? … 116

238장. 어진 임금이 되겠습니다. … 125

조휘 대체역사 장편소설

NEO ALTERNATIVE HISTORY FICTION

CONTENTS

239장. 정말 이게 내가 한 일이 맞는 건가? … 134

240장. 그러면 살펴보고 가세요. … 143

241장. 너도 온 마음을 다해 기도를 올려라. … 153

242장. 어떤 철칙입니까? … 163

243장. 출진하시오! … 175

244장. 역시 방오군! … 184

245장. 사기가 높다니 다행이군. … 193

246장. 바로 출발하겠사옵니다. … 202

247장. 그게 정말이란 말이옵니까? … 212

248장. 이거 아주 개새끼들이네! … 222

249장. 이번 게임은 망쳤군. … 232

250장. 아니, 난 안 망쳤는데. … 244

CREDIT. … 258

226장. 그래, 거의 다 왔다.

강대한 적을 완벽히 이기기 위해서, 여기서 완벽히 이긴단 말은 우리 피해를 최소화면서 이긴다는 뜻으로 봐야 하는데, 그러려면 무엇보다 상대의 전력을 파악할 필요가 있었다.

지금이야말로 나를 알고 적을 알아야 이길 수 있는 경우.

그렇다면 조선군과 정남왕군을 냉정하게 분석해 비교했을 때, 우리가 가진 강점은 무엇이고 상대보다 약한 점은 무엇인가를 고려해야 하는데 결론은 의외로 쉽게 나왔다.

상대의 강점은 쉽게 떠올릴 수 있었다.

바로 공군이었다. 특히, 글라이더 전력은 경계 대상 1호였다.

난 창덕궁 안팎에 불시착한 글라이더를 전부 모아 내부를 조사해 봤다.

예상대로 배터리와 전기 모터로 움직이는 동력 글라이더였다.

이를 분해하며 확신하게 된 사실은, 확실히 이 분야 기술력은 우리가 훨씬 떨어진다는 것이다.

우리도 전기 모터를 개발하고 있지만, 아쉽게도 군사용은 아니다.

그보다는 공작 기계, 프레스, 인쇄기, 펌프 같은 데 쓰기 위해 개발하는 중이어서 배터리 연구는 아직 시작조차 안 했다. 배터리보다는 전기를 직접 연결하는 쪽이 훨씬 간편하니까.

자연스레 정남왕군과 우리 간의 격차가 벌어졌다 볼 수 있겠지만, 이젠 걱정할 필요가 없다. 모터와 배터리 실물이 내 손에 있으니까.

모터와 배터리를 리버스 엔지니어링으로 연구하면 서유럽회사 기술 연구소 실력으로 볼 때 복제가 그리 어렵지 않았다.

경정충도 그런 사정을 모르지 않을 텐데 동력 글라이더를 쓴 걸 보면 정말 이번 일에 사활을 건 모양이라고 짐작했다.

난 내친김에 생활 기반을 창덕궁에서 경복궁으로 다 옮겼다. 당연히 조정, 왕실, 궁인들도 경복궁으로 옮겨 왔다.

창덕궁을 깨끗하게 비운 이유는 하나다.

부서진 전각을 복구하는 김에 궐 전체에 상하수도를 깔고 전기와 전화를 설치해 현대식으로 개조할 계획이 있어서다.

오늘은 아침부터 일정이 많았다.

중요한 자리에 있던 관원이 죽거나 요양 중이어서 의정부, 이조와 상의해 그들의 업무를 대신할 새 관원을 선발했다.

그 덕분이라고 하면 좀 뭐하지만, 재능 있고 젊은 관원이 대거 부상하여 조정에 신선한 피를 수혈하는 결과를 낳았다.

더 고무적인 이유는 그들이 대부분 새롭게 바뀐 신분제와 교육 제도 내에서 성장한 전문적인 행정 관료라는 점이었다.

한마디로 조정에 드리워진 유교 혹은 유학의 그림자가 상당수 지워지면서 현대적인 정부 체계를 갖춘 셈이었다.

오후에는 용호군 대장 안교안이 찾아왔다.

그는 먼저 용호군 인선부터 결재받았다.

"추룡군 군장은 최재천에게 맡겼사옵니다. 그리고 유연, 홍장미, 아진 세 명을 이번에 추룡군 과장으로 새로 임명했사옵니다. 또, 착호군에선 고명을 새 과장으로 발령했사옵니다."

용호군 인선은 전적으로 안교안에게 맡겼다.

난 임명 서류에 옥새를 찍어 돌려주고 물었다.

"고검 군장이 고명을 차기 후계자감으로 정한 건가?"

"그렇다고 봐야 할 거 같사옵니다."

"고겸과 고도란 자들은 뭐 하고 있나?"

"매일 고검 군장과 대련하며 가르침을 받는다고 들었사옵니다."

"가르침을 빙자한 폭행은 아니겠지?"

"아, 아닐 것이옵니다."

"말을 더듬는군."

"날씨가 갑자기 추워진 탓에 목감기에 걸려……."

"그건 됐고. 놈들이 글라이더를 어떻게 들여온 건진 알아냈나?"

"서해안 중에서 근처에 항구나 어촌이 없어 해안 경계가 다른 데보다 허술한 지역으로 글라이더 부품을 밀수한 뒤에 남산까지 몰래 옮겨 와 야간에 조립한 거 같사옵니다."

"글라이더에 타고 있던 놈들은?"

"마찬가지 방식으로 밀항한 거 같사옵니다."

"해안을 통한 밀수나 밀항을 막을 방법은 있나?"

"솔직히 말씀드리면 완벽히 막는 것은 불가능할 것이옵니다."

"……일단 합격이군."

"무슨 말씀이신지 잘 모르겠사옵니다."

"막중한 자리에 막 취임한 자네가 나에게 잘 보이고 싶은 마음에 의욕이 넘쳐서 완벽히 막을 수 있노라며 허세를 부렸으면 난 자네를 강대산처럼 신뢰하지 못했을 거란 얘기지."

난 앞에 있는 차를 한 모금 마시고 나서 말을 이어 갔다.

"내가 용호군에 막대한 재원을 투자하는 이유는 현실을 객관적으로 파악하기 위해서일세. 근데 내 눈치나 슬슬 보면서 기분 좋은 말만 늘어놓는 놈이 용호군 책임자로 있으면 그건 재앙 아니겠나? 앞으로도 지금 그 마음 절대 잊지 말게."

안교안이 급히 머리를 조아렸다.

"명심하겠사옵니다."

"그래도 밀수나 밀항은 잡아야지. 통제영과 논의하여 취약 지역 순찰 범위와 순찰 횟수를 늘리는 방향으로 진행해 보게."

"예, 전하."

난 강대산이 죽기 전에 나누었던 이야기를 해 주면서 물었다.

"어떻게 생각하나?"

"위구르, 티벳은 지시하신 대로 작전에 착수하겠사옵니다. 그리고 운남도 평서왕군이 내전을 일으킬 때까지 기다리다가 운남 토착 민족을 지원하는 방식으로 추진하겠사옵니다."

"이런 상황에서……, 그게 가능하겠나?"

"대만 항로가 막혀 시간은 전보다 오래 걸릴 테지만 상부의 지시를 전달할 순 있사옵니다. 상해를 통해 연락하면 한 달 안에 운남 현지 요원이 지시에 따라 움직일 것이옵니다."

"흠, 상해를 통해 무기와 물자를 공급해 주는 일은 어렵겠지?"

"상해와 운남은 일단 거리가 너무 먼 데다 강남 지역 태반이 정남왕군 영향력 밑에 있다고 봐야 해서 어려울 것이옵니다."

"용호군, 팔장사 둘 다 고생이 많겠군."

"이런 때를 위해 그토록 혹독한 훈련을 받은 게 아니겠사옵니까? 용호군과 팔장사는 우리를 믿고 기다려 줄 것이옵니다."

"우린 그 기대에 보답해 줘야 할 테고."

"그렇사옵니다."

난 화제를 돌렸다.

"상해를 통해서 수출하는 물자는 어느 쪽으로 많이 들어가나?"

"근처에 있는 강소, 안휘, 절강 세 성이옵니다."

"경정충에 대항할 만한 세력인가?"

"혼자라면 힘들겠지만……."

"세 성이 힘을 합치면 가능하다는 건가?"

"버티는 것 정돈 할 수 있을 것이옵니다."

"동영으로 수출하는 물량을 줄이는 한이 있더라도 상해 수출 물량을 더 늘리게. 충청 수영 군함 일부를 호위 함대로 배정하면 경정충도 상단 선단을 함부로 건드리지는 못할 거야."

안교안이 고개를 끄덕였다.

"현명하신 계책이옵니다. 경정충은 우리가 대만을 수복한 뒤에 복건, 광주로 직접 쳐들어갈 것을 우려하고 있을 터이니 함부로 주력 수군을 상해까지 보내긴 어려울 것이옵니다."

"내가 기대하는 것도 그 부분이야."

안교안이 잠시 생각하고 나서 대답했다.

"그러면 우선 강소, 안휘, 절강, 세 성의 실력자를 모아 연합 전선을 구축하도록 유도하겠사옵니다. 아마 그들도 경정충이 이대로 북상하면 끝장이란 것을 알 테니 서로 사이가 좋지 않더라도 이번만은 힘을 합칠 수밖에 없을 것이옵니다."

"거기다 우리가 무기와 물자를 대량으로 공급하면 패하더라도 우리가 준비를 갖출 시간을 어느 정도 벌어 줄 수 있겠지."

"맞사옵니다."

대답한 안교안이 책상 위에 있는 중국 지도를 보며 말했다.

"운남에도 팔장사가 있으니까 경정충은 측면에도 만만치 않은 상대를 둔 상황이옵니다. 잘하면 절강과 운남 양쪽에 양면 전선이 형성되어 우리 손발을 묶고 빠른 시간에 중원을 차지한단 경정충의 계획을 망가트릴 수도 있을 것이옵니다."

"그랬으면 좋겠군."

난 안교안에게 몇 가지 지시를 내리고 나서 저녁을 먹었다.

하지만 저녁을 먹었다고 쉴 수가 없었다. 오늘 저녁에는 서유럽 회사 종로 본사를 방문할 예정이었다.

경복궁과 육조거리, 명동까지는 도로가 아주 잘 닦여 있고 전기 가로등도 많아서 야간 잠행이 전보다 훨씬 수월해졌다.

다만, 이상립이 요양하는 동안, 임시로 금군 대장직을 수행하는 최걸은 걱정이 많은 듯 강철 전차 이용을 강력히 권했다.

팔장사가 펼친 사냥 작전에 당해 목숨을 잃기는 했지만 오웅웅이 강철 전차를 이용해 상당히 오래 버텼다는 보고를 받은 금군은 급히 강철 전차를 제작해 경호에 쓰고 있었다.

약간 귀찮긴 했지만, 저번 습격으로 신경이 날카로워질 대로 날카로워진 금군을 안심시키기 위해 최걸의 제안을 받아들였다.

불이 환한 가로등과 석유 부산물인 아스팔트로 포장한 도로를 군마가 끄는 강철 전차를 타고 가는 기분이 영 어색했다.

전기는 증기 기관으로 만든 발전기를 이용해 공급하고 있었다.

어차피 화력 발전소도 물을 끓여 만든 증기로 터빈을 돌려 전기를 생성하는 형태여서 증기 기관도 충분히 할 수 있었다.

다만, 증기 기관 발전기에는 한계가 명확했다.

그래서 지금은 화력 발전소에 쓸 터빈을 연구 중이었다.

그런 생각을 하는 동안, 강철 전차가 종로 본사 앞에 도착했다.

내가 갈 거란 소식을 전해 둔 터라, 장현이 입구에 나와 있었다.

장현의 인사를 받고 나서 서유럽회사 안으로 들어갔다.

"피해는 어떤가?"

"건물 30여 채가 불에 타서 복구하는 중이옵니다."

"직원들의 피해는?"

"83명이 죽고 300명 정도가 치료받고 있사옵니다."

"유족과 다친 직원이 섭섭하지 않게 장 사장이 잘 챙겨 주게."

"그러려고 노력하고 있사옵니다."

늦은 저녁 시간대였음에도 회사가 고용한 인부들이 바삐 오가며 불에 타서 무너진 건물 잔해를 치우는 모습이 보였다.

심지어 어떤 건물은 벌써 다시 짓고 있었다.

장현의 일 처리가 빠른 덕분이다.

난 먼저 화기 연구소부터 찾았다.

박영준, 카시니, 한조가 앞으로 나와 고개를 숙이며 인사했다.

"오셨사옵니까."

"다들 무사한 거 같아 기쁘군."

"성은이 망극하옵니다."

"자, 안으로 들어가서 얘기하지."

연구소 회의실에 자리를 잡고 나서 물었다.

"내가 얼마 전에 보낸 설계도를 셋 다 봤겠지?"

박영준이 대표로 물었다.

"물수리 말씀이시옵니까?"

"그래."

"보았사옵니다."

"개발하는 데 얼마나 걸릴 거 같나?"

박영준이 카시니, 한조와 시선을 맞추고 나서 대답했다.

"반년이면 개발이 가능할 것 같사옵니다."

"좋아. 개발이 끝나는 대로 부품을 발주해서 생산을 시작하게."

"얼마나 만들어야 하는 것이옵니까?"

"바퀴 달린 육상용과 군함에 설치할 해상용, 그리고 공군이 사용할 공군용까지 최대한 많이 생산해 놓도록 하게. 지금은 화기 사업부의 공장이 어디 어디에 몇 개나 있지?"

"강남과 남포, 수원, 울산, 원산까지 해서 총 다섯 곳이옵니다."

“이참에 몇 개 더 짓고 물수리를 최대한 확보하게.”

“알겠사옵니다.”

난 이어 기술 연구소를 찾았다.

최석정, 최석항 두 처남이 뛰어나와 맞이했다.

난 연구소 내부를 둘러보았다.

연구원과 엔지니어 수백 명이 실린더, 피스톤, 볼베어링, 퓨즈, 크랭크, 캠, 샤트프와 같은 부품을 제조하거나 실험했다.

그리고 거대한 선반에는 내연 기관 목 업과 프로토타입 10여 가지가 전기 조명을 받으며 은백색 광채를 뿌리고 있었다.

난 고개를 끄덕이고 나서 기술 연구소 회의실 안으로 들어갔다.

“내연 기관은 얼마나 완성했는가?”

최석정이 대답했다.

“내연 기관 자체는 거의 완성해서 시험 구동까지 마쳤사옵니다.”

“그러면 차체에 조립해서 시험 가동하는 일만 남은 건가?”

“그렇사옵니다.”

“기어하고 서스펜션도 완성했나?”

“완성했사옵니다.”

“처남들이 고생 많았겠군.”

“아니옵니다.”

“선박용은?”

이번엔 최석항이 대답했다.

“조선 사업부 연구소에 관련 기술을 넘겼사옵니다.”

난 그제야 안도의 숨을 내쉬며 등을 의자에 기댔다.

몇 년간 천문학적인 연구비와 연인원 수천이 넘는 개발진을 투입한 끝에 내연 기관과 그 부속 장비 개발에 성공한 거다.

난 진지한 얼굴로 지시했다.

"쓸 만한 성능이 나오면 바로 기술 연구소 공장에서 전차부터 생산하도록 해. 그렇게 뛰어난 성능은 필요 없어. 전진, 정지 두 가지 기능만 제대로 수행해도 합격점을 줄 테니까."

최석정, 석항 형제가 동시에 머리를 조아렸다.

"예, 전하."

난 글라이더에 있던 전기 모터와 배터리를 연구해 보란 지시를 추가로 내린 뒤에 금일봉을 후하게 내리고 자리를 떴다.

본사 사장실로 이동하다가 고개를 슬쩍 들어 밤하늘을 보았다.

둥근 보름달이 눈에 잡힐 듯이 가까이 있었다.

그래, 거의 다 왔다.

227장. 뭐 잘되겠지.

본사 사장실에서 조선 사업부장 순구를 만났다.

격무에 시달리는 중인 듯 얼굴이 약간 초췌했다.

"오셨사옵니까?"

일어나서 인사하는 순구를 앉힌 뒤에 물었다.

"제물포에서 오늘 도착한 건가?"

"예, 전하."

"피곤하겠군."

"제물포역에서 기차를 타고 도성역에 내려 편하게 왔사옵니다."

난 잠시 만대의 건강이나 순구 자녀들을 화제로 담소를 나누고 나서 조선 사업부에 조선소가 몇 개나 있는지 물어보았다.

순구가 즉시 대답했다.

"제물포, 당진, 여수, 울산, 강릉, 남포, 원산 일곱 곳이옵니다."

"도크는?"

"이제 50개가 넘었사옵니다."

도크 50개면 정말 많은 숫자다.

물론, 우리가 건조하는 군함과 선박이 21세기 군함과 상업용 선박에 비해 배수량이 훨씬 작아서 가능한 일이기도 했다.

"선박용 엔진은 어떻게 하고 있나?"

"기술 연구소와 협업하여 내연 기관 엔진 기술을 선박용 엔진에 접목하는 연구를 진행해 거의 완성했사옵니다. 그리고 이를 완성하는 대로 내연 기관 엔진을 선박의 발전기 및 조항 체계와 연동하는 연구를 수행할 예정에 있사옵니다."

"언제 끝날 거 같은가?"

"빠르면 3, 4개월 안에 끝날 것이옵니다."

"개발을 마치는 대로 내연 기관 엔진을 양산해 군함에 탑재하게."

"예, 전하."

"그리고 증기 기관 엔진을 단 장보고급과 이순신급은 사업부가 다시 사들여서 정비한 뒤에 무역 사업 본부와 운송 사업부에 넘기게. 아직은 쓸 만하니까 다른 일에 쓸 수 있을 거야."

"그러면 여해급하고 충무급, 두 함급만 건조하는 것이옵니까?"

"신형은 충무급만 생산하게. 수군이 기존에 갖고 있던 여해급은 아직 쓸모가 많으니까 엔진만 바꾸는 식으로 개장하고."

충무급은 충무청이 기함으로 채택한 이종무함과 그 자매함을 가리키는 용어로 수군 차기 군함으로 정해진 상태였다.

순구는 내 의도를 알겠다는 듯 고개를 끄덕였다.

건조하는 함이 여러 개면 그만큼 공정이 다양해진다.

그리고 공정이 다양하면 근로자가 숙련하기 쉽지 않다.

문제는 그뿐만이 아니다.

발주하는 부품도 많아져 생산 효율이 떨어진다. 기술에서 압도하던 나치 독일이 뛰어난 전차를 많이 개발했음에도 결국 T-34 웨이브에 박살 난 것과 비슷한 이치다.

당분간 충무급 군함 한 가지만 건조하면 근로자는 기술을 숙련하기 쉬워 능률이 올라가고 공장에서는 최소한의 부품만 생산하면 되기 때문에 건조 기간을 대폭 줄일 수 있었다.

물량으로 상대를 압도하겠단 의도다.

난 지시를 하나 더 추가했다.

"제물포항 군함을 폭격한 것의 정체가 뭔지 들었겠지?"

"글라이더라는 신무기라 들었사옵니다."

"그 글라이더 부대가 우리 함대를 공격하면 대항할 수 있을까?"

잠시 생각해 본 순구가 고개를 저었다.

"함포로는 잡을 수 없을 테니까 참수리나 검독수리, 아니면 송골매로 잡아야 한다는 뜻인데 쉽지 않을 거 같사옵니다."

"그래서 대공포인 물수리를 화기 연구소에서 지금 개발 중이다."

"건조할 때 물수리를 배치할 공간을 미리 비워 두겠사옵니다."

"역시 내 맘을 잘 아는군."

"성은이 망극하옵니다."

난 화제를 돌렸다.

"저번 습격에서 지인을 잃었나?"

“항구와 조선소에서 일하던 친구와 부하를 많이 잃었사옵니다.”

“기분이 어땠나?”

“복수할 수만 있다면 무슨 짓이라도 하겠다고 생각했사옵니다.”

“다들 그럴 거야. 나도 가까운 사람을 많이 잃었으니까.”

난 그러면서 강대산, 기송일 등의 얼굴을 떠올렸다.

순구도 그때 잃은 지인들을 생각하는 듯 표정이 아련해졌다.

“예…….”

“복수란 감정이 일에 개입하면 좋게 끝나는 경우가 별로 없지만 지금은 어느 정도 용인해도 괜찮을 거 같군. 조선 사업부는 지금부터 충무급을 양산하는 데 전력을 기울이게. 놈들에게 제대로 복수하기 위해선 조선 사업부 분발이 필요하네.”

“예, 전하!”

순구를 만나고 나서 마지막으로 항공 연구소를 찾았다.

곧 항공 연구소 소장인 정제두가 나와 맞이했다.

이미 밤에 가까운 10시가 훌쩍 지났음에도 그는 계속 연구소에서 연구하고 있었는지 얼굴에 기름때가 잔뜩 묻어 있었다.

“황공하옵니다. 의관을 정제하고 뵈어야 했는데…….”

“괜찮아, 괜찮아.”

“황송하옵니다.”

“감기 걸리면 안 되니까 안으로 들어가서 얘기하지.”

“이쪽으로 오시옵소서.”

정제두는 나를 연구실 비슷한 장소로 데려갔다.

다 합쳐 봐야 10평이 약간 안 되는 넓지 않은 공간에 책상과 의자 두 개, 책장 대여섯 개가 놓여 있는 단순한 구조였다.

하지만 벽은 아주 복잡했다. 항공기 컨셉 아트와 설계도 수십 장이 벽지처럼 다닥다닥 붙어 있었는데 심지어 창문에도 붙어 있어 감옥처럼 느껴졌다.

날 자리에 앉힌 정제두가 찻잔에 차를 따라 가져왔다.

"대접할 게 이런 차밖에 없어 송구하옵니다."

"괜찮으니까 자네도 앉게."

"황공하옵니다."

자리에 쭈뼛거리며 앉은 정제두에게 물었다.

"개발 진행 상황이 어떤가?"

"비행선과 복엽기를 위주로 개발하고 있사온데 기술 연구소에서 내연 기관 엔진을 보내 주어 속도가 많이 빨라졌사옵니다."

"비행선은 고도를 얼마까지 올릴 수 있나?"

"5,000미터까지 성공했사옵니다."

"폭장량은?"

"벼락 포탄으로 계산하면 1,000개까지 실을 수 있사옵니다."

"괜찮군."

"황공하옵니다."

"복엽기는 어떤가?"

"시제기는 현재 20분 정도 날 수 있사옵니다."

"그렇구만."

내가 실망했다고 생각한 듯 정제두가 머리를 조아렸다.

"황송하옵니다."

"괜찮아. 오히려 예상보다 진척이 빠르다고 느끼는 중이니까."

"개발 속도를 더 높이겠사옵니다."

난 고개를 저었다.

"우리가 전쟁을 앞두고 있다는 건 자네도 알겠지?"

"알고 있사옵니다."

"복엽기를 가지고 쳐들어가면 우리가 이길 테지. 하지만 지금 수준으로는 조종사에게 자기 관 짝을 조종하라고 시키는 거나 마찬가지야. 그래선 조종사의 희생이 너무 커. 그렇지 않아도 조종사를 키우는 데 들어가는 비용이 만만치 않은데."

"하오면?"

"당분간 항공 연구소는 비행선 개발에만 집중해. 화기 연구소에서 지금 물수리란 이름의 대공포를 개발하고 있으니까 그걸 비행선에 장착하는 연구도 같이하고. 개발과 시험 비행이 끝나는 대로 양산해서 전선에 투입할 준비도 갖춰 놓고."

"알겠사옵니다."

정제두와 한참 얘기하고 나서 항공 연구소를 나왔다.

이미 자정에 가까운 시간이었지만 바로 환궁하지는 않았다. 들른 김에 한 가지 꼭 해야 할 일이 있어서다.

바로 버프를 걸어 주는 일이었다.

난 서유럽회사의 여러 연구소를 돌며 개발 속도를 높여 줄 수 있는 여러 가지 버프를 중복해서 걸어 효율을 극대화했다.

이렇게 한다고 해서 좋은 결과가 나온다고 꼭 보장할 순 없지만 그래도 버프를 걸지 않는 거보다는 훨씬 나을 터였다. 덤으로 내 마음도 편하고.

장현과 인사하고 나서 경복궁으로 돌아가며 생각했다.

글라이더가 무적처럼 보이지만 따지고 보면 그렇지도 않았다.

글라이더는 고도를 낮출 순 있지만 높일 수는 없다.

글라이더란 말 자체가 활공 비행에서 온 거기 때문이다.

즉, 에베레스트 같은 높은 산 정상에서 이륙하지 않는 한, 비행선 고도까지 오르기가 불가능해 충분히 상대할 수 있었다.

물론, 모터와 배터리, 팬이 있지만 그건 활공 거리를 비약적으로 높여 줄 뿐이지 공중에서 고도를 높이게 해 주진 못한다.

그러다가 문득 이 생각에 두 가지 문제가 있단 점을 깨달았다.

난 강철 전차 밖으로 소리쳤다.

"귀남아!"

바로 마부석에서 대답이 들려왔다.

"예, 전하."

"서유럽회사로 달려가서 조선 사업부 부장 순구가 아직 남아 있으면 그를 지금 즉시 희정당, 아니 강녕전으로 데려와라. 그리고 서유럽회사에 없으면 도성역에 가서 찾아보고."

"알겠사옵니다."

대답한 홍귀남은 바로 금군이 내어 준 군마를 타고 달려갔다.

난 이어 쌍둥이를 불러 지시했다.

"너흰 가서 안교안 대장을 강녕전으로 데려와라."

"예, 전하!"

쌍둥이까지 출발하는 걸 지켜보며 경복궁으로 서둘러 돌아갔다.

곧 서유럽회사에 남아 있던 순구가 긴장한 얼굴로 들어왔다.

"찾아 계시옵니까?"

"항공 연구소가 비행선이란 새로운 형태의 항공기를 개발하고 있다. 넌 지금 즉시 연구소 소장 정제두를 찾아가서 비행선 크기를 알아낸 다음, 충무함에 실을 수 있는지 알아보고 실을 수 없으면 갑판을 다 비운 충무함을 설계해 건조해라. 이를테면 비행선만 수송하는 수송선을 만들란 얘기다."

"알겠사옵니다."

순구가 돌아가고 나서 난 속으로 생각했다.

이렇게 되면 내가 처음으로 항공 모함을 만들게 되는 셈인가?

어쨌든 비행선을 제때 써먹으려면 이 수밖에 없긴 하지.

잠시 후, 안교안이 들어와 인사했다.

"부르셨사옵니까?"

"궐내 각사에 있었나?"

"통제영에서 통제사와 회의 중이었사옵니다."

"밤늦게 불러 미안하군."

"아니옵니다."

"자네를 부른 이유는 정남왕부에 글라이더 같은 신무기가 더 있을 수 있으니까 자세히 조사해 보라고 하기 위해서네."

"신무기라면……, 어떤 형태를 말씀하시는 것이옵니까?"

"놈들의 항공기 제작 기술이 우리 예상을 훨씬 초월하지 말란 법이 없으니까 서유럽회사 항공 연구소가 지금 개발하고 있는 복엽기 같은 물건을 혹시 개발했는지 알아보란 뜻이네."

"알겠사옵니다."

안교안마저 돌아가고 나서야 난 그제야 안도했다.

이런 일은 바로바로 처리해야 했다.

그렇지 않으면 분명 아침까지 잠 한숨 못 잤을 거다.

다음 날부터 조선은 본격적인 전쟁 준비에 들어갔다.

강철, 고무, 화약 등의 생산량을 대폭 늘렸다.

그리고 모든 공장을 24시간 가동했다.

난 국내 문제를 이경석, 허적과 같은 정승에게 일임하고 나서 팔도 구석구석을 돌며 공장을 순시하고 직원들을 격려했다.

다행히 철도가 잘 깔려 있어 시간은 오래 걸리지 않았다.

전처럼 한반도 한 바퀴 도는 데 1년이 걸리는 일은 없었다. 역시 경제를 성장시키는 데는 전쟁 특수만 한 호재가 없었다.

거의 완전 고용이 이뤄져 경제가 폭발하듯 성장했다.

가끔은 이러다가 부작용이 생겨서 갑자기 망하는 거 아닌가 하는 두려움이 생기기도 했지만 크게 걱정하지는 않았다.

왜국, 중국에서 빨아들이는 돈이 어마어마했기 때문이다.

자금 흐름이 안정적이어서 흑자 도산할 위험이 없었다.

팔도를 한 바퀴 쭉 돌고 나서는 기차를 타고 만주 심양성으로 직접 올라가 만주 총독 정태화에게 몇 가지 보고를 받았다.

만주는 농축업, 임업과 더불어 원유, 철광, 석탄 같은 자원 사업에서 폭발적인 성장을 이뤄 기회의 땅으로 자리 잡았다.

그런 소문이 본토에까지 들어간 듯 차남이나 삼남처럼 부친의 가업을 물려받기 힘든 청년들이 만주로 대거 이주했다.

만주에선 사지만 멀쩡하면 성공할 기회가 무궁무진했다.

국경 지대까지 뻗은 철로를 이용해 고비 사막과 시베리아를 둘러보고 나서 조선으로 돌아와 전쟁 준비에 박차를 가했다.

난 주로 제물포 조선소와 항공 연구소가 운영하는 항공기 생산 공장, 그리고 전차를 제조하는 기술 연구소 전차 공장 등을 오가며 각종 무기 생산이 제대로 이뤄지는지 확인했다.

지금은 제물포 조선소 도크를 보고 있었다.

도크 안에서는 거대한 쇳덩어리가 군함으로 변해 가고 있었다.

이번 전쟁의 주력 병기인 충무급 군함이었다.

정확히 말하면 충무급 2형 군함이었다.

2형은 목재 없이 강철만을 이용해 만들고 있었다.

2형 건조에 성공한다면 이제 바다에선 두려운 상대가 없었다.

물론, 제대로 성공했을 때의 얘기지만.

뭐 잘되겠지.

이런 걸 만들려고 사람과 돈을 갈아 넣은 거니까.

228장. 그들에게 과인의 말을 전하게.

강철로 군함을 건조할 생각을 한 이유는 용접기 덕분이었다.

전에 건조한 군함도 강철을 사용하기는 했지만, 그때는 리벳이나 나사못 같은 도구를 써서 강철을 이어 붙여 건조했다.

하지만 이어 붙여서 건조하면 강철이 더 많이 필요하고 방수성도 부족해 강철로만 선체를 건조할 엄두를 내지 못했다.

근데 내연 기관으로 움직이는 발전기를 개발하면서 조선소에서 언제든지 용접기가 사용 가능해져 시험 건조를 해 보았다.

어차피 전차, 항공기 모두 용접이 필요하므로 그에 대한 데이터를 얻고자 시작한 일인데 의외로 금방 효과를 발휘했다.

가능성이 있단 판단이 내려지기 무섭게 충무급은 목재에 강철을 일부 섞어 건조하는 기존 1형과 강철로만 건조하는 2형을 동시에 건조하는 식으로 빠르게 양산 체계를 확립했다.

물론, 강철 생산에 한계가 있어 2형 숫자가 훨씬 적긴 했다.

현재 조선소 50개 도크에서 충무급을 동시에 건조하는 중이라 사이클이 한 번만 돌아도 함대 하나를 구성할 수 있었다.

그리고 부두에서도 작업이 한창이었다.

증기 기관 엔진을 사용하던 이순신급과 장보고급 수백 척을 퇴역 처리하여 무역 사업 본부와 운송 사업부에 각각 넘겼다.

철로가 있다지만 여전히 국내 운송은 범선이 주력이었다.

범선이 하던 일을 증기 기관 선박으로 대체하는 셈이다.

중국과 왜국, 홋카이도, 인도네시아를 왕복하는 무역선도 날로 수요가 늘어나고 있어 그쪽에도 퇴역 군함을 배치했다.

충분하진 않겠지만 당분간은 버틸 터였다.

하지만 비교적 최신 함정인 여해급은 퇴역하지 않았다.

원체 배수량이 큰 배여서 함포와 조향 장치 등을 개선하고 엔진과 발전기를 새로 설치하면 여전히 현역으로 뛸 수 있었다.

그 개장 작업을 부두에서 하는 바람에 기중기 수십 개가 부두와 정박한 여해함 사이를 오가며 바쁘게 작업하고 있었다.

일전에 순구에게 조선 사업부가 고용한 정직원만 해도 10만 명을 훌쩍 넘었다고 들었는데 대단한 규모가 아닐 수 없었다.

어차피 배를 건조하는 조선 사업은 21세기 한국에서도 중점으로 삼은 산업 분야니까 규모를 키워도 부담이 크지 않았다.

철로, 비행기가 차례로 등장하면서 여객선 숫자는 많이 줄어들었지만, 여전히 화물 운송은 선박에 의지하는 면이 크다.

더구나 해군 주력 무기인 군함과 잠수함 건조 기술의 중요성이 나날이 커질 것이 분명하기에 과잉 투자도 아니었다.

인류 역사는 항상 제해권을 가진 국가의 힘이 셌다.

고대 그리스부터 현대의 미합중국까지 그 예는 차고 넘친다.

난 시선을 조금 외곽으로 돌렸다.

그곳에 포신이 긴 대공포 수십 문이 있었다.

화기 연구소가 개발한 대공포 '물수리'였다.

물수리 제작에 필요한 모든 기술을 보유하고 있어서 포신과 그에 맞는 포탄을 개발하는 데 시간이 약간 걸렸을 뿐이다.

공장에서 생산한 물수리는 곧장 도성, 조선소, 공장, 항구 등에 배치해 정남왕군의 글라이더를 이용한 공습에 대비했다.

물수리는 시험 사격 결과가 아주 만족스러웠다.

글라이더는 새보다 속도가 느려서 예측 사격과 화망 구성으로 충분히 요격할 수 있어 양산하자마자 실전에 배치했다.

난 시찰에 따라온 순구에게 물었다.

"작업은 순조로운가?"

"예, 전하."

"납기는?"

"이대로만 가면 기한에 맞출 수 있을 것이옵니다."

"좋군. 다른 문제는 없나?"

"그게 저……."

"뭔데 그러는가?"

"직원들이 강철로 만든 2형에 의문을 가지고 있는 듯하옵니다."

"무슨 의문?"

"분명 진수하자마자 너무 무거워서 바다에 가라앉을 거라고……."

"하하하!"

"심각하게 믿는 자들도 있사옵니다."

"그들에게 과인의 말을 전하게."

"어떤……?"

"바다는 어머니 품처럼 넓어서 강철 군함도 품어 줄 수 있다고."

"그리 전하겠사옵니다."

조선소를 둘러보고 나서 전차 생산 공장을 방문했다.

전차 생산 공장은 원주와 개성에 있었다.

공장에선 '천마'라는 이름을 붙인 전차를 생산했다.

천마는 최초의 전차라 불리는 Mk 1과 기갑 웨이브의 상징과도 같은 T-34의 중간에 해당하는 형태를 띠고 있었다.

바퀴는 궤도형이었고 승조원은 세 명이 필요했다.

주포는 물수리를 떼어다가 탑재했는데 그걸로는 왠지 화력이 부족할 듯해 부 무장으로 참수리를 개조해 장착했다.

엔진은 당연히 내연 기관 엔진이었고 변속기, 서스펜션, 브레이크, 스티어링 시스템 정도만 넣은 소형 전차였다.

지금은 원주 공장 시험장에서 천마 시험 주행이 한창이었다.

드드드드드!

천마가 배기구에서 시커먼 연기를 뿜어내며 움직이기 시작했을 때, 지켜보던 연구원과 엔지니어들이 환호성을 질렀다.

현대인인 내 눈에는 굼벵이 기어가는 속도보다 약간 나은 정도라서 성에 차지 않았지만 다른 이들에겐 그렇지 않았다.

그들에게 천마는 기적의 산물이었다.

가축이 앞에서 끄는 것도 아니고 사람이 뒤에서 미는 것도 아닌

데 전차가 가진 제힘만으로 알아서 나아가다니!

당장이라도 산산조각이 날 거처럼 천마 자체가 덜덜 떨렸지만, 용접을 공들여 한 덕분에 그런 불상사는 일어나지 않았다.

천마가 느릿느릿 기어가 100미터를 이동했을 때였다.

덜컹하는 소리가 들리며 천마가 갑자기 멈춰 섰다.

엔진에 주입하는 연료를 차단해 정지한 거다.

이어 다시 연료를 주입해 앞으로 나아가던 천마가 이번엔 좌측으로 느릿느릿 호를 그리며 회전하여 방향을 바꾸었다.

마찬가지로 우측으로 방향 전환하는 시험을 마친 뒤에 다시 정지해서 주포로 쓰는 물수리에 포탄을 장전해 발사했다.

사격 통제 장치가 없어 장전과 발사 모두 수동으로 이루어졌다.

펑!

초탄이 표적에서 크게 빗나가긴 했지만 상관없었다.

처음부터 주포에는 많은 기대를 걸진 않았다.

그저 적을 위협하는 효과만 줄 수 있어도 만족이었다.

끝으로 참수리가 수십 미터 앞에 있는 표적에 탄환을 쏘았다.

다다다다다!

허공을 때리던 탄착군이 점차 이동하며 표적을 찢어발겼다.

난 고개를 끄덕였다. 말이 부 무장이지, 사실상 참수리가 주력 무장이나 다름없었다.

시험 주행을 마친 천마가 덜덜거리며 출발한 자리로 돌아왔다. 아니, 돌아가려 하였다.

30미터쯤 가기 무섭게 펑 하는 폭발음이 나면서 전차가 주저앉더니 파워 팩이 있는 부분에서 연기와 불꽃이 피어올랐다.

곧장 천마 뒷문이 벌컥 열리며 전차병 세 명이 뛰쳐나왔다.

급히 의사와 간호사들이 달려가 병사들을 확인했다.

불길에 좀 그을리긴 했지만 크게 다치지는 않아 다행이었다.

책임자인 최석항이 고장 난 전차를 조사하고 나서 보고했다.

"……역시 엔진에 문제가 생긴 듯하옵니다."

"처음 만든 엔진이니까 어쩔 수 없지."

"황공하옵니다."

"기죽을 거 없어. 100대 중에 열 대만 제대로 가동해도 적에게 두 번 다시 겪고 싶지 않은 공포를 심어 줄 수 있으니까."

"황송하옵니다."

"문제가 된 부분은 고치면 되니까 너무 앞서 걱정하지 말라고."

"예, 전하."

임금이 보는 앞에서 실시한 시험 주행에서 꼴사나운 모습을 보이는 바람에 다소 낙담한 최석항과 연구원, 엔지니어를 위로하고 나서 난 경강선 기차를 타고 도성으로 돌아갔다.

경강선은 가장 최근에 완공한 철로로 도성과 강릉을 연결했다.

건설 사업부 부장에게 듣기로는 길이는 경홍을 잇는 경홍선 쪽이 더 길었지만, 난공사는 경강선이 더 많았다고 하였다.

함경도도 지형이 험하긴 하지만 주로 해안가 근처에 철로를 깐 반면에, 경강선은 산과 계곡을 지나가야 했던 탓이다.

어쨌든 경강선까지 개통하면서 만주 몇 군데를 제외하면 사람과 물자가 이동하는 시간을 획기적으로 줄일 수 있었다.

나라를 사람으로 치면 피가 훨씬 빨리 도는 거다.

경복궁에 들러 몇 가지 보고를 받고서 청주로 내려갔다.

청주에 항공 연구소가 운영하는 항공기 생산 공장이 있어서다.

전라도, 경상도, 그리고 그 외 다른 지역에는 공장이 많아 고급 일자리가 꽤 있었지만, 청주나 충주 근처에는 없었다.

그래서 일부러 청주에 항공기 생산 공장을 배치한 거다.

이런 식의 지역 산업 안배가 언제까지 이어질지 알 순 없지만 이대로만 쭉 진행해도 수도권 과밀화 걱정은 덜 수 있었다.

모든 전쟁이 끝난 뒤에는 연구소도 공장으로 옮길 예정이었다.

경부선, 호남선 둘 다 청주와 대전까지는 같은 철로를 이용하기 때문에 청주까지 기차를 타고 편하게 내려갈 수 있었다.

내려가면서 차창 밖으로 지나가는 풍경을 보며 또 감탄했다.

상행선과 하행선을 담당하는 네 개의 철로가 곧게 뻗어 있었다.

철로를 본격적으로 깔기 시작한 지 10년이 채 지나지 않았단 점을 고려하면 공사 속도는 그야말로 전광석화 같았다.

더구나 계곡이 많아 교량까지 세워 가며 건설해야 했단 점을 생각하면 이건 공사가 아니라, 기적처럼 느껴지기도 했다.

이런 난공사를 끝내 해낸 건설 사업부가 대단한 건지, 아니면 우리 민족이 가지고 있는 DNA가 대단한 건지 헷갈렸다.

하지만 처음에 받아들이는 데 시간이 오래 걸려서 그렇지, 일단 받아들이면 엄청난 속도로 흡수한다는 것은 확실했다.

청주역에서 내려 교외로 나갔다.

곧 하늘에 떠 있는 열기구와 비행선 몇 개 보였다.

열기구도 큰데 비행선은 그 두 배가 넘었다.

곧 정제두가 달려와 생산 공장 이곳저곳을 안내해 주었다.

점심을 먹고 나서는 공장 외곽에 있는 시험장으로 데려갔다.

난 공중에 떠 있는 비행선을 올려다보며 물었다.

"몇 명이 타나?"

"열두 명이옵니다."

"생각보다 많군."

"네 명은 물수리를 맡은 사수고 네 명은 비행선에 탑재한 포탄을 떨어트리는 폭격수를 맡고 있사옵니다. 나머지 네 명은 조종, 관리와 같은 항공기 전반 업무를 담당하옵니다."

"비행선 이름이 비거라고 했나?"

"그렇사옵니다."

"마음에 드는군."

"황공하옵니다."

"오늘은 무슨 실험을 하는 중인가?"

"포탄을 떨어트리는 실험이옵니다."

그러면서 날 안전한 장소로 데려갔다.

사방에 콘크리트 블록이 있어 포탄이 날아들어도 안전했다.

곧 정제두의 신호를 받은 비행선에서 포탄이 떨어졌다.

하지만 상공에 바람이 많이 부는지 표적에서 대부분 빗나갔다. 심지어 100미터밖에 떨어진 포탄까지 있었다.

즉, 정밀 폭격은 어렵단 뜻이었다.

하지만 난 개의치 않았다. 그보단 융단 폭격이 가능하단 점이 더 중요했으니까.

열기구로도 폭격할 수 있지만 폭장량에 한계가 있었다.

포탄을 너무 많이 적재하면 열기구가 뜨질 못한다.

망원경으로 실험을 지켜보고 나서 물었다.

"충무함에 몇 기나 실을 수 있는가?"

"함교와 함포를 전부 떼어 내도 두 기가 한계였사옵니다."

"여해함은?"

"한 기였사옵니다."

"여해함을 기준으로 생산하게. 비싼 충무함을 단순 수송선으로 쓰기엔 아까우니까 수량에 여유가 있는 여해함이 적당해."

"알겠사옵니다."

"비거에 장착한 물수리는 성능이 어떤가?"

"글라이더 모형을 상대한 훈련에서 높은 평가를 받았사옵니다."

"나보다 그대가 더 잘 알겠지만, 비행선은 안에 든 가스 때문에 총알 한 방에도 불타 버릴 위험이 있네. 그 점을 고려해서 고도를 높이고 물수리 정확도를 올리는 식으로 진행하게."

"예, 전하."

항공 연구소 공장을 둘러보고 나서 대전으로 내려갔다.

대전에는 훈련도감 훈련소가 있었다.

인천에 있는 수군 항해 학교와 더불어 장차 조선군을 끌어 나갈 장병을 양성하는 아주 핵심적인 장소라고 할 수 있었다.

훈련소에는 눈에 띄는 병과가 두 개 있었다.

하나는 전차병이었고 다른 하나는 공군이었다.

공군은 아직 규모가 크지 않아 훈련도감과 훈련소를 공유했다.

전차병은 말 그대로 전차를 운전하거나 포를 쏘는 훈련을 하였고 공군 훈련소에서는 비행선과 관련한 훈련을 받았다.

훈련 상태를 점검하고 나서 도성으로 돌아갔을 때.

안교완이 경복궁 강녕전에서 날 기다리고 있단 말을 들었다.

그동안 한 조사 결과를 보고하러 온 거다.

그리고 그 결과에 따라 전쟁의 향방이 결정되겠지.

난 약간 긴장한 상태에서 안교안을 안으로 들였다.

229장. 원래 작전 계획대로 진행하시오.

안교안이 들어와 보고했다.

"절강성을 차지한 군벌이 경정충의 꾐에 속아 배반했사옵니다."

"강소와 안휘 군벌은?"

"아직 저항 중이옵니다."

"얼마나 버틸 수 있을 거 같은가?"

"반년 이상은 힘들 거 같사옵니다."

"산동군과 석가군을 움직이게."

안교안이 잠시 생각해 보고 나서 대답했다.

"강소와 안휘마저 넘어가면 다음 차례는 당연히 산동과 하북일 거란 점을 강조하겠사옵니다. 그래도 전력을 다하진 않겠지만 정남왕군의 북진에 손 놓고 있진 못할 것이옵니다."

난 고개를 끄덕였다.

안교안은 원래 이런 쪽의 전문이었다. 그가 직접 나서서 충동질하면 산동군과 석가군도 어쩔 수 없이 강소와 안휘 전선에 지원군을 파견할 수밖에 없을 거다.

난 화제를 돌렸다.

"정남왕군은 세력을 어디까지 뻗쳤나?"

"호남, 호북, 강서, 귀주는 확실히 넘어갔사옵니다."

"경정충이 준비를 많이 한 모양이군."

"아마 이때를 위해 수년간 철저한 준비를 해 왔을 것이옵니다."

이제 정남왕군은 본거지가 있는 복건, 광동에 이어 절강, 호남, 호북, 강서, 귀주 네 성을 연달아 차지하면서 중국의 30에서 40퍼센트에 해당하는 엄청난 영토를 확보한 상태였다.

한마디로 천하를 노릴 전력을 갖추었다는 뜻이다.

중국 왕조에서 경정충보다 약한 세력을 가지고도 천하 통일에 성공한 왕조가 있으니까 오히려 경정충이 더 유리했다.

거기다 호남과 호북을 연달아 먹은 것이 컸다.

그곳은 중앙에 해당하는 곳이어서 동서남북 어디로든 병력을 보내기 쉬워 천하 통일 시기를 상당히 앞당길 수 있었다.

난 고개를 저어 불길한 생각을 떨쳐 내고 다시 물었다.

"운남은 어떤가?"

"팔장사의 도움을 받은 운남 토착 민족이 오삼계 부자의 잔당을 격파하고 운남성 대부분과 사천 일부를 확보했사옵니다."

"오랜만에 듣는 좋은 소식이군."

"좋은 소식이 하나 더 있사옵니다."

"뭔가?"

"용호군과 팔장사가 귀주, 호남에서 현지 무장 세력과 연계한 뒤에 정남왕군을 상대로 유격전을 하고 있다고 하옵니다."

"오, 유격전을?"

"그렇사옵니다."

"성과는?"

"정남왕군이 상당히 애를 먹고 있다고 들었사옵니다."

"쉽지 않은 여건일 텐데도 포기하지 않았군. 아무튼 대견해."

"전하께서 그간 용호군과 팔장사를 후대한 결과일 것이옵니다. 그들도 그걸 짐작하고 있기에 최선을 다하는 것이겠지요."

"이걸 인정하면 내 손으로 금칠하는 거 같아 좀 그렇긴 하지만 어쨌든 그들이 현지에서 활약해 준다니 마음이 놓이는군."

이번엔 안교안이 화제를 돌렸다.

"위구르와 티벳에도 우리 요원이 몇 들어가 있사옵니다."

"누가 갔나?"

"추룡군 아진 과장과 착호군 고겸과 고도가 들어갔사옵니다."

"그 대가리 좀 컸다고 건방 떠는 놈들 말인가?"

안교안이 송구하단 표정으로 얼른 대답했다.

"고겸 군장에게 불려 가 한동안 눈물이 쏙 빠질 만큼 혼이 많이 났으니까 앞으론 몸가짐을 좀 더 신중히 할 것이옵니다."

"당연히 그래야지. 다시 기회를 주는 건 한 번뿐이야. 명심해."

안교안이 얼른 고개를 조아렸다.

"기대에 어긋난다면 용호군 내부에서 신속히 처리하겠사옵니다."

"그렇게 하게."

난 마지막에 가서 가장 중요한 질문을 던졌다.

"정남왕군의 신무기를 조사하는 건 어떻게 되었나?"

"경계가 너무 심해서……."

"알아내지 못한 건가?"

"신무기를 개발하는 연구소나 공방엔 잠입하지 못했사옵니다."

"그러면 완전히 실패한 건가?"

"연구소에서 잡일을 하는 잡부와 식당에 식재료를 대 주는 상인 몇을 포섭하여 몇 가지 쓸 만한 정보는 확보했사옵니다."

"뭔가?"

"글라이더로 조선을 기습한 작전이 큰 성공을 거둔 덕분인지 요즘은 그쪽에 인력을 엄청나게 투입하고 있다고 하옵니다."

"그 외엔?"

"연구소 내에 강철 반입이 부쩍 늘었다고 하옵니다."

"흠."

"강철을 반입한 연구소에서 포성이 시도 때도 없이 울린다는 걸 봐서는 강철을 이용한 무기를 개발하는 것 같사옵니다."

"강철을 주조해 새 야포를 개발하는 중인가?"

"어떤 무기인진 확실하지 않사옵니다."

말을 아끼는 걸 보면 용호군도 짐작을 못 하는 중인 모양이다.

난 일단 알았다고 대답하고 나서 다시 물었다.

"수군 조선소는 어떤가?"

"정남왕부가 운영하는 수군 조선소 몇 곳은 육지에 있는 연구소, 공방보다 경계가 덜해 자세히 정찰할 수 있었사옵니다."

"결과는?"

"증기 기관을 사용하는 함정을 주력으로 건조하고 있었사옵니다."

"믿어도 되는 거지?"

안교안은 담담한 눈빛으로 대답했다.

"물론이옵니다."

"고생했네."

안교안이 돌아가고 나서.

난 곰곰이 생각했다.

일단 상륙을 허용한 뒤에 육지에서 결판을 내겠단 건가?

글라이더를 뭘 어떻게 개량했기에 그런 자신감이 있는 거지?

설마 정말 복엽기를 개발했나?

난 이내 그건 아닐 거라며 고개를 저었다.

전기 모터와 배터리가 내 예상보다 뛰어난 수준이긴 했지만 그래도 복엽기를 만드는 건 불가능하다고 봐야 맞을 듯했다.

그렇다고 내연 기관을 당장 만들어 낼 수 있는 것도 아닐 거다.

우리만 해도 장기적으로 보면 20년, 단기적으로 보면 거의 10년 동안 엄청난 재원과 인력을 투입하여 간신히 개발했다.

근데 이제 막 증기 기관을 도입한 정남왕부가 갑자기 내연 기관을 떡하니 양산해 실전에 투입할 수 있을 것 같진 않았다.

이런 내 예상은 희망 회로를 돌려서 나온 결과도 아니었다.

내연 기관은 기관만 있다고 움직이지 않는다.

즉, 연료가 필요한데 정남왕부가 유전이나 천연가스전을 개발했다거나 아니면 다른 데서 수입한단 보고는 전혀 없었다.

그렇다면 복엽기가 아니라 글라이더를 개량했단 쪽이 맞다.

배터리 용량을 키워 활공 시간을 늘린 건가?

아니면 대지 공격이 가능한 화기를 새로 탑재했나?

여러 가지 생각이 떠올랐다. 하지만 이거다 싶은 무언가는 없었다.

뭐 어쩔 수 없지. 직접 부딪쳐서 확인하는 수밖에.

그날부터 훈련도감과 통제영 수뇌부를 불러 회의에 들어갔다.

그렇게 한 달이 지났을 무렵.

마침내 '분노'라는 이름의 작전 계획이 수립되었다.

훈련도감과 통제영은 즉시 대대적인 훈련에 들어갔다.

난 그사이 내부 단속에 들어갔다.

사춘기에 접어들었는지 아비인 날 어렵게 대하는 세자에게 운동을 가르쳐 주며 시간을 같이 보내기도 하고 이제 제법 소녀다운 태가 나는 공주와 근교로 여행을 가기도 하였다.

이젠 기차가 있어서 경기도 교외에 나가 풍광 좋은 곳들을 구경한 뒤에 다음 날 오후에 도성으로 돌아올 수 있었다.

그렇다고 중전에게 소홀하지도 않았다.

다만, 중전은 요즘 어째 나보다 더 바쁜 거 같았다.

교태전에 갈 때마다 의순공주, 향이 등과 섬유 사업부 사업을 의논하느라 오히려 중전이 날 만날 시간을 따로 빼야 했다.

오랜만에 중전과 나란히 앉아 차를 마시며 담소를 나누었다.

난 여전히 커피, 그것도 블랙커피를 자주 마셨다.

하지만 중전은 커피가 영 입에 안 맞는 모양인지, 무역 사업 본부가 전에 운남에서 수입한 홍차를 주로 마셨다.

커피 잔을 내려놓으며 중전에게 물었다.

"섬유 사업부는 요즘 어떻소?"

중전이 홍차가 든 잔을 두 손으로 감싸며 대답했다.

"옷감 수요가 갑자기 늘어나서 공장을 두 개 더 짓는 중입니다."

"흠, 그렇겠구려. 백성의 소득이 전에 비해 많이 늘어났으니 옷과 음식 같은 데 쓰는 돈도 같이 늘어날 테지. 다행이오."

"그래도 여전히 군대가 가장 큰 거래처이긴 합니다."

"군복 말이오?"

"그렇습니다."

"군복은 완성해서 납품하는 거요?"

"재봉 공장에서 바느질까지 다 하여 보내고 있습니다."

"바느질에 재봉틀을 쓰고 있다던데 어떻소? 쓸 만하오?"

"사람 손으로 할 때보다 속도가 몇 배 빨라졌습니다."

그 후에도 이런저런 이야기를 나누었다.

사가로 시집을 간 공주들이 아들과 딸을 낳았단 이야기부터 시작해서 윗전 건강까지 주로 왕실과 관련한 이야기였다.

그리고 마지막에는 역시 원정과 관련한 이야기를 나누었다.

"이번 원정이 어떻게 흘러갈지 과인도 예상하기 힘들지만 최대한 빨리 끝내고 돌아오도록 하겠소. 그때까지 중전이 윗전과 아이들을 잘 챙겨 주시오. 특히 윗전 두 분의 건강에 신경 써 주시오. 요즘 부쩍 잔병치레하시는 거 같으니까."

"염려 놓으십시오."

"중전이 이렇게 내 옆에 있어 주어 얼마나 든든한지 모르겠소."

중전은 행복하다는 듯 미소를 짓고 나서 내 품에 안겨 왔다.

시간은 쏜살같이 흘렀다.

만파식적 버프가 있기는 하지만 웬만한 태풍은 다 지나간 늦여름, 제물포항에서 대대적인 출정식을 치르고 출항했다.

물론, 그 전에 버프를 꼼꼼히 걸어 군의 능력을 극대화했다. 이를테면 스팀팩을 맞고 시작하는 셈이다.

원정군 함대는 충청 수영, 충무청, 경상 수영, 전라 수영 순으로 항해해 제물포를 출발한 지 한 달이 막 지났을 무렵, 마침내 복건 인근 해역에 무사히 도착해 정찰 활동에 들어갔다.

대만은 신경 쓰지 않았다. 그곳을 탈환해서 교두보로 쓰겠단 생각은 낭비였다.

대만을 지키는 정남왕군과 몇 달 동안 숨바꼭질하며 고생하느니 적의 심장부인 복건을 다이렉트로 치는 것이 맞았다.

난 동영을 탈환할 때처럼 충무청 기함인 충무함을 타고 온갖 곳에서 끊임없이 들려오는 정찰 결과에 귀를 바짝 기울였다.

전화는 개발했지만, 아직 무선 통신 쪽은 개발 전이어서 낮에는 깃발로 소통하고 저녁이나 밤에는 정찰선을 이용했다.

다만, 날이 좋지 않을 땐 둘 다 쉽지 않은 방법이었다.

다행히 요 며칠은 날씨가 좋아 정보 교환이 활발했다.

일단 운은 우리에게 따르는 셈이다.

내가 충무함에 타는 바람에 통제영 수뇌부도 이곳에 있었다.

곧 이여발이 보고했다.

"복건 반경 100킬로미터에는 적의 수군이 없는 듯하옵니다."

"우리 수군과 상대가 안 될 거 같으니까 아예 빼 버린 거로군."

"그런 듯하옵니다."

난 쓴웃음을 지었다. 역시 만만치 않은 자야.

평범한 지휘관이었으면 상대가 되든 말든 상관없이 밀어붙여서 우리 힘을 빼놓으려고 했을 텐데 경정충은 그게 별다른 효과가 없음을 간파하고 훗날을 위해 수군을 아낀 거다.

“함대를 아껴 두었다가 우리가 취약할 때 기습하거나 조선에서 오는 보급 선단을 공격하는 유격전으로 나올 듯하옵니다.”

“동감이오.”

“정남왕부 수군에 그런 의도가 있다면 함대가 멀리 있진 않을 것이옵니다. 정찰함을 좀 더 파견하여 수색하겠사옵니다.”

“그렇게 하시오.”

이어 조복양이 보고했다.

“야간에 상륙을 마친 충무청 특수 수색대의 정찰 보고에 따르면……, 복건으로 들어가는 주요 항구엔 전부 상륙을 방해하는 용도의 장애물이 깔려 있고 방비도 엄중하다고 하옵니다.”

“방비는 어떤 식으로 하고 있소?”

“항구에 벙커를 짓고 그 안에 기관총을 설치했다고 하옵니다.”

그러면서 조복양이 복건 지도를 가리키며 설명을 이어 갔다.

“동쪽 저덕부터 서쪽 보전까지 방비가 물 샐 틈이 없사옵니다.”

“저덕, 보전 둘 중 한 곳으로 상륙을 시도하면 어떨 거 같소?”

“충무청 피해가 극심하긴 하겠지만 상륙은 성공할 것이옵니다.”

난 바로 고개를 저었다. 애써 키운 충무청을 여기서 소모할 순 없었다.

팔짱을 끼고서 한참을 고민한 후 이여발에게 지시했다.

“원래 작전 계획대로 진행하시오.”

이여발과 조복양의 시선이 바로 지도의 한 점을 쏘아보았다.

그곳은 바로 복건에서 서쪽으로 80킬로미터가량 떨어진 금문도와 그 반대편 하문 해안으로 적의 허를 찌르는 장소였다.

230장. 여기 이 부분을 한번 읽어 보십시오.

상륙 작전에는 두 가지 철칙이 있다.

하나는 본토 혹은 보급 기지와 가까워야 한단 거다.

그리고 다른 하나는 상륙 선단이 안전해야 한단 거다.

하지만 조선군이 상륙 장소로 정한 금문도는 둘 다 아니었다.

본토에서 가장 먼 곳일 뿐만 아니라, 정남왕군이 차지하고 있는 대만, 광동, 복건 세 지역 안에 있는 곳이라 상륙 선단이 언제든 적 수군의 공격을 받을 수 있는 위험한 위치였다.

하지만 그래서 적의 허를 찌를 수 있었다.

조선군이 복건성 동쪽에 상륙해 복건으로 진격해 올 거라 예상한 경정충은 만반의 준비를 갖추고 기다리고 있을 거다.

그러나 우리가 복건성 서쪽 끝인 금문도에 상륙하여 복건으로 진격한다면 경정충의 대비책 태반은 쓸모없어져 버린다.

물론, 그만큼 우리도 리스크를 안고 있다.

첫 번째 상륙에 실패하면 두 번짼 없다는 리스크다.

함대는 상륙 선단을 호위하며 해안을 따라 서쪽으로 항해했다.

예상대로 해안가는 쥐 죽은 듯 조용했다.

정남왕군 수군은 코빼기도 보이지 않았다.

심지어 정찰용으로 보이는 어선 종류도 전혀 없었다.

나는 그걸 육지에서 결판을 내겠단 뜻으로 읽었다.

그렇게 순조롭게 며칠을 항해했을 때였다.

마침내 목적지인 금문도 섬이 어렴풋이 보였다. 용호군이 조사해 만든 지도가 있어 바로 알아볼 수 있었다.

면적은 울릉도의 두 배로 별 특별한 점이 없는 섬이었다.

다만, 현대로 가면 이야기가 달라진다.

국공 내전에서 패한 국민당은 내륙에 있는 기반을 접고 대만으로 탈출했는데 그때 중국 내륙과 가까운 섬 중에서 끝까지 포기하지 않고 지켜 낸 섬이 바로 지금 보는 금문도였다.

샤먼이란 이름으로 유명한 하문과 불과 10킬로미터밖에 떨어져 있지 않아 중국 공산당으로선 눈엣가시와 같은 섬이었고.

그런 이유로 인해 국공 내전이 또 발발한다면 그 첫 번째 전장은 금문도일 가능성이 아주 높아 세계적으로도 유명했다.

함대는 곧 금문도를 지나 하문으로 접근했다.

어부들은 전쟁의 불길이 하문까지 미칠 줄 예상 못 한 듯했다.

한적한 부두에 고깃배 수백 척이 정박해 있었다.

난 신경 쓰지 말고 포격하란 명령을 내렸다. 우린 전쟁하러 온 거지, 교역하러 온 것이 아니다.

곧 충청 수영 함대가 나아가 함포를 일제 발사했다.

충청 수영은 함대 모든 함정이 충무급으로 이루어져 있었다.

회전식 포탑과 유압 프레스를 쓰는 주퇴 복좌기가 달린 대연장, 대구경 함포가 불을 뿜을 때마다 포탄이 바다를 갈랐다.

얼마 지나지 않아 부두에 정박해 있던 어선이 전부 가라앉았다.

그로부터 다시 한동안 상륙 준비 포격을 가하고 나서 충무청 상륙 함대가 앞으로 나와 수색대부터 차례대로 올려 보냈다.

충무청 상륙 작전은 다음 날 늦은 새벽까지 끊임없이 이어졌다.

다음 날 오후.

평범한 어촌이던 하문은 이제 조선군 상륙 거점으로 변모했다.

조복양에게 상륙 작전을 마쳤단 보고를 받았을 때였다.

이여발이 급히 다가와 보고했다.

"정찰함이 모습을 감춘 정남왕부 수군의 꼬리를 잡았사옵니다."

"어디에 있었소?"

"대만 남부 타이난 근처의 팽호도란 섬이옵니다."

"흐음."

"어떻게 하시겠사옵니까?"

"함정인지는 알아보았소?"

"유인 작전일지도 모른단 뜻이옵니까?"

"그렇소."

"정찰함을 좀 더 투입해 조사해 보겠사옵니다."

"만일 유인 작전이라면 밖으로 끌어내 해치우고, 그게 아니면 꼬리를 잡은 김에 일망타진하시오. 괜히 변수를 남겨 두어서 이번 분노 작전에 초를 치면 절대 안 되니까."

"그렇게 하겠사옵니다."

이여발이 조심스러운 표정을 지으며 물러간 후.

이번엔 이완이 기다렸다는 듯 다가왔다.

"훈련도감은 상륙할 준비를 모두 마쳤사옵니다."

"좋소. 상륙하시오. 전략 목표는 계획대로 경정충과 정남왕부요."

"예, 전하."

내 허락을 받아 낸 이완은 훈련도감 병력을 상륙시켰다.

훈련도감 선봉은 여느 때처럼 장용청이 맡았다.

그 뒤를 총융청, 어영청, 수영청, 금위청이 따라붙었다.

수송 능력에 한계가 있어 훈련도감 병력을 전부 데려오진 못했지만 15만에 달하는 정예 병력이 하문에 상륙한 셈이었다.

조복양이 직접 지휘하는 충무청도 뒤따라 출진했다.

하문에 일부 병력을 남겨 둔 조복양은 북쪽으로 올라가 복건으로 진격 중인 훈련도감 대부대의 왼쪽 측면을 방어했다.

훈련도감 대부대의 오른쪽 측면은 대만 해협이어서 훈련도감은 측면을 기습당할 걱정 없이 전방에만 집중할 수 있었다.

훈련도감 병력이 출발하고 나서 이틀 후.

난 금군 7,000명의 호위를 받으며 하문에 상륙했다.

◆◈◆

충청 수영 기함으로 옮겨 탄 이여발은 방오와 회의를 열었다.

전라 수영, 경상 수영은 금문도에 남아 적 수군의 상륙 지점 기습을 저지하기로 했기 때문에 충청 수영이 대만 남부 팽호도에 숨은 정남왕부 수군을 추적 격멸하는 임무를 수행했다.

이여발이 물었다.

"2차 정찰 결과는 어떻소?"

"군함 300척이 팽호도 만 안에 집결한 광경을 확인했습니다."

그러면서 방오가 대만 해역 지도를 꺼내 가리켰다. 팽호도는 타이난에서 100킬로미터가량 떨어진 작은 섬이었다.

"300척이면……, 우리가 파악한 적 수군의 거의 전부가 아니오?"

"그렇습니다."

"그런 막강한 전력을 도망칠 데도 마땅치 않은 만 안에 집결시키다니……. 전하 말씀대로 우리를 유인하려는 수작인가?"

"그럴 가능성이 큽니다."

"그렇다고 이대로 지켜만 볼 수도 없는 일 아니겠소?"

방오가 동감한다는 듯 고개를 끄덕이며 대답했다.

"어쨌든 그 300척을 빨리 처리하지 않으면 이곳에 대군이 붙잡혀 수군이 계획한 해상 작전 전체가 어그러질 것입니다."

"놈들이 그걸 노리고 있을 수도 있겠지."

이여발의 말대로였다.

정남왕부 수군이 충청 수영만 붙잡고 늘어져도 정남왕부 육군은 해상 기습을 걱정하지 않고 훈련도감과 싸울 수 있었다.

이여발이 다시 물었다.

"만 안으로 들어가서 정면 대결하면 승산이 어찌 될 거 같소?"

"이길 수 있습니다."

"하지만 표정은 여전히 어둡군."

"그들도 충청 수영을 압도할 만한 어떤 전략이 있으니까 굳이 팽호도 만 안으로 들어가 배수진을 친 것이 아니겠습니까?"

"충청 수사는 그 전략이 마음에 걸린단 거로군."

"그렇습니다."

"어떤 전략일 거 같소?"

"생각해 볼 수 있는 건……."

말을 잠시 멈춘 방오가 팽호도 육지 부분을 가리켰다.

"이 해안가에 화포를 대량으로 배치해 포격하는 전술입니다."

"흐음, 일리가 있군. 해안가에서 일제 포격하면 십자 포화에 걸려 적 함대를 상대하기도 전에 막심한 손해를 입을 테니까."

"그래서 드리는 제안인데……."

"무엇이오?"

"이번 작전에 삼별초를 시험 삼아 투입해 보시지요."

"흠, 그들은 아직 훈련을 다 마치지 못했잖소?"

"대책 없이 시간만 보내는 것보단 나을 것입니다."

이여발은 수염을 쓸어내리며 한참 고민하고 나서 대답했다.

"좋소. 투입하시오."

"예, 장군."

그날 밤.

10명으로 이루어진 특수 부대를 태운 보트가 팽호도로 향했다.

바로 방오가 언급한 삼별초 중에서 좌별초였다.

훈련도감과 짝을 이뤄 활약하는 팔장사를 보고 부러워진 통제영 수뇌부는 수군 특수 부대의 필요성을 꾸준히 제기했다.

덕분에 임금에게 삼별초란 이름의 특수 부대 창설을 재가받은 그들은 바로 수군 정예 100명을 선발해 교육에 들어갔다.

팔장사와 용호군 교관까지 초빙해 몇 년을 훈련한 결과.

앞으로 1년만 더 교육받으면 실전에서 충분히 통할 거란 보고를 받은 이여발은 이번 원정에 삼별초를 동행시켰다.

그들에게 경험을 쌓게 해 주기 위해서였다.

근데 방오의 제안으로 갑자기 실전에 투입되었다.

다음 날 야간에는 우별초를 팽호도 반대쪽으로 잠입시켰다.

그렇게 사흘이 지났을 무렵.

좌별초와 우별초가 차례대로 복귀해 보고했다.

"벙커와 장애물이 있긴 하지만 야포는 전혀 없었습니다."

이에 안심한 이여발이 방오를 불러 출격을 명하려 할 때였다.

방오가 고개를 저었다.

"그렇다면 더 이상합니다."

"어째서 그렇소?"

"해안가에 야포를 배치하지 않았음에도 저런 식의 포진을 고수한단 얘긴 역시 우리가 모르는 무언가가 있단 뜻입니다."

이여발이 답답하다는 듯 물었다.

"그래서 우리가 모르는 그 무언가가 대체 뭐냔 말이오?"

그때, 방오가 품에서 두꺼운 책자를 꺼냈다.

얼마나 자주 읽었는지 표지가 손때로 새카맸다.

이여발의 눈이 커졌다.

"그 책은 전하께서 제독들에게 하사하신 해군 전술 서적 아니오?"

"맞습니다."

"갑자기 그 책은 왜?"

"여기 이 부분을 한번 읽어 보십시오."

이여발은 빼앗듯이 책을 받아 읽어 보았다.

그도 전에 자주 읽은 책이어서 무슨 내용인지 바로 알았다.

"기뢰?"

"그렇습니다. 수중에 설치하는 지뢰를 심어 놨을지도 모릅니다."

이여발이 책을 돌려주고 나서 물었다.

"놈들의 기술로 이런 것이 가능하겠소?"

"전기 모터로 글라이더를 만든 놈들입니다. 그들의 기술력을 우습게 봤다가는 우리가 도리어 크게 당할지도 모릅니다."

"흠, 일리가 있군. 그렇다면 대책은?"

"두 가지입니다."

"말해 보시오."

"첫 번째는 삼별초 신의군을 동원하는 겁니다."

"그 금속 통을 메고 잠수하는 부대 말이오?"

"그렇습니다."

"잠수부에게 기뢰가 있는지 찾아보게 하자는 거군."

"맞습니다."

"그럼 두 번째는 무엇이오?"

"기뢰가 발견되면 비차군에게 비거를 빌려 포탄을 떨어트리는 겁니다. 책에 나온 소해정 임무를 비거가 수행하는 거지요."

비차군은 공군의 정식 명칭이었다. 즉, 조선군은 이제 훈련도감, 통제영, 비차군으로 이뤄진 셈이다.

고민하던 이여발은 다른 수가 없음을 깨닫고 허락했다.

"좋소. 신의군을 동원해 기뢰가 있는지 확인하시오."

"예, 장군."

며칠 후, 파도가 잔잔한 틈을 이용해 야간에 팽호도 만으로 잠입한 보트 몇 척에서 산소통을 멘 신의군 대원이 물로 뛰어들었다.

바닷속도 어둡긴 마찬가지였지만, 능숙하게 잠수해 팽호도 만으로 들어간 신의군 대원들은 곧 기뢰를 눈으로 확인했다.

기술력이 딸려서인지 기뢰가 물에 완벽히 잠긴 상태가 아니라, 부표처럼 반쯤 뜬 상태로 있어서 확인하기가 수월했다.

신의군에게 보고받은 이여발은 바로 비차군에 협조를 구했다.

비차군은 앓는 소리를 하면서도 비거 한 대를 파견해 주었다.

전용 이동 수단이 없는 비차군은 통제영 수송함의 도움을 받아야지만 작전 지역으로 이동할 수 있기 때문에 수군과 사이가 틀어져 좋을 게 없단 판단에서 비거를 내준 것이다.

다음 날, 비거를 태운 여해급 한 척이 도착해 바로 작전에 들어갔다.

묶어 둔 밧줄을 풀고 나서 가스를 주입해 비거를 공중에 띄웠다.

비거를 운용하는 장교에 따르면 그들도 해상에서 몇 번 훈련한 적은 있지만 지금처럼 실전에서 사용해 보기는 처음이란다.

그 바람에 아찔한 고비를 몇 번 넘기고 나서야 비거가 팽호도 만으로 들어가 기뢰 부설 의심 지역 위에 이를 수 있었다.

그사이, 충청 수영도 바쁘게 움직였다.

함대를 두 개로 나눈 방오는 함대 하나를 팽호도 밖에 학익진 형태로 포진시켜 만을 탈출하는 적 함대를 막게 하였다.

그리고 남은 함대로는 팽호도 만 북동쪽 틈을 막았다.

팽호도 북동쪽 아주 깊숙한 곳에 군함 두 척이 지나갈 수 있는 너비의 해협이 숨겨져 있어 미리 막아 두기로 한 거다.

적 함대가 쥐구멍으로 달아나면 헛심만 쓴 게 되니까.

충청 수영이 함대 포진을 마쳤을 무렵.

공중에서 천천히 이동하던 비거가 마침내 작전에 들어갔다.

방오는 함대 기함에서 망원경으로 비거의 모습을 관찰했다.

잠시 후, 복어를 닮은 비거의 배가 좌우로 열리더니 안에서 포탄이 물고기 알처럼 쏟아져 나와 첨벙 소리를 내며 바다로 사라졌다.

231장. 역시 쥐구멍으로 달아나는군.

보기 드문 장관이라 방오의 입이 저절로 벌어졌다.

"정말 대단하구나."

하지만 작전 첫날에는 별 성과가 없었다.

비거 한 대론 팽호도의 너른 만을 감당하기 힘들었다. 더욱이 바람에 밀린 포탄이 제멋대로 떨어지는 일도 많았다.

그날 저녁, 방오가 복귀한 비거 장교를 불러 질문했다.

"오늘 포탄을 얼마나 소진했는가?"

"300발이옵니다."

방오가 미간을 찌푸렸다.

"300발을 쓰고도 기뢰 하나 제거하지 못한 건가."

"걱정하지 마십시오, 장군."

"오, 좋은 수가 있는가?"

"충격 신관을 지연 신관으로 교체하고 나서……, 낙하 거리를 계산해 자동 폭발하게 조정하면 오늘보단 성과가 있을 겁니다."

"효과가 있겠는가?"

"장담할 순 없지만 오늘처럼 공치는 일은 없을 겁니다."

"그러면 당장 그렇게 하게."

"작업을 신속히 마치려면 인원이 많이 필요합니다."

"그 점은 걱정할 필요 없네. 우리 충청 수영에도 포탄 신관을 다루는 전문가가 꽤 많으니까 도움을 받을 수 있을 거야."

"감사합니다."

곧 비거 운용 대원들은 충청 수영 포탄 전문가의 도움을 받아 신관을 충격 신관에서 지연 신관으로 교체하는 일을 진행했다.

충청 수영도 전황에 따라 신관을 교체해 가며 함포를 쏘기에 생각보다 어렵지 않아 다음 날 오전에 교체 작업이 끝났다.

방오는 지체하지 않고 비거 출격을 명했다.

어제처럼 팽호도 만 상공에 도착한 비거가 포탄을 투하했다.

고도 계산을 정확히 한 듯 포탄이 수면에서 폭발했다.

오차가 상하 2, 3미터에 불과할 정도로 아주 정교했다.

펑펑펑펑펑!

포탄이 터질 때마다 물보라가 크게 일며 하얀 거품이 일었다.

"오늘도 안 되는 건가?"

망원경으로 지켜보던 방오가 중얼거릴 때.

콰앙!

전에 들은 폭음과는 확연히 차이가 나는 굉음이 울렸다.

이어 기뢰 폭발이 만든 물기둥이 10미터 넘게 치솟았다.

함교에 있던 장교와 병사들이 그 모습을 보고 만세를 불렀다.

방오도 소리는 내지 않았지만 뛸 듯이 기쁘긴 마찬가지였다.

비거 운용 장교의 장담처럼 지연 신관이 효과를 보고 있었다.

어차피 만에 있는 기뢰를 전부 제거할 필욘 없었다. 함대가 이동하는 통로에 있는 기뢰만 제거하면 그만이었다.

비거가 닷새 동안 쉬지 않고 작업한 결과.

마침내 팽호도 만 안쪽과 이어진 통로가 뚫렸다.

방오는 내친김에 비거 장교를 불러 제안했다.

"비거도 우리와 함께 공격하는 것이 어떻겠나?"

장교가 놀라 물었다.

"공을 나눠 주시겠단 뜻입니까?"

"공이야 누가 세운들 어떻겠나. 이기는 것이 훨씬 중요하지."

장교가 부끄러운 낯빛으로 머리를 숙였다.

"소관의 생각이 짧았습니다. 용서하십시오."

"괜찮네."

장교의 어깨를 두드려 준 방오는 비거와 함께 만으로 진격했다.

비장의 한 수라 여긴 기뢰가 실패로 돌아갔음을 눈치챈 정남왕부 수군은 충청 수영처럼 급히 두 갈래로 나뉘어 기동했다.

적 군함 대부분이 충청 수영을 막기 위해 전진하는 동안, 30척으로 이루어진 소수 함대가 북동쪽 해협으로 달아났다.

함교에서 망원경으로 확인하던 방오가 코웃음을 쳤다.

"역시 쥐구멍으로 달아나는군."

방오는 신호를 보내 전 함대에 전속 전진을 명했다.

기관실에 있는 거대한 내연 기관 엔진이 터질 거처럼 진동했다.

잠시 후, 내연 기관 엔진 성능을 끝까지 끌어올린 충청 수영 군함 수십 척이 지그재그 포진을 이루어 기뢰 매설 지역을 통과했다.

주변을 둘러보며 전선을 확인하던 방오가 다시 신호를 보냈다.

신호에 따라 기뢰 매설 지대를 통과한 군함들은 우측으로 크게 돌면서 회전식 포탑을 조종해 정남왕부 수군을 조준했다.

방오는 신중하게 함대 포진을 재차 확인했다.

포진이 이상하면 아군 함정에 포탄을 쏘는 불상사가 발생했다.

두 차례에 걸쳐 살펴본 결과 함대 포진은 완벽했다.

방오의 눈이 까다롭단 점을 고려하면 대단한 성과였다.

방오는 만족한 표정으로 고개를 끄덕였다.

"그동안 한 훈련이 헛되지 않은 모양이군."

충청 수영 전 장병은 자부심이 아주 강했다.

명칭은 충청 수영이지만 사실상 국가 기동 함대 역할을 맡고 있는 거나 같아서 규모가 세 수영 중에서 가장 거대했다. 또, 최신 함정, 최신 무기가 있으면 항상 충청 수영 차지였다.

충청 수영 전 장병은 그 자부심에 어울리는 역량을 기르기 위해 무진 애를 썼고 지금은 그 기량이 최고조에 달해 있었다.

방오가 함교 난간을 잡고 지휘봉을 휘둘러 전방을 가리켰다.

"전 함-, 발포하라!"

"발포하라!"

"발포하라!"

방오의 명령은 복명복창을 통해 전 함대에 퍼졌다.

잠시 후.

펑펑펑펑펑!

포성이 울린 직후에 포탄 수십 발이 빨랫줄처럼 허공을 갈랐다.

방오는 재빨리 망원경으로 적 함대를 확인했다.

포탄 한 발이 적 군함 함교에 명중해 폭발했다.

콰아앙!

부서진 함교 잔해가 사방으로 튀었다.

물론, 빗나가는 포탄도 많았다. 바다에는 자연적으로 발생하는 롤링과 피치가 항상 있는 데다 적함 역시 빠르게 기동 중이어서 명중하기 쉽지 않았다.

다만, 방오는 다른 건 몰라도 이거 하나만은 자신이 있었다. 바로 함대의 포술이었다.

평소에도 다양한 기상 환경 아래서 함포를 끊임없이 쏘며 포술을 갈고 닦은 충청 수영 장병에게 오늘처럼 바람이 적당히 불면서 파도가 1미터를 넘지 않는 날은 천당과 같았다.

빗나가는 포탄이 줄면서 적 함대 피해가 급증했다.

쉬이익!

포탄이 날아가다가 중력의 영향으로 살짝 기울어지는 순간.

콰아앙!

포탄이 적함 우현을 비스듬히 뚫고 들어가 폭발했다.

처음 폭발은 반경이 작았다.

우현에 구멍이 뚫리며 연기가 나는 정도였다.

하지만 그로부터 10초도 지나지 않았을 때 갑판 정중앙이 갑자기 부풀어 오르더니 엄청난 굉음과 함께 그대로 폭발했다.

포탄이 운 좋게 포탄 저장고를 뚫고 들어간 경우였다.

물론, 이런 경우는 흔치 않았다.

대부분 군함 선수나 양 현을 뚫고 들어가는 경우가 많았다.

하지만 정남왕부 수군을 상대론 그 정도면 충분했다.

격벽이 튼튼하지 않아서 구멍이 뚫리면 대부분 가라앉았다.

충청 수영의 집중포화에 군함 몇십 척을 상실한 정남왕부 수군도 사정거리에 들어오기 무섭게 바로 함포로 반격했다.

방오가 아군 군함끼리 서로 오인 포격하는 상황을 걱정했을 정도로 팽호도 만 안은 지금 물 반, 군함 반인 상황이었다.

즉, 기동 범위가 좁아서 적함이 쏜 포탄 수백 발이 회피 기동을 제때 못 한 충청 수영 함대에 쏟아져 수십 발이 명중했다.

콰콰콰콰쾅!

곧 충청 수영 함대 여기저기서 흰 연기가 피어올랐다.

방오는 재빨리 망원경으로 피해를 확인했다.

포탄이 터지면서 선체가 그을리거나 우그러진 군함이 반이었고 선체를 뚫고 들어가 안에서 폭발한 경우가 반이었다.

그래도 가라앉는 군함은 없었다.

충무급 대부분이 강철로 선체를 건조한 데다, 격벽 역시 아주 잘 갖추어져 있어 웬만한 피해론 전력에서 이탈하지 않았다.

정남왕부 수군도 그걸 확인한 모양이었다.

적 함대 전체가 좀 더 접근해 와 재포격에 들어갔다.

콰콰콰콰쾅!

이번에는 좀 전보다 많은 포탄이 충청 수영 함대에 떨어졌다.

피해 역시 같이 늘어나서 대여섯 척이 퇴함 요청을 보내왔다.

방오는 즉시 퇴함해도 좋단 명령을 하달했다.

격침당한 군함 함장이 본인이 지휘하던 군함과 함께 최후를 맞이

하는 일은 얼핏 보면 장렬한 최후처럼 보이기도 한다.

하지만 실제론 아직 전선에서 충분히 활약할 여지가 있는 경험 많은 고급 장교를 폐기 처분 명령이 내려진 군함과 같이 수장하는 일이어서 조선 수군은 이를 엄격히 금지했다.

그래서 퇴함 명령을 받은 군함은 함장부터 말단 병사까지 전부 구명조끼, 구명정, 구명보트를 이용해 서둘러 퇴함했다.

적 함대의 포격을 받는 동안.

당연히 충청 수영 함대 역시 가만있지 않았다.

모든 포를 총동원해 다가온 적 함대를 맹렬히 포격했다.

결국, 정면 대결하는 형태로 변한 두 함대는 전열 보병처럼 양쪽으로 늘어서서 상대에게 미친 듯이 포탄을 쏘아 댔다.

하지만 시간이 지날수록 전력 우위가 확연히 드러났다.

충청 수영은 적 함대가 다가와 줘서 오히려 고마웠다.

지금까지 드러난 실적으로 봤을 때, 충무급이 적 함대 주력함보다 방호력, 사거리, 포탄 위력, 포술에서 약간씩 앞섰다.

그런 상황에서 거리마저 가까워진 지금은 열 발을 맞혀야 가라앉히던 적 군함을 다섯 발, 여섯 발로 격침할 수 있었다.

처음에는 군함 수에서 월등하게 앞선 정남왕부 수군이 몇 배에 이르는 포탄을 쏘아 보냈지만, 시간이 지날수록 포탄 수가 줄어들더니 급기야 충청 수영 포탄 수와 비슷해졌다.

그만큼 전열에서 이탈하는 적 군함 숫자가 많았다는 증거였다.

방오는 틈을 놓치지 않고 적을 강하게 몰아붙였다.

그로부터 1시간이 지났을 무렵.

정남왕부 수군 방향에서 날아드는 포탄 수가 손으로 셀 수 있을 정도로 줄어든 반면, 충청 수영이 쏘아 보내는 포탄은 여전히 숫자가 엄청나서 적 함대를 철저히 분쇄해 나갔다.

거기다 충청 수영에는 비장의 수가 하나 더 있었다.

바로 비차군이 빌려준 비거였다.

그사이, 적 함대 상공에 도착한 비거가 배를 열고 포탄 수백 발을 융단 폭격하듯 쏟아부어 그 수역 일대를 초토화했다.

빗나간 포탄이 훨씬 많았지만 상관없었다. 반격할 수단이 없는 상공에서 떨어지는 포탄의 비는 그렇지 않아도 사기가 꺾여 있던 적 함대 수병을 좌절하게 하였다.

거기다 그들을 더 절망에 빠트리는 소식이 하나 더 있었다. 북동쪽 해협으로 달아나던 군함 30여 척이 해협 바깥에 매복해 있던 충청 수영 함대에 전부 당했단 소식이 전해진 거였다.

사실 그냥 당하기만 했으면 좀 더 버틸 수 있었을지도 몰랐다. 적 군함 30척을 처리한 충청 수영 함대가 북동쪽 해협을 통해 팽호도 만 안으로 들어와 적 함대 후위를 기습 공격한 거다.

팽호도 앞과 뒤, 양쪽에서 충청 수영 함대에 짓눌린 정남왕부 수군은 결국 멀쩡한 군함 마스트에 백기를 걸었다.

어느 시대에서나 백기는 투항을 의미한다.

방오도 깔끔한 성격이라 바로 포격을 중지했다.

항복한 적 군함에 승선한 충청 수영 장병들은 증기 기관 엔진이 위치한 기관실부터 빨리 장악해, 함의 지휘권을 확보했다.

지휘권을 확보한 뒤에는 본격적으로 포로를 무장 해제시켰다.

방오는 포로 중에서 계급이 가장 높은 자를 불러오게 하였다.

얼마 후, 방오는 항복한 정남왕부 제독과 통역을 통해 대화하면서 적이 어떤 식으로 이번 해전을 준비했는지 뒤늦게 알게 되었다.

제독이 몹시 허탈해하며 털어놓은 말에 따르면 비장의 한 수인 기뢰가 실패했을 때는 30척으로 이루어진 별동 함대가 북동쪽 해협을 통해 빠져나간 뒤에 남쪽으로 크게 호를 그려서 충청 수영 후위를 친다는 계획을 세워 두었다고 한다.

물론, 그 계획은 방오에게 막혀 실패했다.

방오는 제독을 돌려보내고 나서 전장을 정리했다.

충청 수영은 멀쩡한 적 군함을 포함한 수송함, 지원함, 보급함을 합쳐 무려 100척이 넘는 함정을 나포했고 그곳에 타고 있던 정남왕부 수군 5만 명을 포로로 잡는 개가를 올렸다.

그 외에도 성과가 많았다.

우선 적 장교가 지니고 있던 지도를 입수해 정남왕부 수군이 복건 항구에 깔아 둔 기뢰 위치를 알아내는 데 성공했다

또, 지원함에 보관하고 있던 멀쩡한 기뢰 수백 개와 그 기뢰를 다루던 기술자 수백 명을 확보해 기뢰 복제도 가능해졌다.

방오가 지휘하는 충청 수영이 정남왕부 수군과 벌인 함대 간 결전에서 압도적인 대승을 거둔 덕분에 통제영은 미리 준비해 둔 작전을 마음껏 펼칠 수 있는 기반 마련에 성공했다.

통제영은 항구에 있는 기뢰를 제거하고 나서 육지에서 진격 중인 훈련도감을 돕거나 아니면 적의 전력을 분산시켰다.

훈련도감으로선 천군만마가 아닐 수 없었다.

이제 다음 차례는 복건으로 진격 중인 훈련도감이었다.

그리고 훈련도감이 승리하면 이번 전쟁도 조선의 승리였다. 잘될지는 두고 봐야 아는 일일 테지만.

232장. 우리의 두 배인 셈이로군.

경정충은 역시 다른 플레이어들과 달랐다.

팽호도에서 정남왕부 수군이 용호군도 파악하지 못한 기뢰로 함정을 팠단 소식을 듣고 난 놀라기보단 두려움이 앞섰다.

갑자기 이 시점에 기뢰라고!

이건 나도 전혀 예상 못 한 일이라 크게 당황했다.

기뢰에 당해 함대 태반을 잃으면 설령 육지에서 이기더라도 정남왕부 수군에 막혀 본토로 귀환하는 일이 쉽지 않았다.

아니, 쉽지 않은 정도가 아니겠지. 어쩌면 이 복건 땅에서 최후를 맞이할지도 몰랐다.

하지만 역시 하늘은 내 편인 모양이다.

감식안으로 찾아낸 최고의 재능러인 방오는 나도 까먹고 있던 기뢰의 존재를 잊지 않고 상대의 수작을 바로 간파했다.

심지어 방오의 활약은 그게 끝이 아니었다.

기뢰를 제거하는 소해정이 없는 상황에서 비거를 이용해 기뢰를 제거하는 새로운 전술을 즉석에서 고안해 내더니 그걸 바로 실전에 적용하여 팽호도 해전에서 압승을 거두었다.

팽호도에서 벌어진 함대 간 결전에서 대승한 조선 수군은 복건, 광동, 절강 항구를 무차별 포격해 제해권을 장악했다.

덕분에 조선 본토와 금문도를 오가는 지원 함대와 보급 함대가 별 방해를 받지 않고 남중국해를 제집처럼 드나들었다.

보급선이 적보다 훨씬 길단 약점을 상쇄한 셈이다.

난 복건에서 남서쪽으로 50킬로미터 떨어진 보전에 있었다.

보전은 원래 인구가 많은 번성한 도시였다.

하지만 지금은 적이 도시를 통째로 태워 폐허로 변해 있었다.

다시 말하지만 우리가 태우지 않았다. 경정충이 태웠다.

아직도 연기가 피어오르는 보전을 보면서 난 이를 악물었다. 자기 도시를 폐허로 만들 만큼 경정충이 필사적이란 뜻이니까.

경정충은 아마 시가전은 1초도 생각하지 않았을 거다.

포병이 강한 조선군을 상대로 목조 건축물이 많은 보전에서 시가전을 치른다는 건 등에 섶을 지고 불에 뛰어드는 격이다.

경정충이 보전을 불태운 이유는 하나였다. 바로 복건성에 대군이 기동할 만한 공간이 부족하기 때문이다.

예로부터 복건성은 의산방해라는 말이 있을 정도로 산림이 많은 지역이어서 대군이 기동하기 썩 좋은 장소는 아니었다.

근데 이번에 경정충이 모은 병력은 20만에 육박했다.

20만 병력을 어렵게 모아 놓았는데 공간이 부족해 제대로 활용하지 못한다면 그거야말로 그림의 떡이 아닐 수 없었다. 그래서 아예 보전을 불태워 그곳을 전장으로 삼으려는 거다.

보전과 그 주변 지역을 합치면 면적이 꽤 넓었다. 한 번에 20만 병력을 움직여도 진격에 차질을 빚지 않았다.

훈련도감이 보전 서쪽에, 정남왕군이 보전 동쪽에 각각 야전 진지를 구축하면서 두 대군이 마주 보는 포진이 만들어졌다.

난 훈련도감 사령부에서 군 수뇌부와 마지막 점검에 들어갔다.

이완, 유혁연을 시작으로 유엽, 한도철, 윤준, 조복양에 어영청 대장 신여철과 총융청 대장 김운청이 회의 주요 멤버였다.

탄금대에서 전사한 신립의 증손자며, 영의정 신경진의 손자인 신여철은 성균관에서 유학을 공부하던 중에 효종의 북벌론에 영향받아 문과에서 무과로 전향한 특이 케이스였다.

그에 대한 평가는 대체로 무난하단 평가가 많았다.

즉, 스페셜리스트라기보단 올 라운더에 가까웠다.

반면, 김운청은 신여철과 아주 정반대의 인물이었다.

한미한 집안에서 태어나 일자무식인 상태로 군에 입대했다.

하지만 낭중지추란 고사성어처럼 훈련도감이 치른 거의 모든 전쟁에서 전공을 세운 덕에 대장에 오르는 기염을 토했다.

말단 병사들에게 그런 김운청은 좋은 롤 모델이 되어 주었다.

유혁연이 보전 지도를 펼쳐 놓고 브리핑에 들어갔다.

"대군이 진격할 만한 통로는 총 세 군데이옵니다."

"그중 우리가 가장 신경 써야 하는 곳은 어느 쪽이오?"

"폐허로 변한 보전 시내를 관통하는 통로이옵니다."

그러면서 유혁연이 지도에 있는 보전에 동그라미를 그렸다.

난 보전 위치를 눈에 담고 나서 물었다.

"그러면 남은 두 통로는?"

"보전 북쪽 서천미진과 남쪽 함강이옵니다."

난 수염이 까칠하게 자란 턱을 쓰다듬었다.

"도제조는 이런 진형을 구축한 적의 의도가 무엇이라고 보오?"

"정남왕군은 현재까지 알려진 전투 병력만 20만에 달하옵니다. 그에 반해 아군의 총병력은 15만에 가깝지만 그중 5만이 공병과 보급병, 위생병을 포함한 지원 병력이옵니다."

"적이 우리의 두 배인 셈이로군."

"이곳이 적의 영토이니 어쩔 수 없는 일일 것이옵니다."

"그래서?"

"적은 우리가 세 통로에 전부 병력을 배치하길 원할 것이옵니다. 그리하면, 그렇지 않아도 상대에 비해 적은 병력을 분산하는 결과가 나와 더 유리해지기 때문이옵니다."

"우리가 적의 의도대로 병력을 분산 배치한다면?"

"이는 상대 의도에 끌려가는 형태이기에 적은 마음 놓고 두 가지 전략을 따로따로 쓰거나 아니면 동시에 쓸 것이옵니다."

"그 두 전략은 무엇이오?"

"하나는 같이 병력을 분산하는 것이옵고 다른 하난 병력을 분산하지 않고 어느 한 곳을 집중적으로 공격하는 것이옵니다."

"우리가 어떻게 나오는지 보고 나서 자기들에게 유리한 쪽으로 선택하겠다는 거군. 여기는 그들이 선택한 전장이니까."

"황송하옵니다."

난 머릿속에 보전 전역 지도를 그려 넣고 유혁연이 설명한 장단점을 세세히 따져 가며 몇 차례 시뮬레이션을 돌렸다.

그러나 아직은 뭐가 좋다, 나쁘다 확신하기 어려웠다.

"반대로 우리가 적의 의도에 응하지 않은 상태에서 가운데 위치한 보전 시내를 관통해 진격한다면 그땐 어떨 거 같소?"

유혁연이 손으로 서천미진과 함강을 연달아 가리켰다.

"이 두 갈래 길로 진격한 적이 아군의 후위나 측면을 기습해 최악의 경우 적에게 포위되는 결과가 나올 수 있사옵니다."

"그렇다면 우린 적의 의도대로 병력을 분산할 수밖에 없겠군."

"아뢰옵기 황송하오나 그 수밖에는 없을 것이옵니다."

난 팔짱을 끼고 나서 물었다.

"방책은 무엇이오?"

"앞서 말씀드린 거처럼 지금으로선 우리도 병력을 분산 배치하는 수밖에 없사옵니다. 하지만 이렇게 하면 적의 의도대로 해 주는 것과 다름없어 분산 방식을 달리해야 하옵니다."

"어떻게 말이오?"

유혁연이 먼저 통제영에서 나온 연락 장교를 보며 설명했다.

"통제영이 바다와 가까운 함강을 선제 포격하는 것이옵니다."

난 팔짱을 풀며 지도 앞으로 다가갔다.

함강은 항구를 끼고 있는 전형적인 항구 도시였다.

유혁연 말대로 통제영이 함강에 선제 포격을 가하면 적은 바다에서 날아드는 포격을 맞아 가며 전진하는 수밖에 없었다.

난 고개를 돌려 통제영 연락 장교에게 지시했다.

"넌 지금 즉시 이여발 대감에게 가서 남쪽에 있는 함강을 선제 포격하라고 해라. 적이 함강의 통로를 쉽게 이용하지 못하도록 집요하고 철저하게 포격해야 한다고도 전하고."

"예, 전하!"

군례를 취한 연락 장교가 막사를 뛰쳐나갔다.

유혁연이 이번엔 충무청 대장 조복양을 보았다.

"북쪽 서천미진 쪽은 충무청이 단독으로 막아 주어야 하옵니다."

중인의 시선을 받은 조복양이 급히 앞으로 나와 군례를 취했다.

"명하시옵소서."

"조 장군도 도제조 대감의 설명을 옆에서 들었을 테니까 긴말하지 않겠소. 충무청이 가서 서천미진 길목을 틀어막으시오."

"분부 받잡겠사옵니다."

"알겠지만 본대는 충무청을 지원할 여력이 없을지도 모르오. 즉, 충무청이 알아서 막아야 한다는 뜻인데 할 수 있겠소?"

"맡겨 주시옵소서!"

군례를 취한 조복양이 충무청이 주둔한 방향으로 달려갔다.

유혁연이 마지막으로 훈련도감 대장들을 둘러보며 설명했다.

"보전 시내를 통과하는 가운데 통로로 훈련도감 오청이 전부 나서서 적과 건곤일척 승부를 낸다면 승산이 있사옵니다."

난 담담한 표정으로 고개를 끄덕였다.

"그렇게 하시오."

작전 회의 마지막엔 이완이 대표로 군례를 취했다.

"반드시 승리를 쟁취해 돌아오겠사옵니다!"

"나도 장군들을 믿고 승전 소식을 기다리겠소!"

군례를 마친 장군들이 막사를 나가고 나서.

난 옥좌에 가 털썩 주저앉았다.

이제 주사위는 던져졌다. 6이 나오든 1이 나오든 끝까지 해 보는 수밖에.

◆ ◈ ◆

전투는 갑자기 일어났다.

야전 진지를 좀 더 탄탄하게 구축하고 나서 진격할 계획이던 정남왕군은 야음을 틈타 몰래 접근한 조선 수군이 함강에 대대적인 포격을 밤새 쏟아붓는 바람에 화들짝 놀랐다.

조선 수군이 쓰는 주력 함포는 대연장, 대구경이었다.

이쯤이면 안전하겠지 싶은 지점까지 포탄이 날아왔다.

함강에 있던 정남왕군은 큰 손실을 보고 보전으로 철수했다.

당연히 함강을 지나는 통로 역시 진격이 불가능했다.

정남왕군의 의도가 처음부터 엇나간 셈이었다.

그날 오전, 이완은 훈련도감 오청을 앞세워 보전으로 진격했다.

금위청이 앞장서고 그 좌우를 장용청과 총융청이 보좌했다. 예비 병력인 수어청과 어영청은 후위를 맡았다.

오전 내내 이동해 보전 시내에 막 들어섰을 때.

정남왕군도 급히 야전 진지에서 나와 병력을 넓게 배치했다.

불탄 건물의 잔해 너머에 적이 새까맣게 모여 있었다.

숫자가 얼마나 많은지 대지의 색깔이 헷갈릴 정도였다.

중국 전쟁 역사 대부분이 허풍이란 점을 생각하면 20만 명대 10만 명이 싸우는 전쟁은 규모 면에서 충분히 상위에 들었다.

금위청, 장용청, 총융청 장병은 바쁘게 움직였다.

참호를 파고 참수리를 설치하고 후방에 솔개포를 배치했다.

정남왕군은 조선군에게 참호를 충분히 깊이 팔 시간을 주지 않겠다는 거처럼 바로 소총에 착검한 상태로 돌격해 왔다.

다다다다다!

참수리가 불을 뿜고 솔개포가 연신 포탄을 쏘아 올렸다.

정남왕군도 소총에 기관총, 박격포, 수류탄을 써 가며 돌격했다.

돌격 한 번에 수천 명이 넘는 사상자가 발생했지만, 돌격을 멈추지 않은 정남왕군은 참호 앞을 막은 철조망에 도달했다.

철조망은 절단기로 자르거나 가져온 폭탄을 설치해 제거했다.

당연히 조선군도 이를 그냥 두고 보지 않았다.

참수리와 솔개포, 송골매로 화력을 있는 대로 퍼부었다.

그렇게 철조망을 사이에 두고 전투가 이어질 때였다.

마침내 숨죽이며 대기하던 조선군 포병이 벼락을 발사했다.

펑펑펑펑펑!

땅이 흔들리고 귀청이 찢어질 거 같은 포성이 울릴 때마다 철조망을 뚫으려던 적이 산산조각 나 사방으로 흩어졌다.

거기다 지뢰형과 폭발형 진천탄마저 연달아 터지면서 인해전술을 사용하던 정남왕군도 더는 버티지 못하고 퇴각에 들어갔다.

그날 밤.

대략적인 교환비가 밝혀졌다.

1 대 4. 우리 병사 한 명이 이탈할 때마다 적은 네 명이 이탈한 셈이다.

이건 내 예상보다 훨씬 나쁜 수치였다.

본거지가 가까운 정남왕군은 훈련받지 않은 오합지졸이긴 하지만 어쨌든 병력을 계속 충원할 수 있는 반면, 조선군은 본토와 거리가 너무 멀어 사실상 병력 충원이 불가능했다.

즉, 이 교환비로 가다간 결국 소모전에서 진단 뜻이다.

다음 날, 그 다음다음 날 역시 같은 방식으로 전투가 치러졌다.

정남왕군이 돌격하면 조선군이 방어하는 식이었다.

실전 경험이 없던 신병이 경험을 쌓으면서 교환비가 조금 좋아지긴 했지만 역시 소모전으로 가다간 전황이 불리했다.

난 어쩔 수 없이 숨겨 둔 카드를 먼저 꺼냈다.

"천마청을 투입해 전선을 강행 돌파하시오!"

"예, 전하!"

대답한 이완은 훈련도감 여섯 번째 청이며 조선군이 보유한 첫 번째 기갑 부대인 천마청에게 전선 강행 돌파를 명령했다.

두두두두두!

짐승이 울부짖는 거 같은 배기음을 내며 천마 30대가 아군 진형 깊숙한 곳에서 출발해 참호를 지나 적진을 돌파했다.

전황이 완벽히 바뀌는 순간이었다.

233장. 이다음엔 내가 한 방 먹일 차례니까.

천마를 처음 본 적들은 비명을 지르녀가 얼굴이 사색으로 변해 뒷걸음쳤다. 그만큼 전차는 보병에게 압도적인 두려움을 주는 병기였다.

천마는 거북이처럼 느릿느릿 전진했다.

하지만 그 와중에도 탑재한 무장은 쉬지 않고 가동했다.

주포로 장착한 물수리가 펑하며 포탄을 발사했다. 곧 적 한 뭉텅이가 피 곤죽으로 변해 사방으로 흩어졌다.

사방이 적이라, 공들여 조준할 필요가 없었다. 대충 쏴도 적진 한복판에 포탄이 떨어졌다.

물수리를 주포로 선택한 결과도 썩 나쁘진 않았다.

포탄 크기가 작아 큰 피해를 주진 못했지만 대신 사거리가 길어져 수백 미터 떨어진 적도 포탄으로 맞힐 수 있었다.

가까이 있는 적은 부 무장인 참수리로 처리했다.

두두두두두!

소름 끼치는 총성을 내며 흩뿌리듯 날아간 탄환이 적 보병을 닥치는 대로 갈아 버려 공중에 피로 만든 수증기가 생겼다.

전진하는 천마 꽁무니에 숨어 이동하던 훈련도감 병사들은 미처 퇴각하지 못한 적 보병을 사냥해 손쉽게 전과를 올렸다.

그렇게 해서 4일 차 전투는 조선군의 압도적 승리로 끝났다. 교환비가 1 대 10까지 나와 소모전을 걱정할 이유도 없어졌다.

이런 교환비면 정남왕군도 소모전을 고집하기 어려웠다.

사람과 물자는 바닷물처럼 무한대로 퍼 올리지 못한다.

4일 차 전투에서 보여 준 천마의 놀라운 성과에 수뇌부는 물론이고 일반 병사들마저 고무되어 사기가 하늘을 찔렀다.

천마 30대 중에 세 대가 엔진과 변속기, 캐터필러 고장으로 고철로 변했지만 이를 신경 쓰는 이들은 찾아보기 어려웠다.

무사히 복귀한 천마 27대는 연료를 주유하고 정비를 받았다.

다음 날, 5일 차 전투는 시작부터 천마청이 주도했다.

어차피 천마를 드러낸 이상, 아낄 이유가 없었다.

난 고지에 올라가 망원경으로 천마청의 돌격을 지켜보았다.

내 표정을 본 왕두석이 의아해하며 물었다.

"전투에서 이기고 있사온데 어찌 용안이 언짢으신 것이옵니까?"

"내 표정이 그래 보여?"

"예, 전하."

"과인은 사실 천마청을 지금 쓸 생각이 없었다."

"하오면?"

“천마청은 적을 끝내기 위해 준비한 거지, 지금처럼 소모전으로 흐르는 전황을 타개하기 위해 준비한 부대가 아니야.”

내 대답이 알쏭달쏭했던 모양이다.

왕두석이 다시 고개를 갸웃거렸다.

아무튼 5일 차 전투도 천마가 시작과 끝을 화려하게 장식했다.

천마는 적 방어선을 뚫고 진격해 보전 시내를 관통했다.

그런 천마청의 앞을 정남왕군이 설치한 철조망이 막아섰다.

조선군이 철조망으로 기병의 시대를 강제로 끝내면서 다른 나라도 하나둘 따라 하기 시작해 이젠 별 차이가 없었다.

정남왕군도 마찬가지였다.

그들은 참호 앞에 철조망을 몇 겹으로 깔았다.

하지만 애초에 Mk 1과 같은 현대적인 전차가 탄생한 이유가 바로 저 철조망 지대를 안전하게 돌파하기 위해서였다.

천마는 주저 없이 철조망을 짓밟으며 진격했다.

콰드드드득!

천마 캐터필러에 짓밟혀 끊어지는 철조망을 보고 정남왕군 병사들은 또다시 얼굴이 사색으로 변해 참호로 달아났다.

이어 참호에 숨어서 소총과 기관총, 수류탄 등으로 공격했다.

타타타타탕!

소총과 기관총 총알 수백 발이 천마 전면부에 쏟아졌다.

하지만 총알은 강철을 용접해 만든 전차 장갑을 뚫지 못했다.

수류탄도 마찬가지였다.

캐터필러에 빨려 들어가지 않는 이상, 천마 하부에 수류탄을 까 넣어도 잠깐 덜컹대기만 했을 뿐, 고장을 내지는 못했다.

이젠 천마가 반격할 차례였다.

펑!

물수리포로 참호 한 귀퉁이를 통째로 날렸다.

참호에서 달아나는 적은 참수리로 갈겨 쓸어버렸다.

그러나 천마청도 참호를 완벽히 돌파하진 못했다.

적이 야포, 박격포 등을 총동원한 탓에 전진이 쉽지 않았다.

무엇보다 연료를 거의 소진한 상태였다.

5일 차 전투는 그렇게 끝났다.

천마청이 전선을 돌파해 준 덕에 훈련도감은 보전 시내로 들어가서 적 참호를 직접 포격할 수 있는 위치까지 전진했다.

그날 밤.

훈련도감 포병 부대가 합동 야간 포격을 시행했다.

콰콰콰콰쾅!

내가 있는 막사 근처에서도 포탄 수십 발이 터지며 생긴 불꽃이 가끔 보일 정도로 엄청난 화력을 밤새도록 쏟아부었다.

다음 날 새벽.

적진을 돌아본 정찰 부대가 돌아와 보고했다.

"야간 포격에 큰 피해를 본 적이 참호를 버리고 보전 밖으로 달아났습니다. 야전 진지도 10킬로미터 이상 물렸습니다."

"고생 많았다. 이젠 가서 휴식을 취해라."

"예, 대감!"

정찰 부대 장교를 돌려보낸 이완이 다가와 물었다.

"오늘은 어떻게 하시겠사옵니까?"

"원래 작전 계획대로 하게."

"예, 전하."

군례를 올린 이완이 전투 개시 명령을 내렸다.

6일 차 아침.

전투 식량으로 아침 식사를 해결한 훈련도감이 이전처럼 천마청 천마 20여 대를 앞세워 보전 밖으로 달아난 적을 쫓았다.

추격은 순조로웠다.

그렇게 정오를 지나 오후에 막 접어들었을 무렵.

재정비를 마친 정남왕군도 이젠 피하지 않고 다시 돌격했다.

난 근처 고지에 올라가 그런 정남왕군을 망원경으로 확인했다.

"젠장!"

난 재빨리 왕두석을 향해 소리쳤다.

"천마청을 지금 당장 뒤로 빼라고 이완 대감에 전해라!"

"옛!"

대답한 왕두석이 선전관 몇을 급히 전선으로 보내려는 찰나.

소총보단 훨씬 크고 야포보단 훨씬 작은 이상한 무기를 어깨에 멘 정남왕군 병사 수백 명이 뛰쳐나와 천마를 조준했다.

천마를 조종하는 전차병도 위협을 감지한 듯했다.

그들을 향해 참수리 기관총을 계속 갈겼다.

하지만 정남왕군은 물러서지 않았다.

무기를 들고 있던 동료가 죽으면 다른 병사가 그를 대신했다.

그때.

쉬이익!

정남왕군이 들고 있던 기다란 무기에서 흰 연기를 매단 포탄이 날아가 천마 캐터필러 안으로 순식간에 빨려 들어갔다.

퍼엉!

캐터필러가 끊어진 천마가 제 자리에서 헛돌았다.

그때, 똑같은 무기에서 발사한 대여섯 발이 넘는 포탄이 기동을 멈춘 천마 장갑에 틀어박혀 흰 섬광을 쏟아 내며 폭발했다.

천마는 전차병이 탈출할 틈도 주지 않고 그대로 터져 나갔다.

안에 있던 물수리포 포탄에 불이 붙어 유폭이 일어난 거다.

그런 식으로 순식간에 천마 10여 대가 폭발했다.

전차병도 모두 천마와 함께 최후를 맞았다.

훈련도감 병사들이 천마를 구하기 위해 연막탄을 터트리고 엄호 사격을 하였지만, 정남왕군은 집요하게 천마만 노렸다.

그때, 천마청에게 퇴각을 지시하는 신호기가 올라왔다.

살아남은 천마들은 급히 왼쪽으로 크게 호를 그리며 달아났다.

하지만 문제는 속도가 너무 느리단 점이었다.

결국, 아침에 출발한 모든 천마 전차가 집중 공격을 받아 기동을 멈추거나 폭발해 천마청 전체가 궤멸하다시피 하였다.

천마청 궤멸이 가져온 파장은 엄청났다.

은폐, 엄폐에 사용하던 전차가 사라지면서 천마를 믿고 깊숙이 올라온 보병이 정남왕군의 집중 공격을 받기 시작했다.

일부 병력은 연막탄을 피워 추격을 따돌리려 하였다.

하지만 적은 오늘 끝장을 보겠다는 듯 집요하게 따라붙었다.

난 망원경으로 그 모습을 지켜보다가 사령부 쪽을 확인했다.

"대체 사령부는 뭐 하고 있는 거야?"

공교롭게도 내가 그 말을 하는 순간.

훈련도감 포병이 아군을 구하기 위해 일제 포격에 들어갔다.

콰콰콰콰쾅!

포탄이 좁은 공간에 집중적으로 떨어지면서 훈련도감 병력을 쫓던 정남왕군은 결국, 추격을 포기하고 진지로 돌아갔다.

6일째 전투는 거기서 그렇게 끝났다.

조선군은 천마청이 궤멸당해 분위기가 납처럼 무거웠다.

반대로 천마청을 박살 낸 정남왕군은 사기가 하늘을 찔렀다.

하루 만에 두 군의 상황이 극과 극을 오갔다.

이완에게 전황을 보고받고 나서 난 손짓으로 장군들을 물렸다.

사실 장군들을 탓할 일은 아니었다.

이번 천마청 궤멸은 내가 방심한 탓이 컸다.

난 한숨을 내쉬며 탁자 앞으로 걸어갔다.

탁자에 정남왕군이 천마를 공격할 때 쓴 무기가 놓여 있었다.

길이는 2.5미터고 앞과 뒤, 모두 구멍이 뚫린 원통형 구조였다.

중간에는 큼지막한 발사용 방아쇠도 달려 있었다.

무게는 꽤 나가서 혼자선 운용이 힘들었다.

실제로 정남왕군은 네 명이 팀을 이뤄 운용했다.

두 명이 무기를 들고 있으면 한 명이 포탄을 장전했다.

그리고 마지막 한 명은 조준경으로 조준하는 임무를 수행했다.

난 탁자를 양손으로 짚으며 한숨을 내쉬었다.

정남왕군이 대전차용 무반동포를 개발했을 줄이야!

아니, 무반동포는 우리도 지금 당장 만들 수 있다.

별로 어려운 기술은 아니다.

하지만 정남왕군이 무반동포 포탄으로 대전차 고폭탄(HEAT)을 개발했단 점은 나에게 큰 충격을 주기에 충분했다.

대전차 고폭탄은 전차 장갑을 뚫기 위해 만들어진 포탄이었다.

성형 작약, 즉 포탄 안에서 폭발을 일으키는 작약을 오목한 형태로 가공해 메탈제트란 관통자를 만드는 것이 원리였다.

난 주먹으로 탁자를 쾅 쳤다.

전차를 개발하면서 대전차 무기에는 소홀하다니 내 실수다!

난 그제야 얼마 전에 정남왕군이 운영하는 연구소에서 갑자기 강철을 대거 반입했단 안교안의 보고 내용이 이해 갔다.

놈들은 강철로 무기를 만들려고 했던 것이 아니었다.

그보다는 그들이 개발한 대전차 고폭탄으로 몇 센티미터나 뚫을 수 있는지 알아보기 위해서 강철을 대거 반입했던 거다.

기뢰에 이어 대전차 고폭탄이라니……, 확실히 쉽지 않은 상대다.

하지만 지금 와 후회하는 건 생산적이지 않은 짓이다.

지금은 앞으로 어떻게 할 건지가 훨씬 더 중요하다.

내가 천마를 꺼냈을 때 놈은 바로 대전차 고폭탄을 쓰지 않았다.

며칠 동안 일부러 패하는 척하며 우릴 깊숙이 끌어들이고 나서 아껴 둔 대전차 부대를 꺼내 일거에 천마청을 궤멸했다.

그렇다면 이제 놈은 어떻게 나올까?

내가 가진 비장의 한 수를 완벽히 파훼했다고 여긴 놈은 이제 거리낄 게 없어졌단 판단에서 글라이더를 꺼내려 들까?

근데 이곳에는 글라이더를 출격시킬 만한 고지가 없는데 어떻게?

뭐 이젠 상관없으려나.

이다음엔 내가 한 방 먹일 차례니까.

다음 날, 7일 차 전투는 정남왕군 선공으로 시작했다.

전날 전투 결과로 사기가 바짝 오른 정남왕군은 훈련도감 포병의 매서운 포격에도 불구하고 계속해서 거리를 좁혀왔다.

진격을 가로막는 철조망은 무반동포로 제압했다.

훈련도감 병사들은 참수리, 솔개로 화력을 투사하고 진천탄까지 터트리며 방어에 나섰지만, 무반동포가 불을 뿜을 때마다 참수리를 거치한 포좌가 순식간에 공중분해 되었다.

정남왕군은 상황에 맞게 무반동포 포탄을 두 종류 사용했다.

하나는 앞서 말한 대전차용 고폭탄이었다.

그리고 다른 하난 평범한 고폭탄으로 대인, 대물 살상용이었다.

정남왕군은 그중 고폭탄으로 참호를 공격했다.

결국, 버티다 못한 조선군은 참호를 버리고 진지로 달아났다.

정남왕군은 그동안 쌓인 울분을 풀겠다는 듯 달아나는 훈련도감 병사들을 쫓으며 기관총과 무반동포로 공격을 가했다.

곳곳에서 피가 튀고 비명이 들려왔다.

그때였다.

쿠쿠쿠쿠쿠!

정남왕군 후방에서 수십 미터 높이의 목재 구조물이 나타났다.

갑자기 나타난 거대한 구조물에 너무 놀란 나머지 도망치는 것을 잠시 잊은 조선군이 있을 정도로 충격적인 등장이었다.

그 순간.

구조물 정상에서 조선 본토 습격으로 위명을 떨친 글라이더 수십 대가 출격하여 달아나는 조선군 머리 위를 활강했다.

마치 매가 먹잇감을 노리고 지상으로 활강하는 듯한 형세였다.

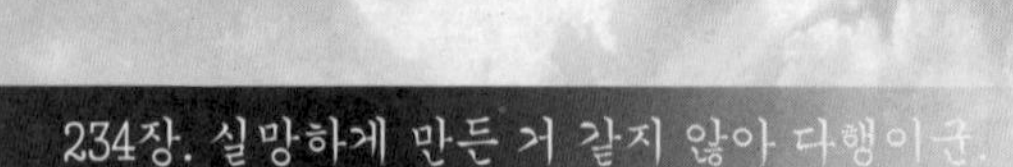

234장. 실망하게 만든 거 같지 않아 다행이군.

난 망원경으로 철재 구조물을 확인했다.

일종의 이동식 비행장으로 보였다.

구조물 자체는 철근을 엮은 기둥으로 만들어져 있었는데 엘리베이터가 있어 글라이더를 정상까지 올려 보낼 수가 있었다.

글라이더가 구조물 정상에 도착하면 준비하고 있던 조종사가 바로 올라타서 전기 모터를 켜고 활강 비행에 들어갔다.

내 입에서 절로 감탄이 터져 나왔다.

이게 놈이 숨겨 둔 비장의 한 수로군.

글라이더가 후방으로 들어와 닥치는 대로 포탄을 투하했다.

콰콰쾅!

포탄이 폭발할 때마다 조선군이 뭉텅이로 쓰러졌다.

글라이더에 대한 정남왕군의 믿음은 대단했다.

글라이더가 활강하며 조선군 방어선을 넘나드는 동안.

함성을 지른 정남왕군이 같이 맹공을 퍼부었다.

글라이더와 정남왕군의 제병 합동 전술에 간신히 유지하던 조선군 방어선이 구멍이 뚫린 제방처럼 순식간에 허물어졌다.

그 와중에도 이동식 비행장에서 이륙한 다른 글라이더 편대가 조선군 방어선 위를 활강하며 포탄을 떨어트리고 있었다.

난 입술을 피가 날 만큼 세게 깨물었다.

이동식 비행장부터 빨리 정리하지 않으면 쉽지 않겠어.

난 급히 훈련도감 포병 쪽을 보았다.

하지만 포병이 쏘아 올린 포탄은 이동식 비행장에서 훨씬 못 미치는 곳에 떨어져 효과적인 타격을 주지 못하고 있었다.

장약을 바꿔 발사해도 차이가 크지 않았다.

사거리가 조금 늘긴 했지만 역시 미치지 못했다.

난 주먹을 바스러지도록 강하게 움켜쥐었다.

우리에겐 저 이동식 비행장을 타격할 아주 좋은 무기가 있었다.

바로 천마 전차였다.

천마라면 전선을 뚫고 돌격해 이동식 비행장을 공격했을 텐데 문제는 천마청이 궤멸당해 전차를 쓰지 못한단 점이었다.

경정충도 그걸 알기에 유인한 천마청을 무반동포로 먼저 제거하고 나서 이동식 비행장이란 숨겨 둔 수를 꺼냈을 거다.

훈련도감 포병이야 이미 사거리 계산이 다 끝난 뒤라 안으로 들어가지만 않으면 절대 당할 리 없단 계산이 섰을 거다.

그나마 다행은 글라이더 배터리 지속 시간이 길지 않은 데다, 폭장량에도 한계가 있어 버티려면 버틸 수 있단 점이었다.

조선군은 악착같이 버텨 가까스로 7일 차 전투를 끝마쳤다.

그날 밤.

난 막사에 주요 수뇌부를 호출했다.

다만, 충무청 대장 조복양은 오지 못했다.

서천미진에서 정남왕군 별동 부대를 상대하느라 여유가 없었다.

그는 대신 자기 별장을 보내왔다.

난 그 별장에게 물었다.

"서천미진 전선 현황은 어떤가?"

별장은 잔뜩 굳은 표정으로 대답했다.

"주요 고지 하나를 두고 치열한 쟁탈전을 벌이고 있사옵니다."

"충무청이 고생이 많군."

"황공하옵니다."

난 이어서 회의에 참석하란 지시를 받고 온 안교안에게 물었다.

"정남왕군이 우리 비거에 대해 얼마나 아는 거 같은가?"

안교안이 대답했다.

"확신할 수는 없사오나……."

"추정이라도 좋으니까 말해 보게."

"현재까진 모르는 듯하옵니다."

"팽호도 해전에서 이미 우리가 비거를 썼는데도 모른단 말인가?"

"당시 충청 수영이 비거를 노출하기 전에 팽호도 주변 해역을 통제하였다는 말을 들었사옵니다. 그런 연유로 육지에 있는 정남왕군이 미처 파악하지 못했을 가능성이 있사옵니다."

“천만다행이군.”

난 고개를 돌려 이완에게 물었다.

“훈련도감의 반격 준비는 어떻게 돼 가고 있소?”

이완은 자신 있는 표정으로 대답했다.

“야간에 보급품으로 위장하여 배치를 마쳤사옵니다.”

“잘했소.”

“망극하옵니다.”

난 마지막으로 비차군 비거 대장 나홍좌를 보았다.

이제 서른 중반인 나홍좌는 몇 년 전에 복엽기로 진로를 바꾼 선이남과 더불어 비차군을 이끄는 투 톱 중의 하나였다.

선이남이 스릴을 즐긴다면 나홍좌는 얼음처럼 아주 냉정했다. 지금도 물처럼 고요한 신색으로 서 있었다.

난 나홍좌에게 물었다.

“내일 날씨는 어떨 거 같소?”

“지금까지 조사한 기상 상황으로 봐선 맑을 가능성이 크옵니다.”

“그러면 문제없이 출격할 수 있겠군.”

“그렇사옵니다.”

“내일 비차군의 활약을 기대해도 되겠소?”

“실망하시는 일이 없도록 최선을 다하겠사옵니다.”

난 고개를 끄덕이고 나서 수뇌부를 둘러보며 당부했다.

“드디어 결착을 지을 때가 다가왔소. 다들 최선을 다해 주시오.”

“예, 전하!”

다음 날, 예상대로 정남왕군은 이른 아침부터 총공격을 가해 왔다.

야포 사거리 밖에 놓아둔 이동식 비행장에서 발진한 글라이더 수백 대가 조선군 머리 위로 활강하며 포탄을 투하했다.

그에 발맞춰 정남왕군 보병도 개미 떼처럼 전선으로 모여들어 무반동포를 쏘고 기관총으로 교차 사격을 가했다.

난 근처 고지에서 지켜보다가 훈련도감 사령부를 확인했다.

사령부 옆에 세워 둔 깃발이 검은색으로 바뀌어 있었다.

드디어 시작인가?

난 손바닥에 흥건한 땀을 옷에 닦았다.

잠시 후, 훈련도감 병사들이 무언가를 덮어 둔 위장막을 벗겨 내는 순간, 포신이 네 개 달린 대공포용 물수리가 모습을 드러냈다.

손에 굳은살이 박일 정도로 대공포 훈련을 해 온 훈련도감 병사들은 재빨리 장약과 포탄을 장전하고 조준기를 확인했다.

곧 조준기 안에 느릿느릿 선회하는 글라이더가 잡혔다.

조준기를 조종하던 물수리포 포술장이 소리쳤다.

"발사!"

그 즉시, 포탄 네 발이 날아가 글라이더 측면부에 명중했다.

포탄이 터지면서 전기 모터와 배터리를 건드린 듯했다.

글라이더는 추락하기도 전에 이미 연기에 휩싸여 불타올랐다. 그런 장면이 상공 여기저기서 벌어졌다.

훈련도감은 전선 곳곳에 위장해 둔 물수리포를 동시에 꺼내 천적 없는 매처럼 공중을 활보하던 글라이더를 요격했다.

물론, 쉽진 않았다.

어떤 글라이더는 지금처럼 초탄에 격추되기도 했지만 어떤 글라이더는 미꾸라지처럼 요리조리 빠져나가는 바람에 수십 발을 쏘고 나서야 가까스로 격추에 성공하기도 하였다.

어쨌든 물수리포로 만든 화망에서 도망친 글라이더는 없었다.

시간 차이만 어느 정도 있었을 뿐이지, 조선군 전선으로 넘어 들어온 글라이더는 전부 추락하거나 공중에서 폭발했다.

글라이더에 의지해 전선을 끌어 올린 정남왕군은 크게 당황해 잠시 갈피를 못 잡고 우왕좌왕하다가 천천히 후퇴했다.

이번에는 반대로 훈련도감이 달아나는 정남왕군을 추격했다.

난 망원경으로 이동식 비행장을 확인했다.

수동식 엘리베이터로 글라이더를 위로 올리느라 정신없었다.

글라이더를 또 날려 봤자 소용없다는 걸 그들도 알았다.

물수리포의 존재가 이미 드러난 상황이니까.

하지만 조금이라도 시간을 끌어 보려는 듯 예비용으로 갖고 있던 글라이더를 엘리베이터에 실어 계속해서 올려 보냈다.

그 순간, 남쪽 하늘에 물고기를 닮은 비행선 열두 대가 나타났다.

충청 수영 운반함에서 출격한 비거 대편대였다.

이윽고 이동식 비행장 상공에 도달한 비거가 포탄을 투하했다.

콰콰콰콰쾅!

구조물 자체가 워낙 커서 순식간에 포탄을 20발 가까이 맞았다.

펑펑펑펑!

수동식 엘리베이터에 실려 올라오던 글라이더가 포탄에 맞아 폭발하는 바람에 엘리베이터가 끊어져 바닥으로 추락했다.

그리고 또 한 발은 이동식 비행장 구석에 떨어져 폭발했다.

그곳에 마침 포탄 창고가 있던 탓에 유폭이 연이어 일어났다.

유폭이 만든 거센 화염이 거대한 구조물을 지탱하던 철근 기둥을 녹이면서 이동식 비행장이 굉음을 내며 주저앉았다.

계획대로 이동식 비행장부터 박살 낸 비거 열두 대는 정남왕군 야전 진지 상공으로 자리를 옮겨 다시 포탄을 투하했다.

이번엔 말 그대로 융단 폭격이었다.

이제 더는 포탄을 아낄 필요가 없어서다.

비거 대편대는 배를 열고 지닌 포탄을 다 쏟아 냈다.

콰콰콰콰쾅!

포탄이 떨어질 때마다 불길이 엄청나게 치솟았다.

야전 진지를 지키던 정남왕군은 막대한 손실을 보았다.

비거 두 대가 서로 부딪혀 추락하고 한 대는 엔진 이상으로 공중에서 폭발해 재로 변했지만, 전황에 영향을 주진 않았다.

포탄을 다 투하한 비거들은 물수리포로 지상 공격에 나섰다.

대공포라고 꼭 비행체만 쏴야 한단 법은 없었다.

나치가 만든 명품인 Flak 88도 대공포로 개발한 무기지만 워낙 성능이 좋아 대전차포, 야포 등 다양한 용도로 쓰였다.

물수리포도 그와 비슷했다.

지상 공격에서도 훌륭한 성능을 보여 주었다.

비거들이 정남왕군 야전 진지를 쑥밭으로 만드는 동안.

물수리포로 글라이더를 전부 떨어트린 훈련도감 오청은 달아나는 정남왕군의 뒤를 추격하여 어마어마한 전과를 올렸다.

저녁까지 이어진 추격전에서만 적을 3만 명 가까이 죽였다.

전사가 3만 명이란 뜻은 부상자는 그보다 훨씬 많단 뜻이었다. 거기다 비거가 박살 낸 야전 진지 쪽에서도 피해가 상당했다.

다음 날 새벽, 결국 버티지 못한 정남왕군은 보전에서 급히 철수했다.

난 입맛이 씁쓸했다. 보통 이런 경우엔 끝없는 추격전이 벌어지기 때문이다.

중국은 땅이 워낙 넓어서 동북쪽 끝인 북경에서부터 시작한 추격전이 남서쪽 끝인 운남에서 끝나는 경우마저 있었다.

근데 정남왕군은 그런 내 예상을 빗나가는 움직임을 보였다. 아니, 정확히 말하면 경정충의 행동이 그랬다. 그리고 빗나가도 너무 많이 빗나가 믿어지지 않을 정도였다.

난 보고하러 온 안교안에게 다시 물었다.

"경정충이 어떻게 했다고?"

안교안도 믿기지 않는단 표정으로 대답했다.

"복건성에 있는 우리 요원을 통해 항복을 타진해 왔사옵니다."

"항복하는 데 조건이 있단 건가?"

"그렇사옵니다."

"조건이 뭔가?"

"자길 따르던 부하와 복건성 백성은 죄가 없다면서 전하께서 그들에게 죄를 묻지 않는 조건으로 항복하겠다고 하옵니다."

"조건은 그 한 가지가 단가?"

"하나 더 있사옵니다."

"뭔가?"

"그건 전하를 알현하고 나서 밝히겠다고 하였사옵니다."

난 경정충의 의도가 뭘지 생각해 보았다.

혹시 스킬이나 버프로 일발 역전을 노리는 건가?

아니, 그건 아닐 거다. 내가 방심하지 않으리라는 것을 그도 알 테니까.

그렇다면 정말 부하와 백성을 살리기 위해?

아니면 내가 그를 살려 줄지도 모른다고 생각해서?

설마 살려 주는 대가로 내 밑으로 들어오겠다는 건 아니겠지?

순간적으로 여러 생각이 들었지만, 쉽게 결론이 나지 않았다.

다만, 한 가지는 확실했다. 어찌 됐든 그를 한번 만나 볼 수밖에 없단 사실이다.

난 한참 숙고하고 나서 고개를 끄덕였다.

"그를 보전 외곽에서 조용히 만나겠다."

"준비하겠사옵니다."

다음 날, 난 보전 교외에 있는 장원에서 경정충을 만났다.

경정충은 용포도 입지 않은 평범한 모습으로 나타났다.

"당신이 어떻게 생겼을지 늘 궁금했지."

유창한 영어였다. 나도 영어로 대답했다.

"직접 보니 어떤가?"

"내 예상보다 풍채가 좋군."

"실망하게 만든 거 같지 않아 다행이군."

경정충이 먼지 바닥에 양반 다리를 하고 앉으며 물었다.

"내가 항복해서 의외였나?"

"솔직히 말하면 그랬지. 난 길고 긴 추격전을 예상했으니까."

"어차피 승부가 가려진 판인데 추하게 그럴 필요 없지 않겠나?"

"그래도 포기하기 쉽지 않았을 거 같은데?"

"남쪽에서 비행선이 나타났을 때 이미 반쯤 포기한 상태였네."

나도 옥좌에서 일어나 경정충 앞에 양반 다리를 하고 앉았다.

그리고 왕두석을 시켜 술과 술잔을 가져오게 하였다.

곧 왕두석이 바닥에 술병과 술잔 두 개를 놓아두고 돌아갔다.

난 술잔에 술을 채워 경정충에게 건넸다.

"글라이더는 몇 년 전에 당해 봐서 알고 있었지만, 기뢰에 대전차 고폭탄까지……. 이번 전쟁을 위해 많은 걸 준비했더군."

내가 건넨 술을 단숨에 비운 경정충이 내 잔에 술을 따랐다.

"물론, 나도 나 나름대로 열심히 연구했지. 걸린 게 많았으니까."

그러면서 내 얼굴을 보며 말을 이어 갔다.

"그렇게까지 했음에도 결국, 자네에겐 통하지 않았지만 말이야."

"운이 좋았네."

"겸손 떨수록 그런 자네에게 패한 나만 꼴이 우스워지는 법이지 않겠나? 다른 이가 추켜세워 줄 땐 받아들이는 법도 배우게."

"미안하군."

"패장의 심술이라고 생각하고 너그러이 봐주게."

그다음부터는 말없이 서로 술잔을 기울였다.

마지막 남은 술을 그의 잔에 따랐을 때.

경정충이 술잔을 지그시 쳐다보다가 고개를 들었다.

"항복하면 죽는다는 걸 알면서도 내가 왜 항복했을 거 같은가?"

"부하와 백성을 살리기 위해서?"

"하하하. 난 그렇게 착한 놈이 아니네."

"그러면?"

"죽기 전에 자네에게 꼭 해야 할 말이 있어서네."

"하고 싶은 말이 뭔가?"

"자넨……, EHS에게 지지 말게."

"음?"

"EHS가 왜, 무슨 이유로 우리를 이곳으로 데려왔는지는 모르겠지만 분명 어떤 의도가 있을 것이네. 아마 그리 좋은 의도는 아니겠지. 난 여기서 리타이어하지만, 자네는 끝까지 살아남아 우릴 이렇게 만들 놈들에게 반드시 복수해 주게."

"……"

"그렇게 해 주겠나?"

"섣불리 장담하는 건 위험하지만……, 내 능력으로 가능하다면 그렇게 하겠네. 나도 EHS가 썩 마음에 드는 건 아니니까."

내 대답을 들은 경정충이 웃으면서 마지막 술잔을 들이켰다.

그리고 얼마 지나지 않아 입에서 피를 쏟으며 쓰러졌다.

독이 든 캡슐 같은 걸 입에 물고 있던 모양이었다.

난 급히 쓰러진 그를 부축했다.

"이봐!"

경정충이 피가 묻은 손으로 내 팔을 꽉 잡았다.

"조, 조금 전에 한 약속……, 꼭 지켜 주게."

"……그러지."

내 대답을 듣고 마음이 놓였던 모양이다.

내 팔을 잡고 있던 경정충의 손이 힘없이 풀렸다.

동시에 킬 메시지가 눈앞에 떠올랐다.

하지만 이번에는 기쁘기보단 허무한 감정이 더 컸다.

잘 가게, 친구…….

235장. 정말 놀랄 노 자로군.

난 경정충의 유해를 좋은 관에 안치해 정남왕부에 인계했다.

정남왕부도 경정충에게 미리 들은 얘기가 있는 모양이었다.

후계자인 경승민을 보내 항복하겠단 의사를 비쳤다.

얼마 후, 난 환대받으며 복건 정남왕부에 당당히 입성했다.

정남왕부의 새 주인인 경승민은 날 마치 오랜만에 만난 숙부처럼 친근하게 대하며 매일 환영하는 연회까지 열어 주었다.

연회 끝 무렵에 경승민을 불러 얘기를 나눠 보았다.

올해 열다섯 살이라는 경승민은 나이보다 훨씬 의젓해 보였다.

"선친에게 어떤 얘기를 들었는진 모르겠지만 우리 조선과 정남왕부는 근 20년 가까이 교류하며 돈독한 관계를 맺어 왔네."

"선친께서도 소자에게 그런 말씀을 자주 하셨습니다."

"나와 자네 선친은 둘 다 운명이란 수레바퀴를 돌리는 바큇살에 불과했네. 바퀴를 돌리는 건 바큇살이지만 그 바큇살은 돌기만 할 뿐, 가야 할 방향을 스스로 정하진 못한다네."

"……."

"수레가 가야 할 방향을 정하는 일은 수레를 소유한 주인만이 가능하지. 내가 무슨 말을 하는지 이해하기가 어려운가?"

"완전히 이해하진 못했지만 어떤 뜻으로 하시는 말씀인진 알겠습니다. 두 분 다 피치 못할 사정이 있었단 뜻이겠지요."

"그렇네. 그래서 자네 선친은 갑자기 조선으로 자객을 보내 과인을 암살하려 했지. 하지만 실패했네. 물론, 피해가 없진 않았어. 과인이 아끼던 대신과 궁인을 여럿 죽었으니까."

경승민이 어쩔 줄 몰라 하다가 급히 머리를 조아렸다.

"제, 제가 대신 선친을 대신해 사과드리겠습니다."

"자네에게 사과받자고 꺼낸 말이 아니네."

"예에……."

"과인은 보복하기 위해 복건으로 쳐들어가 자네 선친과 자웅을 겨루었네. 결과는 자네도 이미 알고 있다시피 전쟁에서 패한 자네 선친이 스스로 목숨을 끊는 것으로 결말이 났지."

"……."

"자네 선친은 당당한 사내대장부답게 일을 처리했네. 그래서 과인도 그의 체면을 생각해 편의를 봐줄 생각이네."

고개를 든 경승민이 기대하는 눈빛으로 날 쳐다보았다.

"우선 복건과 광동 두 성은 정남왕부에게 계속 맡기겠네. 대신, 대만, 귀주, 호남, 호북, 강서, 절강에선 철수해야 하네."

경승민의 얼굴에 안도하는 기색이 여실히 드러났다.

그는 끽해야 복건 정도만 돌려받을 줄 안 모양이다. 근데 내가 광동까지 얹어 주었으니 기쁠 수밖에.

경승민이 일어나서 바로 절을 올렸다.

"전하께서 보여 주신 호의를……, 절대 잊지 않겠습니다."

"대신 자네도 과인의 사정을 몇 가지 봐줘야겠네."

"어떤 사정입니까?"

"우선 하문과 향항, 이 두 항구를 조선이 영구 조차해야겠네."

경승민은 부하가 가져온 지도로 하문, 향항이 어딘지 확인했다.

난 복건성 특산물인 용정차를 마시며 느긋하게 기다려 주었다.

어차피 그는 절대 거절할 수 없을 테니까.

잠시 후, 지도에서 고개를 든 경승민이 대답했다.

"그렇게 하겠습니다."

"곧 이와 관련해 상의할 사람을 보내도록 하지."

"준비하고 있겠습니다."

하문은 샤먼이고 향항은 홍콩이다. 중국 남부의 주요 항구 두 개가 조선 손에 들어오는 순간이다.

난 요구 사항을 두 가지 더 전달했다.

하나는 경정충이 연구하던 자료와 발명품을 넘기는 일이었다.

그리고 두 번째는 경정충의 연구를 옆에서 도와준 목수, 대장장이, 기술자들을 우리 조선에 무상으로 인도하는 거였다.

이번엔 경승민도 오래 고민했다.

자료야 복사하면 그만이다. 하지만 한번 빼앗긴 인재는 다시 키우기가 어렵다.

다행히 고민은 길지 않았다. 다른 방법이 없음을 깨달은 경승민은 자료와 인력을 넘겼다.

난 밀담을 끝내기 전에 마지막으로 당부했다.

"정남왕부가 과인이 허락한 복건과 광동에만 만족한다면 앞으로도 조선과 돈독한 관계를 맺을 수 있을 것이네. 지금까지 그래왔던 거처럼 경제, 문화를 교류할 수 있을 뿐 아니라 국방과 관련해서도 도움을 주고받을 수 있단 뜻이지."

경승민이 바짝 마른 입술에 침을 바르고 나서 물었다.

"……다른 성에 욕심을 냈을 땐 어찌 되는 것입니까?"

"파국으로 치달을 테지. 그 결과는 자네도 잘 알 테고."

놀란 경승민은 머리를 깊이 조아렸다.

"명심하겠습니다……."

"과인도 자네가 과인의 후의를 저버리는 일은 없을 거라 믿네."

난 경승민을 격려해 주고 나서 하문으로 돌아갔다.

며칠 후.

용호군 대장 안교안이 최재천 등을 데리고 정남왕부를 방문해 하문, 향항 두 항구를 조선에 조차하는 협정을 맺었다.

돌아올 때는 연구 자료와 발명품, 그리고 경정충의 연구를 도운 기술자 수천 명의 신병을 넘겨받아 하문으로 복귀했다.

난 바로 자료를 받아 훑어보았다.

자료의 양이 정말 방대했다. 거의 화물선 하나를 가득 채울 양이었다.

난 시간이 없어 주요 연구 과제만 확인하며 빠르게 넘어갔다.

경정충은 놀랍게도 공학의 거의 모든 분야를 연구한 거 같았다. 그리고 그보다 더 놀라운 점은 전문성까지 갖추었단 점이었다.

원래 직업이 공학자나 엔지니어였던 걸까?

그렇지 않고선 이런 전문성을 갖추기 힘들었다.

나야 마르지 않는 샘 스킬 덕분에 확보한 넘치는 수명으로 도서관에서 언제든 원하는 책들을 마음껏 빌릴 수 있었다.

또, 세종대왕을 경배하라 스킬은 도서관에서 빌린 책을 저자처럼 거의 완벽하게 이해할 수 있도록 도와주기까지 했다.

그 덕분에 조선의 과학 기술이 그토록 빨리 발전한 건데 경정충의 남은 수명이 1만 일이 넘지 않았단 점을 생각하면 그가 도서관에서 책을 마음껏 빌리기는 쉽지 않았을 거다.

그런데도 이런 높은 수준의 공학적 성취를 이뤘단 말은 그가 빙의하기 전까지 공학자나 엔지니어였을 가능성이 컸다. 당사자에게 물어보기엔 이미 너무 늦은 후였지만.

아무튼 그 덕에 조선의 공학은 한 단계 더 발전할 수 있었다.

그가 연구한 내용의 반만 사용해도 주재료나 원천 기술을 확보하지 못해 포기한 다양한 신무기를 만들어 낼 수 있었다.

난 통제영에 경정충이 그동안 연구한 자료와 기술자들부터 최대한 빨리, 그리고 안전하게 본토로 보내란 지시를 내렸다.

자료와 기술자들을 태운 함대가 본토로 출발했을 때.

난 하문에서 향항, 즉 홍콩으로 거처를 옮겼다.

◆◈◆

중국 광동과 호남의 경계 지역.

팔장사 조지웅은 부하 100명과 계곡에 갇혀 있었다.

그들은 원래 호남에서 복건으로 급히 이동 중이던 정남왕군 군대를 막고 있었는데 중간에 일이 꼬이는 바람에 사방이 막힌 계곡에 갇혀서 정남왕군 수천 명에게 시달리고 있었다.

조지웅은 부하가 구워 온 멧돼지 뒷다리를 뜯으며 생각했다.

본토의 지원이 끊긴 용호군과 팔장사는 가능한 모든 수단을 총동원해 정남왕부를 괴롭히란 명을 받고 실행에 옮겼다.

물론, 쉽지 않은 일이었다.

다들 몇 번씩 죽을 고비를 넘겨 가며 작전을 수행했다.

죽음의 그림자는 팔장사라고 피해 가지 않았다.

아니, 오히려 팔장사가 더 위험했다. 이젠 다들 환갑을 지나 고희에 가까운 노인들이기 때문이었다.

대장사인 오효성은 이미 고희를 지났을 정도였다.

몇 달 만에 과로로 쓰러진 장사민은 끝내 회복하지 못했다. 뒤이어 박배원, 신진익이 작전 중에 차례로 중상을 입어 치료받다가 합병증이 도져 결국 병상에서 숨을 거두고 말았다.

팔장사의 최대 위기는 대장사 오효성이 매복해 있던 적 저격수가 쏜 탄환에 맞아 어이없게 목숨을 잃었을 때 찾아왔다.

오효성의 죽음 때문에 생긴 위기는 아니었다. 차라리 그랬으면 오히려 결속은 더 단단해졌을지도 몰랐다. 다들 대장사의 복수를 하겠다며 나섰을 테니까.

팔장사에 위기가 찾아온 진짜 이유는 조국이 적진에 갇힌 그들을 버렸을지 모른단 소문이 빠르게 퍼져 갔기 때문이다.

그 소문에 일부는 체념했고 일부는 분노했다.

그리고 일부는 좌절한 장사들을 어떻게든 일으켜 세워 명령을 수행하려고 노력했는데 대표적인 인물이 조지웅이었다.

그나마 다행인 점은 조지웅과 같은 생각을 하는 이들이 훨씬 많단 점이었고 그래서 팔장사도 와해하지 않고 유지되었다.

그때, 부하 몇이 나무에 이상하게 생긴 짐승을 묶어 가져왔다.

"장사님."

"왜 그러나?"

"이런 걸 잡았는데 먹어도 되는 걸까요?"

조지웅이 고개를 돌려 부하들이 잡아 온 짐승을 보았다.

생김새는 귀가 큰 곰처럼 생겼다.

근데 곰은 절대 아니었다. 귀, 눈, 가슴팍과 팔은 아주 선명한 검은색이었다. 그리고 그 부위를 제외한 나머지는 전부 흰색이었다.

짐승은 묶여 있음에도 태평하기 짝이 없었다. 큰 눈알을 이리저리 굴리며 오히려 사람을 구경하는 듯했다.

아무리 배고파도 저건 먹기 힘들겠다고 느낀 조지웅이 물었다.

"길잡이로 데려온 묘족에게 물어봤나?"

부하 하나가 대답했다.

"그들 말로는 잘 먹진 않는다고 합니다."

"왜?"

"맛이 없다는 거 같았습니다."

"일단 어딘가에 처박아 놨다가 다른 짐승이 안 잡히면 먹도록 하지. 뱀이나 쥐를 먹는 거보단 그래도 저놈이 더 낫겠지."

"예, 장사님."

부하들이 이상하게 생긴 곰을 풀숲에 처박아 놓았을 때였다.

전초에 있던 부장사가 급히 돌아와 보고했다.

"놈들이 야포와 박격포를 설치하고 있습니다."

한숨을 내쉰 조지웅이 먹던 고기를 내려놓고 일어섰다.

"여기까진가 보군."

"그런 거……, 같습니다."

"어차피 여기서 참호 파고 숨어 봐야 포탄에 갈기갈기 찢기기만 할 테니까 우리가 먼저 치고 내려가서 끝장을 보세나."

부장사가 군례를 취했다.

"장사님과 함께 싸울 수 있어 영광이었습니다."

"나도 자네 같은 부하들을 지휘할 수 있어 무척 영광이었네."

집결을 마친 팔장사 100명은 무기를 손에 쥐었다. 화기는 이미 다 사용한 터라, 칼과 도끼, 창이 주 무기였다.

부하들과 시선을 교환한 조지웅이 돌격을 외치려 할 때였다.

갑자기 그들이 숨어 있는 계곡 입구에서 말발굽 소리가 들렸다.

조지웅은 목에 건 망원경을 들어 눈에 가져갔다.

적이 먼저 공격해 온 거라면 소리가 여러 개 나야 한다.

근데 지금은 달랑 하나였다.

혹시 항복을 요구하러 온 사자인가?

조지웅이 막 그런 생각을 하는데.

단기필마로 계곡 안으로 들어온 적이 고래고래 소리를 질렀다.

조지웅은 통역을 담당하는 장사에게 물었다.

"저놈이 지금 뭐라고 지껄이는 건가?"

"이, 이상합니다."

"뭐가 이상하다는 건가?"

"적이 우리에게 항복하겠답니다."

"잘못 들은 거 아닌가?"

"아닙니다. 분명 우리에게 항복을 받아 달라고 하고 있습니다."

조지웅은 부장사에게 지시했다.

"통역관을 데려가서 무슨 일인지 알아보게."

"예."

부장사는 곧 통역관을 대동하고 적에게 달려갔다.

잠시 후, 부장사가 기쁨을 감추지 못하며 달려와 보고했다.

"우리에게 항복하겠다고 한 것이 맞습니다."

"무슨 일인가?"

"한참 전에 조선군이 하문이란 항구에 상륙해 정남왕군과 전투를 치렀는데 그 전투에서 대승해 경정충이 죽었답니다."

"아!"

"놀라운 소식은 그뿐만이 아닙니다."

"어서 말해 보게."

"정남왕군은 경정충이 죽기 전에 남긴 유언에 따라 조선군에게 항복하는 절차를 밟는 중이라고 합니다. 저들은 본대와 많이 떨어져 있어 조금 전에야 그 소식을 들었던 것이고요."

"정말 놀랄 노 자로군."

"어떻게 할까요?"

"당연히 항복을 받아 줘야지."

"예!"

신이 나서 대답한 부장사가 부하들을 데리고 계곡을 나갔다. 정남왕군이 무조건 항복했단 소식을 들은 장사들은 계곡이 떠나가라 환호성을 지르며 옷을 벗고 계곡물에 뛰어들었다.

조지웅은 군기를 중요시하는 지휘관이지만 지금은 그냥 두었다. 그도 저들의 마음과 똑같았기 때문이다.

죽기 직전에 무죄로 밝혀진 사형수의 심정이 이렇지 않을까?

그때, 부하 몇이 다가와 물었다.

"저 이상하게 생긴 곰은 풀어 줄까요?"

조지웅은 잠시 생각하다가 대답했다.

"일전에 전하께서 특이한 짐승을 수집하신다는 소문을 들은 적이 있네. 너무 갑작스러워서 대승을 축하하는 선물을 미처 준비하지 못했는데 저놈을 갖다 드리면 좋아하실 거 같군."

"알겠습니다."

곧 장사 몇 명이 이상하게 생긴 곰 쪽으로 다가갔다.

조지웅은 하늘을 보며 중얼거렸다.

"……역시 전하께선 우릴 버리지 않으셨구나."

오늘따라 하늘이 유독 구름 없이 파랬다.

조지웅은 코끝이 시큰해져 오는 걸 느끼고 서둘러 소리쳤다.

"적의 항복을 받아 주고 나서 본대와 합류한다!"

"예!"

며칠 후, 살아남은 팔장사 전원이 보무도 당당하게 홍콩으로 진군했다.

홍콩은 하문에서 500킬로미터 떨어진 서쪽에 있었다.

그리고 광동성 성도인 광주와는 불과 50킬로미터 밖에 떨어져 있지 않아 광동성 물자가 드나드는 관문 역할을 하였다.

곧 훈련도감 공병 부대가 도착해서 현지인을 인부로 고용하고 행궁, 항구, 부두, 창고, 숙소, 경비 초소 등을 건설했다.

난 그사이, 임시 숙소에 머물며 공사를 지켜보았다.

그러던 어느 날, 중국 남부에 고립되어 있던 용호군이 무사히 도착했다.

유연, 홍장미 등 안면이 있는 이들과 해후하고 나서 물었다.

"팔장사는 같이 안 온 건가?"

유연이 대답했다.

"그렇지 않아도 오기 전에 연락해 보았사온데 호남, 귀주에 흩어져 있어서 모이는 데 시간이 걸릴 것이라 하였사옵니다."

"알겠네. 그동안 고생 많았네. 숙소를 마련했으니까 푹 쉬게."

"성은이 망극하옵니다."

홍콩 풍광을 감상하며 열흘쯤 기다렸을 때.

김지웅, 박기성, 조지웅이 팔장사를 이끌고 홍콩에 도착했다.

팔장사는 놀랍게도 3분의 2가 살아서 귀환했다.

본토 지원이 전혀 없었단 점을 고려하면 대단한 생존율이었다.

그러나 곧 비보가 전해졌다.

"……대장사 오효성과 박배원, 신진익, 장사민이 죽었단 말인가."

김지웅 등이 일제히 머리를 조아렸다.

"모두 소관의 불찰이옵니다."

난 손을 저었다.

"아니오. 제대로 지원해 주지 못한 과인의 탓이 크오."

"황공하옵니다."

"아무튼 다들 고생이 많았소. 홍콩은 풍광도 좋고 날씨도 따뜻하니까 마음에 드는 곳을 골라 한동안 푹 쉬도록 하시오."

그때, 김지웅이 박기성과 앞으로 나와 머리를 조아렸다.

"전하, 소관이 드릴 말씀이 있사옵니다."

난 듣지도 않고 고개를 저었다.

"은퇴하겠단 말은 하지 마시오."

"하오나……."

"과인도 조 장사가 그 나이대에선 걸출한 인물이라 능히 대장사를 맡을 만한 재목으로 알고 있소. 하지만 아직은 아니오. 분명 좀 더 배워야 할 것이 있을 거요. 좀 더 가르치시오."

"……명하신 대로 하겠사옵니다."

팔장사 수뇌부가 돌아간 뒤 왕두석이 안으로 들어왔다.

상선이 나이가 너무 많아 반 은퇴한 탓에 상선 업무를 선전관이 대신했는데 대부분 왕두석과 홍귀남이 맡을 때가 많았다.

"전하, 보전 전투에서 대승 거두신 일을 축하드린다면서 팔장사가 기이한 선물을 하나 가져왔사온데 지금 보시겠사옵니까?"

"가져오너라."

"예, 전하."

잠시 후, 쌍둥이가 반은 하얗고 반은 새카만 곰 같은 짐승을 데려왔다.

응? 내가 잘못 본 건가? 저거 자이언트 판다잖아!

그 순간, 희귀한 동물을 수집하는 연계 퀘스트 하나가 클리어되었다. 바로 지시했다.

"토착 민족을 통해서 저 짐승을 몇 마리 더 데려오너라. 이왕이면 암수를 맞춰서 데려오는 편이 더 좋겠지. 그리고 데려오면 한 쌍은 창덕궁에 두고 키울 테니까 여기 놔두고 나머진 본토에 있는 국립 중앙 동물원으로 보내서 키우게 해라."

"예, 전하."

대답하고 나가려는 왕두석을 불러 추가 지시를 내렸다.

"아, 이왕 이렇게 된 거 각지에 서식하는 신기한 짐승들을 대거 수집하란 지시를 내려라. 그리고 수집하는 대로 중앙 동물원으로 보내고. 멸종되는 것보단 그편이 더 나을 테지."

"바로 지시를 내리겠사옵니다."

얼마 후, 자이언트 판다를 시작으로 레서 판다, 황금들창코 원숭이, 양쯔강 돌고래, 수마트라 호랑이, 남중국 호랑이, 벵골 호랑이 등 수십 종이 넘는 희귀 동물이 잡혀 와 중앙 동물원으로 보내졌다.

난 판다와 함께 레서 판다 한 쌍도 홍콩에 남겼다.

순한 데다 생김새도 아주 귀여워 궁에서 키우면 좋을 거 같았다.

판다와 레서 판다라면 애들은 당연히 좋아서 기뻐 날뛸 거고 요즘 부쩍 적적해하는 윗전 두 분도 관심을 가질 듯했다. 물론, 액티브 스킬을 써서 완벽히 길들여 두는 것도 잊지 않았다.

난 왕두석을 슬쩍 불러 명했다.

"판다와 레서 판다는 어떻게 했느냐?"

"우리에 잘 가두어 놓았사옵니다."

"그냥 풀어 둬라."

"그, 그럼 도망치지 않겠사옵니까?"

"걱정하지 마라. 과인이 다 손을 써 두었다."

"아, 한라와 백두 때처럼 말이지요?"

한라와 백두는 창덕궁에서 키우던 늑대와 표범의 이름이다.

야생성을 잃지 않은 놈들이었지만 스킬로 길들여 놔서 사람이나 짐승을 해치지 않고 사육사가 주는 고기만 받아먹었다.

지금은 후손을 보라고 개마고원 국립 공원에 풀어 둔 상태였다.

난 고개를 끄덕였다.

"그렇지."

"바로 조치하겠사옵니다."

"참, 판다는 싱싱한 대나무를 아주 좋아한다."

"짐, 짐승 주제에 편식한단 말씀이시옵니까?"

"아, 그러면 되겠구나."

왕두석은 불길한 기운을 감지한 듯 자라처럼 머리통을 감췄다.

"왜, 왜 그러시옵니까?"

"요즘은 별로 바쁜 일도 없는 거 같은데 판다에게 줄 대나무 구하는 일을 네가 하면 되겠구나. 저번에 보니까 저쪽 산에 좋은 대나무가 많더구나. 매일 한 짐씩 해다가 판다를 먹이거라. 판다가 살이 조금이라도 빠지면 경을 칠 것이야."

"전, 전하……."

"너도 판다처럼 눈과 귀를 검게 칠해 주랴?"

"지게가 어디 있더라."

왕두석은 능청을 떨면서 뒷걸음질로 대청을 빠져나갔다.

용호군, 팔장사가 달콤한 휴식을 즐기는 사이.

난 운남 토착 민족에게 한 약속을 지켰다.

몇 년 전에 용호군이 여러 족장과 논의하여 결정한 대로 국경을 긋고서 단일 민족으로 이루어진 총 일곱 개 나라가 운남 각 지방에서 건국을 선포할 수 있도록 도움을 주었다.

일곱 개 나라는 다시 운남 연합국이란 느슨한 형태의 연방 체제로 뭉친 뒤에 조선과 국방, 경제, 문화, 외교 등에서 긴밀히 협력한단 정식 협정을 맺어 관계를 더 돈독히 하였다.

이렇게 하여 이제 중국이 통일되더라도 인도차이나와 남중국해 방향으로 영향력을 확장하는 상황을 차단할 수 있었다.

그사이, 좋은 소식이 하나 더 전해졌다.

티베트와 위구르로 간 용호군 요원들이 성과를 낸 거다.

플레이어를 암살했단 킬 메시지가 연달아 떠올랐다.

난 안교안에게 티베트, 위구르 유력자에게 접근해 대사관과 서유럽회사 지사 등의 설립을 승인받으란 지시를 내렸다.

대사관은 외교 임무와 함께 용호군 요원을 상주시키려는 방편이었고 서유럽회사 지사는 당연히 교역을 위한 용도.

안교안은 바로 최재천을 포함한 용호군 주요 인력을 타클라마칸 사막과 티베트 고원으로 파견하여 내 명령을 수행했다.

내가 중국의 서쪽과 남서쪽을 틀어막는 동안.

중국 본토에서도 격변의 시기가 이어지고 있었다.

우선 정남왕부는 복건, 광동을 기반으로 정남왕국이란 나라를 개국하고 현 정남왕인 경승민을 초대 왕으로 추대했다.

그 외에도 산동군과 석가군 등이 잇달아 개국을 선포하면서 순식간에 큰 나라 10여 개와 작은 나라 수십 개가 생겼다.

난 속으로 쾌재를 불렀다. 이거야말로 내가 원한 그림이기 때문이다.

급한 일을 거의 다 처리한 뒤에는 교역 라인을 재정비했다.

우선 조선이 조차한 조차지에 서유럽회사 지사를 설립하고 제물포, 대련, 동영, 상해, 하문, 타이난, 그리고 홍콩을 잇는 교역 루트를 뚫어 정기 여객선과 화물선을 취역시켰다.

루트 종점인 홍콩에는 아시아 총괄 지사를 설립했다.

굳이 홍콩을 고른 이유는 이곳이 동남아시아와 가까워서다.

홍콩 남동쪽엔 필리핀 제도가, 남서쪽엔 인도차이나가 있다. 또, 남쪽으로 좀 더 내려가면 인도네시아가 나온다. 그리고 인도네시아 남쪽에는 자원의 보고인 호주가 위치하고.

즉, 여길 거점으로 삼으면 동남아와 호주를 커버할 수 있다.

본토에서 홍콩으로 이어지는 교역 루트 구축이 끝난 뒤에는 홍콩에서 바깥으로 나가는 교역 루트를 개설하기 시작했다.

한 반년 넘게 쉬면서 용호군과 팔장사도 체력을 충분히 회복한 터라, 그들에게 밀명을 내리고 필리핀 제도로 급파했다.

필리핀은 원래 에스파냐가 점령하고 있었다.

하지만 3년 전, 본국의 사정이 나빠진 에스파냐가 총독부를 전혀 지원해 주지 못한 탓에 현지 반란군에 패해 쫓겨났다.

에스파냐-포르투갈이 뭉친 이베리아는 네덜란드, 덴마크, 벨기에가 연합한 플랑드르와 동맹을 맺고 유럽과 유럽 식민지가 있는 아프리카, 아시아, 아메리카 등지에서 다른 열강들과 대결을 펼쳤는데 3년 전 다른 동맹에게 패해 해체됐다.

물론, 이 소식은 중동과 인도, 그리고 조선 본토를 오가며 세계 정세를 파악하는 중인 김석주 일행이 보내온 정보였다.

곧 내 밀명을 받은 용호군과 팔장사가 필리핀 마닐라로 잠입해 현지 무장 세력을 이끄는 유력 지도자를 암살하려 하였다.

하지만 그 지도자는 에스파냐 세력을 필리핀에서 혼자 힘으로 몰아냈을 만큼 실력자라 첫 번째 시도는 실패로 끝났다.

그렇다고 플레이어로 보이는 자와 협상할 수도 없는 일이어서 통제영과 충무청까지 마닐라로 보내 정식으로 도전하였다.

결과는 다행히 얼마 가지 않아 압승으로 끝났다.

조선군은 필리핀 수도이며 북부 핵심 거점인 마닐라와 남부 거점인 다바오에 대사관과 서유럽회사 지사를 각각 설립하고 나서 그곳을 운영할 군인과 직원만 남겨 두고 퇴각했다.

다음 목표는 인도차이나였다.

인도차이나는 10여 개가 넘는 국가와 부족이 치열한 경쟁을 벌여 현재는 다섯 개 나라가 국경을 반쯤 확립한 상태였다.

물론, 아직도 곳곳에서 전쟁이 일어나고 있어 안정된 상태라고 부르기는 힘들었는데 그곳에 조선군이 본격 상륙한 거다.

이번엔 팔장사와 훈련도감 3개 청이 협동 작전을 벌여 인도차이나를 정리하고 마지막에 말레이 싱가포르를 점령했다.

싱가포르에도 대사관과 서유럽회사 지사를 설립했다.

하지만 철수하지는 않았다. 싱가포르가 워낙 경제와 지정학적인 면에서 큰 의미를 지니어 다른 열강이나 말레이반도 현지 세력에 넘겨줄 수 없었다.

난 싱가포르 해안가에 군항과 무역항을 겸하는 대규모 항구를 건설하게 하고 충청 수영 일부 함대를 상시 주둔시켰다.

싱가포르가 남아시아에서 동아시아로 넘어오는 거의 유일한 관문이어서 이곳만 막아도 유럽 열강을 견제할 수 있었다.

그 외에도 오키나와로 더 유명한 류큐와 인도네시아 동쪽에 있는 파푸아뉴기니, 솔로몬 제도 등을 찾아가 플레이어를 제거하고 대사관과 서유럽회사 지사를 짓는 일을 반복했다.

마지막에는 홍콩에서 출발하는 교역, 여객 루트를 구축했다.

루트는 크게 세 가지였다.

홍콩에서 출발해 해남도, 베트남 하이퐁, 붕따우를 지나 태국 파타야, 방콕을 거쳐 싱가포르로 가는 루트가 첫 번째.

인도차이나 전용 루트인 셈이다.

두 번째도 역시 홍콩에서 출발하여 필리핀 북부 마닐라와 남쪽

다바오를 각각 거쳐서 인도네시아 브루나이와 자카르타를 지난 뒤에 마지막으로 싱가포르에 도착하는 루트였다.

마지막은 아직까진 그렇게 중요한 루트는 아니었다.

하지만 시간이 지날수록 중요도가 점점 커질 루트였다.

역시 홍콩에서 필리핀 마닐라, 다바오를 거쳐 파푸아뉴기니를 잠시 경유한 뒤에 호주 브리즈번, 시드니, 멜버른, 그리고 뉴질랜드 오클랜드까지 가는 오세아니아 전용 루트였다.

3년을 홍콩에 머물며 루트 구축을 완성했을 때였다.

갑자기 히든 퀘스트를 하나 클리어했다.

처음엔 그저 그런 퀘스트일 거란 생각에 대충 넘기려 했다. 시간이 흐르다 보니까 퀘스트는 지겨울 정도로 많이 보았으니까.

근데 읽다 보니까 그게 아니었다.

히든 퀘스트 11

동아시아를 제패해라!

-유저가 동아시아의 70퍼센트 이상 지역에 강한 영향력을 끼치는 데 성공한다면 이제 제국이라 불러도 무방할 겁니다.

클리어 유무: 클리어

보상: 1회 지정 추첨

와, 엄청난 보상이네.

정말 1회 지정 추첨이라고? 룰렛, EX 다 가능한 건가?

정말 가능하다면 대박도 이런 대박이 없는데…….

이걸로 EX 10배를 뽑으면 되니까!

막 그런 생각을 하는 중인데 왕두석이 급히 달려와 보고했다.

"방금 싱가포르에서 급전이 들어왔사옵니다!"

"무슨 일인데?"

"영국-프랑스 함대가 갑자기 싱가포르를 공격했다고 하옵니다!"

난 주먹을 움켜쥐었다.

드디어 올 게 왔구나!

237장. 소생을 믿으실 수 있겠사옵니까?

영국-프랑스 동맹과는 언젠간 붙을 수밖에 없었다.

나 역시 그 사실을 알고 있었다.

하지만 시간이 좀 더 있는 줄 알았는데 내 예상보다 빨랐다.

물론, 지금은 내가 할 수 있는 일이 없다.

이게 실시간 정보가 아니기 때문이다.

영국-프랑스 동맹 함대가 싱가포르를 기습했단 메시지를 받은 시점에선 이미 어떤 식이든 결말이 났을 가능성이 높다.

내가 지금 할 수 있는 일은 그저 기다리는 거뿐이다.

잠시 후, 마음이 좀 가라앉길 기다렸다가 적에 대해 생각했다.

김석주의 정보에 따르면 유럽은 사실상 게임이 끝나 있었다.

가장 먼저 몰락한 건 이베리아-플랑드르 동맹이었다.

위에서 영국-프랑스 동맹이 내려오고 옆에서 신성 로마 제국-이탈리아 동맹이 쳐들어오는 바람에 한 달 만에 항복했다.

전쟁이 끝난 후엔 영국-프랑스 동맹이 플랑드르를 차지하고 신성 로마 제국-이탈리아 동맹이 이베리아를 식민지로 삼았다.

이제 제일 급해진 쪽은 전력이 다른 동맹에 비해 약간 떨어진단 평가를 받던 스칸디나비아-루스 차르국 동맹이었다.

이베리아와 플랑드르를 나눠 가져 덩치를 키운 라이벌들이 호시탐탐 그들을 노리고 있어 패망은 시간문제로 보였다.

원래 초조하면 이성적인 판단을 못 하는 법이다.

스칸디나비아-루스 차르국 동맹도 그랬다.

그들은 국경을 시시각각 압박해 오는 신성 로마 제국-이탈리아 동맹에 대항하기 위해 영국-프랑스 동맹에 손을 내밀었다.

그 결과, 두 동맹이 연합하여 신성 로마 제국-이탈리아 동맹을 무너트리긴 했지만, 그들도 그리 오래 버티지는 못했다.

사냥이 끝나면 사냥개는 잡아먹히는 법이니까.

그렇게 해서 영국-프랑스 동맹이 신성 로마 제국-루스 차르국 동맹을 마지막으로 집어삼키며 20년 넘게 유럽을 전화의 소용돌이 속으로 빠트렸던 대전쟁이 일단 막을 내렸다.

당연히 최종 승자는 영국-프랑스 동맹이었다.

근데 이때 또 다른 고사성어를 떠올리게 하는 일이 벌어졌다.

바로 호랑이 두 마리가 같은 산에서 살 수 없단 고사성어였다.

난 여기까지 듣고 나서 프랑스의 승리를 점찍었다.

프랑스 왕이 바로 그 유명한 태양왕 루이 14세였기 때문이다.

근데 그런 내 예상은 보기 좋게 빗나갔다. 별로 유명하지도 않은 영국의 찰스 2세가 끝내 승리한 거다.

원래 영국-프랑스 동맹은 혼인 동맹으로 시작했다.

찰스 2세는 프랑스 부르봉 왕가의 공주를 왕비로 맞고 루이 14세도 영국 스튜어트 왕가의 공주를 자기 왕비로 맞았다.

영국, 프랑스 둘 다 단독으로도 유럽을 제패할 실력을 갖춘 나라들이었는데 그 강력한 나라들이 연합까지 한 상황이다. 사실상 이미 거기서 게임이 끝난 거나 마찬가지였다.

근데 찰스 2세가 어떤 방법을 썼는진 모르지만……, 그 루이 14세를 암살하고 부르봉 왕족과 고위 귀족 씨를 말려 버렸다.

그러고 나서 부르봉 왕조에 남은 유일한 후손인 자기 왕비를 프랑스 초대 여왕으로 등극시킨 뒤에 왕비가 강제로 서명한 위임장을 내세워 프랑스 왕국을 섭정하기 시작했다.

대외 활동에 들어갈 땐 여전히 영국-프랑스 동맹이란 이름을 쓰긴 하지만 실상은 영국 왕인 찰스 2세의 독재인 셈이다.

내가 동아시아를 차지하는 동안, 찰스 2세는 유럽, 중동, 북아프리카, 남아메리카를 차지해 훨씬 넓은 영토를 손에 넣었다.

근데 찰스 2세는 거기서 만족하지 않았다. 아시아로 손을 뻗치기 위해 말레이반도의 싱가포르를 노렸다.

싱가포르 항구만 손에 넣으면 가까운 인도차이나와 인도네시아 양쪽에 영향력을 끼칠 수 있을 뿐 아니라, 조선이 인도와 아프리카로 나가지 못하게 차단하는 이점도 있었다.

특히 인도는 영국에게 아주 중요한 식민지. 찰스 2세가 싱가포르를 친 게 뜬금없는 일은 아니란 뜻이다. 오히려 정교한 군사 전략에 가까웠다.

물론, 그건 찰스 2세가 싱가포르 점령에 성공했을 때의 얘기다.

지옥문 앞에서 선고를 기다리는 죄인처럼 피가 마르는 시간을 보내고 있을 때, 마침내 싱가포르 해전 결과가 도착했다.

당시 해전을 지휘한 충청 수영 제독이 보낸 장계를 읽어 보았다.

"영국-프랑스 동맹 함대의 예기치 못한 기습으로 초반에는 큰 손실을 보았으나……, 함대와 항구에 있던 물수리포가 분전한 덕에 적 함대를 싱가포르 밖으로 쫓아냈사옵니다."

난 고개를 살짝 저었다.

"물수리포가 활약했다고? 놈들이 공군을 동원한 건가?"

며칠 후, 좀 더 자세한 전황 보고서가 올라왔다.

보고서에 따르면 영국-프랑스 동맹은 항모 전단을 동원했다.

항모 전단은 복엽기 30기를 운용하는 항공 모함 한 척과 각종 군함 30척으로 이뤄져 있었는데, 군함이 항구에 포격을 가하는 동안 항모가 복엽기를 날려 기지를 폭격했다.

초반엔 상대의 기습적인 포격과 폭격에 충무급 군함 10척이 침몰하고 건설 중이던 육상 기지도 반 이상 부서지는 등 큰 손해를 입었지만, 충청 수영도 곧장 반격에 나섰다.

살아남은 충청 수영 충무급 군함 12척이 정교한 포격으로 항공 모함을 호위하던 군함을 수장시키는 동안, 군함과 육상 기지에 배치해 둔 물수리포가 상공을 선회하며 공격하던 항공기를 집요하게 요격해 적기 대부분을 격추했다.

함재기를 거의 다 잃은 적 함대는 즉각 철수했다.

하지만 충청 수영도 피해가 적지 않아 추격을 포기해야 했다.

여기까지가 보고서에 적힌 내용이었다.

난 이여발을 불러 지시했다.

"싱가포르에 충청 수영 함대를 추가 배치하시오."

"알겠사옵니다."

"그리고 갈 때 충무청 병력도 같이 보내시오. 적이 싱가포르 배후에 육군 병력을 상륙시켜서 치고 내려올 수 있으니까."

"바로 조치하겠사옵니다."

"또한, 현지 수군에게 격추한 적 항공기를 수거해 이쪽으로 보내라고 하시오. 아직 항공기를 양산하지 못한 우리로선 적이 함재기로 사용한 복엽기를 통해 배울 점이 있을 거요."

"예, 전하."

이여발이 돌아가고 나서, 난 안도의 숨을 쉬었다.

다행히 함재기 성능이 아주 뛰어나진 않은 거 같았다.

뛰어났다면 물수리포에 전부 격추당하는 일은 없었을 테니까.

그래도 적이 항공 모함을 운용한단 점은 시사하는 바가 컸다.

활주로가 없는 바다에서 공군을 운영하면 전술적인 장점이 아주 큰 데다, 제해권과 제공권을 동시에 틀어쥘 수도 있어 상대보다 훨씬 유리한 고지를 선점하는 효과가 있었다.

얼마 후, 싱가포르에서 적이 함재기로 쓴 복엽기가 도착했다.

물수리포에 피격당해 온전한 형상을 갖춘 기체는 드물었지만, 부품을 모아다가 조립하면 얼추 한 대 분량은 나왔다.

복엽기를 조사하고 나서 고개를 끄덕였다.

예상대로 그렇게 뛰어난 복엽기는 아니었다. 항공 연구소에서 연구하는 복엽기보다 약간 뛰어난 정도.

더구나 엔진은 놀랍게도 우리 쪽 엔진이 더 좋았다.

내연 기관 엔진에 투자한 보람을 느끼는 순간이었다.

그래도 어쨌든 우린 아직 복엽기 양산에 성공하지 못했지만 적은 성공했단 점은 변하지 않아서 난 복엽기를 나와 함께 조선으로 돌아갈 예정인 화물선 창고에 실어 두라 지시했다.

방오에게 충청 수영 함대 반과 충무청을 맡겨 싱가포르와 홍콩을 축으로 잇는 방어선을 지키게 하고 난 귀환 길에 올랐다.

어차피 싱가포르에서 서쪽으로 더 나갈 생각은 없었다.

싱가포르를 나가면 인도인데 거긴 이미 영국-프랑스 동맹이 꽉 잡고 있어 들인 품에 비해 좋은 성과를 내기 힘들었다.

복건으로 올 때는 다른 델 거치지 않고 바로 직진했지만 돌아갈 때는 타이난, 하문, 상해, 동영, 대련을 거쳐 복귀했다.

마지막으로 제물포에 도착해선 항구와 시가지를 둘러보았다.

천지개벽이란 말이 딱 맞았다. 유럽에 있는 유명한 무역항을 보는 느낌이었다.

시내에는 벌써 전차가 돌아다녔고, 밤에는 전기 가로등이 도시를 환히 밝혔다. 또, 웬만한 집에는 상하수도와 보일러가 깔려 있었고 좀 잘사는 집에는 전기선과 전화선이 동시에 들어가기 시작했다.

도착한 첫날엔 제물포지사 영빈관에 묵었다.

제물포지사도 몇 차례 확장과 증축을 거친 뒤여서 지금은 3층 규모 건물 10여 동이 마치 오피스 타운처럼 모여 있었다.

그날 저녁, 종로 본사에서 건너온 장현과 제물포지사 지사장 우윤학, 무역 사업 본부 본부장 박연과 마침 제물포지사에서 휴식을 취하고 있던 김석주 일행 등을 불러 작은 연회를 열었다.

난 술이 든 잔을 높이 들어 올렸다.

"여러분이 애써 준 덕에 서유럽회사는 현재 전 세계에 가장 뛰어난 기술력과 넓은 영업망을 갖춘 유일무이한 회사가 되었소. 이에 과인이 그간의 고생을 위로하는 의미에서 작은 연회를 베풀었소. 오늘은 허리띠를 풀고 마음껏 마시시오."

난 말을 마치고 나서 먼저 술잔을 단숨에 비웠다.

직원들도 뒤따라 술잔을 비우며 외쳤다.

"상감마마의 만수무강을 기원하옵니다!"

새벽까지 이어진 술자리가 거의 끝나 갈 때.

장현과 우윤학, 박연 세 명이 내 자리로 다가왔다.

난 왕두석이 따라 준 술을 마시면서 물었다.

"연회를 잘 즐겼나?"

장현이 대표하여 대답했다.

"예, 전하. 오랜만에 아주 흠뻑 취했사옵니다."

"하하하, 즐거웠다니 다행이군."

"하온데, 전하."

"과인에게 할 말이 있는가?"

"소인들은 이만 물러날 때가 된 거 같사옵니다."

난 그제야 장현 등이 많이 늙었음을 깨달았다. 셋 다 머리가 하얗게 센 데다, 얼굴에는 주름이 자글자글했다.

"은퇴하고 싶은 건가?"

"이젠 몸과 머리가 예전처럼 잘 움직여 주지 않사옵니다. 회사에 더 폐를 끼치기 전에 용퇴하는 것이 옳은 줄 아옵니다."

"다른 두 사람도 그러한가?"

우윤학과 박연도 그렇다는 듯 고개를 조아렸다.

난 잠시 고민하고 나서 고개를 끄덕였다.

"그렇게 하게나."

"황공하옵니다."

"그대들의 노고에 보답하는 의미에서 퇴직금을 넉넉히 챙겨 줄 테니까 그동안 못 한 여행도 다니면서 은퇴 생활을 즐기게."

"성은이 망극하옵니다."

난 마지막으로 석별의 정을 담아 술 한 잔씩을 내렸다.

장현 등은 서유럽회사 초기부터 중책을 맡아 활약한 원년 멤버로 회사에 대한 애정이 나만큼이나 각별할 이들이었다.

장현 등도 그동안 고생한 일이 주마등처럼 떠오르는지 감격에 겨운 표정으로 술을 받아 마시고 마지막에 큰절을 올렸다.

인생 제2막으로 나아가는 장현 등이 돌아가고 나서.

난 김석주 일행을 소집했다.

"김석주, 네가 이제부터 본사 사장이다."

김석주도 장현 등이 은퇴한단 말을 들은 모양이다.

바로 물었다.

"소생을 믿으실 수 있겠사옵니까?"

"싫으면 중동에 한 번 더 갔다 오든가."

"하하, 소생을 이리 믿어 주시는데 어찌 사양할 수 있겠사옵니까. 장현 선배 명성에 누가 되지 않도록 잘하겠사옵니다."

난 코웃음을 치고 나서 속세에 물이 너무 많이 들었다며 얼마 전에 환속한 일양에게 무역 사업 본부 본부장직을 맡겼다.

그리고 최립에게는 홍콩에 있는 아시아 총괄 지사의 지사장을 맡겼고 고연내에게는 왜국 마쓰에지사 지사장을, 조온잠에게는 말레이반도의 싱가포르지사 지사장을 각각 맡겼다.

마지막으로 피터슨에게는 제물포지사 지사장을 맡겼다.

피터슨은 좀 다르지만, 김석주 등은 항해 학교를 처음으로 졸업한 졸업생이어서 그들의 승진에는 많은 의미가 있었다.

다음 날, 난 새벽 기차를 타고 도성으로 돌아갔다.

도성도 격세지감이란 말이 실감 날 정도로 많이 달라져 있었다.

도성은 나중에 시간 나면 천천히 둘러보기로 하고 먼저 마중 나온 대신들에게 하례를 받고 나서 창덕궁으로 들어갔다.

창덕궁도 그새 복원이 완벽히 끝나 있었다.

입궐해선 웟전 두 분께 오랜만에 문안을 여쭙고 나서 중전이 있는 대조전으로 향해 그곳에 있던 세자와 공주를 만났다.

근데 거기서 생각지도 못한 말을 들었다.

"벌써 삼간택이 끝났단 말이오?"

중전이 웃으면서 대답했다.

"삼간택이야 예전에 끝났지요. 가례도감도 설치되어 있으니까 이제 전하께서 세자 국혼을 윤허하시는 일만 남았습니다."

난 약간 부끄러워하는 세자를 보며 중얼거렸다.

"내가 시아버지가 된다니……."

다시 한번 말하지만 정말 사람 인생 모르는 거다.

238장. 어진 임금이 되겠습니다.

사실 세자의 국혼은 늦은 감이 있었다.

내가 궁을 비운 적이 많아 벌써 두 번이나 미루었다.

이번에도 멀리 복건으로 원정 나갔단 소식을 접한 윗전 두 분은 더는 국혼을 늦추어선 안 된다고 생각하셨던 모양이다.

굳이 홍콩까지 내관을 보내 가례도감 설치에 관해 상의했다.

근데 돌아와 보니까 벌써 며느릿감까지 골라 놓은 모양이다.

난 중전에게 물었다.

"어떤 집 규수요?"

중전은 세자와 공주를 돌려보내고 나서 대답했다.

"윗전께서 봉은사에 자주 참배하러 가시는 건 알고 계시지요?"

"당연히 알고 있소. 그래서 과인도 시주를 좀 했지."

강남 봉은사는 엄혹한 시기에도 끝내 살아남는 곳으로, 왕의 무덤을 관리하는 능침 사찰이다. 쉽게 말해 절에 땅을 주는 조건으로 왕릉을 돌보게 하는 거다.

원래 조선 왕실은 불교에 그리 배타적이지 않았다.

아니, 오히려 아주 가까웠다.

다만, 그런 티를 내면 조정이 눈에 쌍심지를 켜고 난리 브루스를 추는 바람에 거리를 두는 척할 때가 많을 따름이었다.

근데 내가 종교의 자유를 전격 허락하면서 봉은사 위치가 급상승했다.

도성과 가까우면서도 규모가 큰 데다 얼마 전에 강북과 강남을 잇는 뚝섬 대교가 완공되며 참배객이 수십 배로 늘었다.

창덕궁에서 봉은사를 오가는 일도 이젠 어렵지 않았다.

덕분에 이제는 웃전 두 분도 조정 눈치를 보지 않고 편하게 드나들 수 있었고, 날을 잡으면 참배하고 돌아오는 것도 가능했다.

중전도 웃전을 모시고 몇 차례 다녀왔다고 하였다.

근데 하루는 바람을 쐬고 싶다며 웃전을 모시고 봉은사에 간 세자가 거기서 아주 아름다운 낭자 하날 만났다고 한다.

"누구였소?"

"성균관에서 법을 가르치는 법학 교수 신홍석의 장녀였습니다."

"신홍석의 가문이 당파와 관계있소?"

"중인 출신이어서 당파와는 크게 관계가 없는 것으로 압니다."

"옛날로 치면 중인의 여식이란 거군……."

"아비의 신분이 마음에 걸리시는 것입니까?"

"아니, 오히려 잘됐다고 생각하는 참이오."

중전이 이어서 털어놓은 소식은 꽤 놀라웠다.

신홍석의 여식에게 첫눈에 반한 세자는 윗전이 봉은사로 참배 간단 소식을 들을 때마다 온갖 핑계를 대고 따라갔단다.

하지만 세자는 매번 실망하고 말았다. 그 후론 봉은사에서 신홍석의 여식을 만나지 못했기 때문이다.

하긴 신홍석의 여식이 매일 참배하러 올 리는 없을 테니까.

세자는 그리움이 지나친 나머지 결국, 상사병을 앓고 말았다.

아들이 걱정된 중전은 세자를 호위하는 이도진을 대조전으로 불러 자초지종을 하문했고 이도진은 솔직히 털어놓았다.

그제야 사정을 안 중전은 바로 윗전 두 분과 상의했다.

이젠 세상이 바뀌었다는 것을 아신 윗전 두 분도 중인 출신 여식을 세자빈에 앉히는 데 거부감을 크게 드러내지 않았다.

그다음은 일사천리였다.

내가 가례도감 설치를 윤허하기 무섭게 형식적인 절차를 걸치고 나서 신홍석의 장녀가 삼간택을 통과해 궁에 들어왔다.

난 그날 저녁 동궁을 예고도 없이 찾아갔다.

곧 세자와 세자의 스승인 임단, 이도진 등이 나와 맞이했다.

난 세자는 방으로 돌려보내고 임단, 이도진에게 물었다.

"세자의 공부는 요즘 어떤가?"

임단이 머리를 조아리며 대답했다.

"이젠 소관이 가르칠 것이 없을 정도이옵니다."

"그렇구만."

난 고개를 끄덕이고 나서 이도진에게 물었다.

"세자의 건강은 어떤가?"

"더할 수 없이 좋사옵니다."

난 그동안 수고한 두 사람을 격려하고 나서 말했다.

"가서 세자를 불러오게."

"예, 전하."

잠시 후, 임단과 이도진이 세자를 데려오고 자기들은 물러갔다.

난 세자를 바라보았다.

이젠 키도, 체격도 얼추 나와 비슷했다.

그래도 얼굴은 엄마를 닮아 나와 달리 아주 곱상하게 생겼다.

난 세자와 어깨동무하고 나서 물었다.

"그 신씨 처자가 그리 좋았더냐?"

세자의 얼굴이 빨개졌다.

"예……."

"하하, 부끄러워할 거 없다. 넌 진짜 날 닮은 모양이야. 이 아비도 너처럼 사랑의 열병을 잔뜩 앓던 시절이 있었으니까."

"사가에 가서 어마마마를 훔쳐보던 시절 말입니까?"

"잉? 그건 누구한테서 들었냐?"

"저번에 왕 수석 선전관이 얘기해 줘서……."

난 고개를 홱 돌려 왕두석을 찾았다.

머리를 감싸 쥔 왕두석이 달아나는 모습이 얼핏 보였다.

난 고개를 절레 젓고 나서 세자에게 말했다.

"국혼이 끝나면 너도 이제 어엿한 가장이다."

"알고 있습니다."

"아비가 말하는 가장은 세자빈의 지아비만을 가리키는 것이 아니다. 그 속엔 조선의 백성을 지키고 먹여 살려야 한단 뜻도 들어 있다. 부담이 크겠지만 아비는 세자를 믿는다."

"명심하겠습니다."

"그래, 날이 춥다. 이제 들어가거라."

"내일 문안 여쭈러 가겠습니다."

"그래."

세자를 보내고 나서, 난 잠시 밤하늘에 뜬 보름달을 지켜보다가 희정당으로 향했다.

얼마 후, 세자의 국혼이 무사히 치러졌다.

그리고 난 공식적으로 시아버지 타이틀을 얻었다.

정말 전생에선 절대 일어나지 않을 일이었다.

하지만 1년 후에는 더 놀라운 타이틀을 얻었다.

이번엔 할아버지란 타이틀이다.

중간에 곡절이 없진 않았다.

세자빈이 순조롭게 회임한 거까지는 좋았다.

근데 태아가 거꾸로 들어선 탓에 큰 소동이 벌어졌다.

하지만 죽으란 법은 없는 모양이었다.

의료에 투자한 덕을 이때 제대로 보았다.

국립 의료원 수술실에서 직접 메스를 쥔 백광현과 에보켄이 제왕 절개 수술을 감행하여 산모와 아이 둘 다 목숨을 살렸다.

제왕 절개를 처음 시도한 건 아니다.

하지만 어쨌든 완벽히 성공했다는 점이 중요했다.

의료 발전 역사에 한 페이지를 장식하는 순간이었다.

국립 의료원은 외과 처치법을 연구하면서 항생제와 같은 신약도 다수 개발해 조선의 의료 기술을 몇 단계 끌어올렸다.

국립 의료원 산하에 있는 의과 대학에서는 실력 있는 내, 외과 의사를 수천 명 양성하였는데 그들이 대도시나 자기 고향에 돌아가 개업함으로써 백성의 의료 접근성 역시 좋아졌다.

나중에 들어 보니까 최근 국립 의료원은 방사성 물질을 연구하여 엑스레이를 개발하는 사업 또한 진행 중이라고 하였다.

세자빈과 아기를 둘 다 살린 백광현과 에보켄에게 의사에겐 처음으로 2급 훈장을 수여하고 나서 첫 손자와 대면했다.

세자를 처음 얻었을 때도 물론 기뻤다.

하지만 그땐 조금 얼떨떨한 면이 없지 않아 있었는데 첫 손자를 봤을 땐 그런 마음 없이 순수하게 기뻐할 수 있었다.

손자가 백일을 무사히 지났을 때.

'위'라는 이름을 지어 주고 나서 원손으로 봉했다.

거스를 수 없는 이치에 따라 태어나는 이가 있으면 반대로 생을 다하고 역사 속으로 사라지는 이도 있기 마련이었다.

정태화가 그러했다.

만주 총독으로 부임한 이래, 남은 생을 만주 안정과 개발에 전부 바친 정태화는 죽기 전에 유언으로 자기 유해를 선산에 묻지 말고 심양성에 안장해 달라는 말을 남겼다고 한다.

난 정태화의 장례를 국장으로 치르는 한편, 그의 유언에 따라 유해는 조선으로 가져오지 않고 심양성 교외에 안장했다.

그리고 이참에 만주도 정리했다.

이제 만주도 조선 본토와 충분히 동화를 이뤘다고 봐서 더는 총독을 임명하지 않고 행정 구역을 나눠 지방관을 파견했다.

만주가 조선보다 훨씬 큰 탓에 총 열 개 도로 나누고 나서 의욕 있는 젊은 관원 위주로 파견해 영토를 개척하게 하였다.

내친김에 홋카이도와 대만, 호주 등 조선이 사들인 토지에도 조정 관원을 파견해 우리 영토임을 확실히 못 박았다.

그리고 젊은이 위주로 이주를 권장해 해외 부속 영토가 아니라, 조선이 다스리고 조선 백성이 거주하는 속지로 만들었다.

그 일이 얼추 끝났을 무렵, 희정당으로 비보가 또 하나 날아들었다.

"영의정 대감이 위독하다고?"

왕두석이 침울한 표정으로 대답했다.

"집에서 임종 맞기 위해 국립 의료원에서 퇴원했다고 하옵니다."

난 의자에 털썩 주저앉아 지끈거리는 관자놀이를 주물렀다.

몇 달 전부터 건강이 좋지 않아 입, 퇴원을 반복하던 이경석 대감이 끝내 회복하지 못하고 임종을 기다리고 있는 듯했다.

난 한숨 쉬며 일어나서 왕두석에게 지시했다.

"이경석 대감의 사가에 가야겠다. 넌 가서 세자를 불러오너라."

"예, 전하."

잠시 후, 난 세자를 데리고 이경석의 사가를 찾았다.

이경석의 자녀를 만나 위로하고 병상이 있는 사랑채로 향했다.

다행히 이경석은 간신히 의식이 남아 있는 상태였다.

난 이경석 옆에 앉아 그의 주름진 손을 잡았다.

"영상 대감, 과인이 왔소."

이경석의 눈꺼풀이 파르르 떨렸다.

"전, 전하시옵니까?"

"그렇소. 과인이 왔소."

"죽, 죽기 전에 뵐 수 있어 다행이옵니다."

"그동안 애써 주어 고맙단 말을 하고 싶어 왔소."

"그, 그런 말씀 마시옵소서. 오히려 신이 전하께 받은 것이 더 크옵니다. 오, 세, 세자 저하께서도 같이 오셨나 봅니다."

난 고개를 끄덕이고 나서 세자를 손짓으로 불렀다.

"인사 올려라. 아비가 가장 존경하는 어른이시다."

"예, 아바마마."

세자는 병석에 누운 이경석에게 정중히 읍을 하였다.

그 모습을 지켜보던 이경석의 눈에서 눈물이 주르륵 흘렀다.

읍을 한 세자가 앉아 이경석의 반대쪽 손을 잡았다.

힘겹게 고개를 돌린 이경석이 세자를 보며 말했다.

"저, 저하께서 훌륭하게 장성하신 모습을 보고 떠날 수 있는 거 또한 이 늙은이의 복일 것입니다. 부, 부디 백성을 아끼시는 어진 임금이 되시어 조선이 영세토록 이어질 수 있게……."

숨이 가빠진 이경석은 말을 더 잇지 못하고 의식을 잃었다.

하지만 세자도 이경석이 무슨 말을 하려 했는지 알고 있었다.

이미 의식을 잃은 이경석 귀에 대고 조용히 말했다.

"영상 대감 말씀처럼 어진 임금이 되겠습니다."

이경석이 그 말을 들었을 리 없었다.

하지만 왠지 표정이 전보다 조금 편해진 거 같았다.

잠시 후, 난 세자를 데리고 사랑채를 나갔다.

임종은 나보단 가족이 지키는 것이 맞았다.

뜨락에 서서 노을 진 하늘을 망연히 바라보고 있을 때.

사랑채 안에서 통곡이 터져 나왔다.

불세출의 정승 백헌 이경석이 마침내 유명을 달리한 듯했다.

영의정이 위독하단 소식은 이미 널리 퍼져 있었다.

조정 대신들이 뛰어 들어오다가 통곡 소리를 듣고 멈칫했다.

그들은 씁쓸히 고개를 저었다. 아니면 크게 탄식을 내뱉거나.

잠시 후, 대신들은 나와 세자에게 예를 올리고 나서 한쪽으로 물러났다.

그날 밤늦게 빈소가 차려졌다.

난 돌아가지 않고 세자와 빈소를 끝까지 지켰다.

그 날 새벽, 난 왕두석을 조용히 불러 명했다.

"송시열, 허목, 이현일 세 대감을 정자로 불러오너라."

"예, 전하."

잠시 후, 왕두석이 돌아와 아뢰었다.

"세 대감이 정자에서 전하를 기다리고 있사옵니다."

"알겠다."

난 세자를 데리고 정자로 향했다.

세 대감을 한곳에 모은 이유는 하나였다. 바로 정계 개편의 마지막 퍼즐을 끼우기 위해서. 이 작업이 끝나면 이제 더는 정치에 관여할 생각이 없었다.

묵묵히 걷는 내 뒤에서 세자가 조용히 따라왔다.

달빛이 유독 푸르른 날이었다.

239장. 정말 이게 내가 한 일이 맞는 건가?

송시열, 허목, 이현일은 정자 앞에서 기다리고 있다가 나와 세자가 상석에 자리를 잡고 나서야 본인 자리에 가서 앉았다.

난 세 대감과 시선을 맞추고 나서 운을 띄웠다.

"다들 조정에 출사해 관직 생활을 오래 하면서 이경석 대감과 이런저런 연을 맺었을 테지만……, 그래도 이렇게 밤늦은 시간까지 빈소를 지켜 주어 고맙단 말을 먼저 해야겠소."

세 대감이 머리를 조아렸다.

"황공하옵니다."

"세 대감을 이런 시간에 부른 이유는 당연히 할 말이 있어서요. 물론, 날 밝을 때 해도 좋을 테지만 이경석 대감이 작고하면서 이 일을 더 미뤄 둘 수가 없다고 판단했기 때문이오."

세 대신은 조용히 내 말을 경청했다.

"내 입으로 말하긴 좀 뭐하지만, 과인은 한반도 모든 왕조를 통틀어도 나와 같은 업적을 세운 군왕은 없다고 믿고 있소."

나만 그렇게 생각한 것이 아닌 모양이었다.

세 대신도 작게 고개를 끄덕였다.

나에 대한 개인적인 호불호를 떠나서 내가 지금까지 세운 업적 자체를 부정한다는 건 말이 안 되는 이야기이긴 하지.

"과인은 그 업적을 바탕으로 절대 왕권을 구축했소. 가끔은 대신들의 강한 반대를 무릅쓰고 정책을 추진한 일도 있었소."

이번엔 셋 다 침묵을 지켰다.

속마음까지 들여다볼 순 없지만 침묵은 원래 긍정이라 했다.

"과인이 무리하면서까지 정책을 추진한 이유는 그 정책이 백성에게 더 나은 삶을 제공할 수 있다고 봤기 때문이오. 물론, 과인의 이런 말에 다 동의하는 것은 아닐 테지만 말이오."

난 그러면서 슬쩍 송시열의 안색을 살폈다.

하지만 송시열은 표정 변화가 없었다.

난 속으로 쓴웃음을 짓고 나서 말을 이어 갔다.

"과인은 이제 현실 정치에서 과감히 손을 떼고 좀 더 대국적인 견지에서 조선의 미래를 구상할 생각이오. 하여 다음 조회 때부터는 여기 있는 세자가 조회를 주재할 것이오."

그 말에 세자도, 세 대신도 숨을 헉 집어삼켰다.

이현일이 떨리는 목소리로 말했다.

"양위를 하시겠단 말씀이시옵니까?"

"양위보단 대리청정에 가까울 것이오."

그제야 이현일도 조금 안심한 눈치로 입을 다물었다.

난 세자를 보며 말했다.

"세자는 잘할 거요. 실력은 과인 못지않고 인품은 과인보다 훨씬 뛰어나오. 우리 조선으로선 홍복이 따로 없는 셈이지."

놀란 세자는 즉시 겸양했다.

"아바마마의 과하신 칭찬에 소자는 몸 둘 바를 모르겠습니다."

반대로 세 대신은 내 말에 동의했다.

"전하 말씀대로 정말 큰 복이옵니다."

난 다시 세 대신을 보며 말했다.

"하지만 아무리 예쁜 꽃도 지기 마련이오. 과인도 손자, 증손자가 왕재를 타고나길 바라지만 현실에선 쉽지 않은 일이오."

세 대신이 침을 꿀꺽 삼켰다.

이제 정말 중요한 얘기가 나오겠구나 싶어서다.

"하여 과인은 조정과 비변사를 아예 분리할 작정이오. 쉽게 말해 조정은 행정부를 담당하고 비변사는 그런 행정부를 견제하는 역할을 맡는 거요. 이렇게 해 두면 아무리 못난 임금이라도 나라를 도탄에 빠트리기가 쉽지 않을 것이오."

이곳에 있는 송시열, 허목, 이현일은 모두 비변사 당상이었다.

그들도 내가 그들 셋을 꼭 집어 부른 이유를 깨달았을 거다.

허목이 뭔가 말하려고 할 때, 내가 손을 들어 제지했다.

"과인의 말을 더 들어 보시오."

"황송하옵니다."

"한데 현재 비변사 당상 정원은 아홉 명이오. 그 아홉 명이 조정을 견제한다는 건 결국, 비변사가 조정 위에 있는 옥상옥이 된단 뜻이오. 이래서야 비변사를 두어 조정을 견제하는 이유가 없지 않겠소? 비변사가 조정을 통제하는 건데."

이현일이 급히 물었다.

"하오면?"

"비변사 정원을 99명으로 늘려야겠소. 그리고 그 99명은 왕이나 조정에서 임명하는 것이 아니라 백성이 직접 고르게 해야 하오. 그래야 진짜 민의를 정치에 반영할 수 있소."

지금까지 침묵하던 송시열이 마침내 입을 열었다.

"당상 정원을 99명으로 늘린다고 해서 비변사가 또 다른 권력 집단으로 전락하는 상황을 완벽히 막을 수 있겠사옵니까?"

"하여 임기 제한을 둘 계획이오."

이현일이 급히 물었다.

"임기 제한이 무엇이옵니까?"

"백성의 선택을 받으면 5년을 활동하고 나서 선거에 다시 나가 백성에게 재신임을 묻는 거요. 백성이 보기에 잘했으면 또 뽑힐 테고 잘못했을 때는 당상에서 탈락하는 거지."

이현일의 눈이 번쩍 뜨여졌다.

이런 방식의 정치 체제가 있단 사실을 몰랐기 때문일 거다.

난 모르는 척 말을 이어 갔다.

"물론, 그래도 비변사 당상으로 계속 활동하다 보면 부패할 가능성이 남아 있소. 하여 임기는 두 번까지, 즉 10년만 활동할 수 있소. 그 뒤에는 정치에서 완전히 손을 떼야 하오."

이현일이 고개를 끄덕였다.

그들이 보기에도 합당한 조치처럼 보였기 때문이다.

그러나 허목과 송시열은 여전히 가타부타 말이 없었다.

허목이 물었다.

"비변사는 어떤 방식으로 조정을 견제하는 것이옵니까?"

"조정은 해마다 세금을 어떻게 쓸 건지 기록한 예산안과 그 예산을 집행하고 나서 작성한 결산 보고서를 비변사에 제출할 거요. 그러면 비변사는 예산을 심의해 과하다 싶은 예산은 줄이고 필요없다 싶은 예산은 빼는 거요. 그리고 결산 보고서가 오면 보고서대로 예산이 쓰였는지 확인하는 거요."

허목도 고개를 끄덕였다.

그 정도면 만족한단 뜻이었다.

난 아직 의견을 내지 않고 있는 송시열을 보았다.

"우암 대감은 어떻게 생각하오?"

송시열은 한참을 생각하고 나서 대답했다.

"비변사에 탄핵 권한을 주실 수 있사옵니까?"

"어느 정도까지 원하오?"

"……당상관을 탄핵할 수 있는 권한을 주시옵소서."

"좋소. 주지. 하지만 비변사 당상도 탄핵할 권한을 줘야 하오."

"조정에서 비변사 당상을 탄핵할 수 있게 해 달란 뜻이옵니까?"

"그러면 비변사를 둔 이유가 무색해질 거요. 비변사 당상이 조정 눈치를 봐야 해서 제대로 된 견제를 못 할 테니까."

"……."

"그렇다고 포도청, 어사원, 상복사에 맡기자니 그 또한 불안하긴 마찬가지요. 포도청, 어사원, 상복사도 부패할 수 있으니까. 하여 과인은 비변사 당상을 탄핵할 권한을 백성에게 줄 생각이오. 비변사 당상을 뽑은 지역구 백성이 옳고 그름을 따져 탄핵에 붙인다면 민의를 대변한단 대의에도 맞고 권력이 서로 야합해 득세하는 일도 막을 수 있을 거요."

송시열은 허목, 이현일과 눈빛을 교환하고 나서 말했다.

"그렇게 하겠사옵니다."

난 그들의 확답을 듣고 나서 일어났다.

정자를 나와선 다시 이경석의 유가족을 만나 그들을 위로했다.

그리고 이른 아침에 세자와 전차를 타고 창덕궁으로 돌아갔다.

난 세자에게 물었다.

"아비가 대신들과 논의하는 걸 가까이서 본 소감이 어떻더냐?"

"정말 많이 배웠습니다."

"송시열, 허목 같은 거두들을 가까이서 본 느낌은 어떻더냐?"

"명철하고 연륜이 있는 것 같았사옵니다."

난 혀를 찼다.

"세자는 똑똑한 것과 합리적인 것을 혼동해서는 안 된다. 정치하는 이들은 대부분 천재라 불릴 만큼 똑똑하지만, 합리적인 면과는 가장 거리가 먼 존재들이다. 애초에 이성적이고 합리적인 인간이라면 정치판에 들어오지도 않았을 테지."

"그러면 소자는 그들을 어떻게 상대해야 합니까?"

"처음엔 설득해라. 그리고 설득이 안 통하면 협상해라. 그래도 안 통하면 마지막엔 거래해라. 물론, 다 퍼 주란 소린 아니다. 거래할 때 손해를 최대한 덜 보면서 상대에겐 최대한 많은 것을 뜯어내는 것이 바로 정치가 가진 본질이다."

"비변사에 조정 당상관을 탄핵할 수 있는 권한을 주면서 백성이 비변사 당상을 탄핵할 수 있게 한 것이 그런 예입니까?"

"비슷하지. 아마 그들은 왕권을 직접적인 수단으로 견제하길 원해서 그런 제안을 한 걸 테지만 그 결과 그들도 백성에게 견제받게 되었다. 왕실은 손해를 크게 보지 않으면서 비변사 당상의 권력을 제한했으니 이번 거래는 이득인 셈이지."

"그러면 더 나중에는 비변사가 왕실을 직접 건드리려 할까요?"

"그럴 거다. 하지만 걱정하지 마라. 왕이 서유럽회사 지분을 100퍼센트 들고 있는 한, 허수아비 왕실이 되는 일은 없다."

세자는 그 후에도 여러 가질 물었다.

내일부터 당장 대리청정해야 하니까 궁금한 것이 많을 거다.

난 최대한 이해하기 쉽게 설명했다.

나도 왕 노릇을 한 지 20년이 훌쩍 넘어서 제법 노하우가 쌓였는지라, 세자의 궁금증 대부분을 해결해 줄 수가 있었다.

장엄하게 치러진 이경석의 국장이 끝나고 나서.

난 인정전에서 조회를 열고 선포했다.

"세자의 나이가 약관을 지난 데다, 작년엔 국혼까지 하여 원손을 보았소. 그리고 수년 동안 몸과 마음을 단련해 일국의 군왕으로서 손색없는 자질과 능력도 갖췄다고 생각하오!"

"……."

"하여 과인은 오늘부터 세자에게 대리청정을 맡기기로 하였소! 대신들은 세자를 보좌하여 안으로는 백성을 평안케 하고 밖으로는 조선의 기상을 온 천하에 드높여야 할 것이오!"

"예, 전하!"

선포를 마치고 나서 난 옥좌에서 내려와 퇴청했다.

하지만 완전히 나가진 않았다.

세자가 어찌하는지 궁금하여 옆에서 몰래 지켜보았다.

옥좌 앞에서 몸을 돌린 세자가 대신들에게 읍을 하였다.

"갑자기 중임을 맡아 어깨가 무겁기 짝이 없소. 하나 경들을 믿고 열심히 해 보겠소. 앞으로 본 세자를 많이 도와주시오."

"예, 저하!"

대신들의 인사를 받은 세자가 옥좌에 앉아 조회를 주재했다.

"첫 번째 안은 인사와 관련한 내용이요. 도승지가 발표하시오."

"예, 저하."

도승지 윤중이 나와 새 인선을 발표했다.

"영의정에 허적, 좌의정에 권대운, 우의정에 유형원을 각각 제수한다. 또, 팔장사 대장사에는 조지웅을, 용호군 착호군 군장에는 고명을 각각 제수한다. 공석인 이조참판에는……."

이어 관직을 제수받은 이들이 허적부터 한 명씩 나와 세자에게 절을 올리고 나서 임명장과 관인 등을 받아 돌아갔다.

잠시 후, 관직 제수가 끝난 뒤에는 세자가 첫 번째 정책을 발표했다.

"전하께서 양전을 실시한 지 벌써 십수 년이 지났소. 10년이면 강산도 변한단 말이 있는 거처럼 그동안 인구, 농지에 변화가 많았을 것이오. 의정부는 균전사를 주무 관청으로 지정하고 양전과 호구 조사를 대대적으로 실시하시오."

영의정 허적이 대답했다.

"분부대로 즉시 시행하겠사옵니다."

세자가 고개를 끄덕이며 말했다.

"조사 결과가 나오는 대로 이를 바탕으로 수정이 필요한 정책은 보완하고 필요 없는 정책은 과감히 없애시오. 그리고 백성이 필요로 하는 정책이 있으면 관계 기관은 적극적으로 검토해 조회에 안건으로 상정할 준비를 하시오."

모든 대신이 머리를 조아렸다.

"예, 저하!"

세자는 이어 집현전 영전사 조사석을 불러 명했다.

"비변사 정원을 늘리는 문제는 집현전이 현 비변사 당상과 긴밀히 논의하여 조속히 실행에 옮길 수 있도록 준비하시오!"

"알겠사옵니다."

난 거기까지 보고 나서 발길을 돌렸다.

저 정도면 나보다 잘하겠는데.

난 세자에게 국사를 맡기고 나서 도성을 한 바퀴 돌아보았다.

근데 이번엔 특별한 이동 수단을 이용하기로 했다.

바로 기술 연구소에서 제작한 자동차였다.

기술 연구소는 이미 전차를 설계해 양산에도 성공했다.

자동차를 만드는 일이 그렇게까지 어렵진 않았을 거다.

바퀴는 당연히 고무를 이용해 만들었다.

자동차를 타고 도성을 둘러보는 느낌은 정말 감회가 남달랐다.

도성의 변화는 천지개벽이란 설명조차도 부족할 지경이었다.

10년이면 강산도 변한다는데 이건 그 정도가 아니었다.

정말 이게 내가 한 일이 맞는 건가?

240장. 그러면 살펴보고 가세요.

제물포-인천 개발은 쉬운 편에 속했다.

어촌 몇 개가 다여서 기존 건축물에 방해받을 일이 적었다.

하지만 도성은 달랐다. 장장 250년이 넘는 개발 역사를 보유하고 있는 장소. 무언가 새로운 시도를 하려면 아예 도시를 갈아엎어야 했다.

근데 서유럽회사 건설 사업부와 건축 사업부는 실제로 도시를 죄다 갈아엎어서 아예 새로운 도시 하나를 뚝딱 만들어 냈다.

우선 도성 교외에 화력 발전소를 지어 전기를 공급했다.

그리고 도성과 가까운 상수원에서 상수를 끌어오고 반대로 하수는 도성 교외에 하수 처리장 몇 군데 건설해 처리했다.

덕분에 도성의 비공식 하수 처리장 역할을 하던 청계천은 자연히 수질이 좋아져 새와 물고기가 다시 찾아오기 시작했다.

또, 청계천의 고질적인 문제로 꼽히던 하천 범람도 준설 공사를 다년간에 걸쳐 진행해 상당 부분 개선하는 성과를 거뒀다.

상하수도 개복 공사를 하면서 도로도 새로 뚫었다.

도로는 처음부터 충분한 여유를 두고 시공했다.

지금은 도로에 전차와 자동차만 달린다.

하지만 시간이 흐르면 지하철이 필요해지는 순간이 올 거다.

초기 예산이 예상보다 훨씬 많이 들더라도 처음부터 공간에 여유를 두고 하는 편이 나중을 위해 훨씬 효율적이다.

그 와중에 어쩔 수 없이 백성의 집을 많이 헐어야 했지만, 이주 비용을 넉넉히 지급해 뒷말이 나오지 않게 해 두었다.

주요 도로는 십자가 형태로 지었다.

숙정문과 남산을 잇는 세종로와 동대문과 서대문을 잇는 대왕로를 건설해 두 대로가 종각에서 십자로 교차하게 하였다.

앞으로 교통량 대부분은 세종, 대왕 두 대로가 담당할 터였다.

그리고 세종, 대왕 두 대로에서 뻗어 나온 간선 도로를 넉넉히 지어 도성 안이면 어디든지 반나절에 갈 수 있게 했다.

도시 계획도 처음부터 다시 하였다.

도성을 사분면으로 나눴을 때, 북서 지구에는 미술관, 박물관, 동물원, 공연관, 음악당, 도서관 등 백성이 여가를 보낼 수 있는 건축물을 주로 세웠다.

그리고 북동 지구에는 관청, 법원, 치안, 소방, 군 시설이 들어섰고 남서 지구와 남동 지구는 백성의 주거 지역으로 배정했다.

마지막으로 세종대로와 대왕대로를 따라 상업 지구를 세우고 각 지구 중심에는 미리 충분한 녹지 공간을 조성했다.

뉴욕 센트럴 파크가 도성엔 네 개가 있는 셈이다.

도성을 둘러보고 나서 뚝섬 대교를 이용해 강남으로 넘어갔다.

강남도 천지개벽하긴 마찬가지였다.

도성이 조선의 수도라면 강남은 산업 연구 수도였다.

각종 연구소와 공장이 바둑판식 배열을 이뤄 자리했다.

당연하지만 그중 대부분은 서유럽회사 연구소와 공장이었다.

명동에 있는 서유럽회사 본사는 이제 더는 확장하기 힘들었다.

돈은 있지만 더는 지을 부지가 없었다. 게다가 도성 재개발 여파까지 번져 본사 건물 몇 동만 명동에 남겨 두고 나머진 전부 부지가 너른 강남으로 이주했다.

난 연구소에 차례로 들러 연구 개발 상황을 점검했다.

서유럽회사의 공학 수준은 몇 년 새에 한 차원 더 높아졌다. 이젠 전문 연구소만 해도 10여 개가 넘었다.

경정충이 남긴 유산 덕분이었다.

각 연구소는 기존에 보유하고 있던 연구 자료와 경정충이 남긴 연구 자료를 합쳐서 새로운 차원으로 나아가고 있었다.

경정충이 남긴 유산은 연구 자료에만 국한하지 않았다.

그가 가르친 고급 인력 수천 명이 기존 연구원과 힘을 합쳐 전에는 뛰어넘지 못하던 기술적 한계를 시험하고 있었다.

심지어 어떤 연구소에서는 내가 전에 언급한 적 없는 첨단 소재를 독자적으로 개발해 내 날 깜짝 놀라게 하기도 하였다.

오늘 가장 먼저 들른 연구소는 통신 연구소였다.

개발을 마친 전화는 도시를 중심으로 보급이 진행 중이었다.

하지만 유선 통신은 통신 케이블이 나오기 전까진 사실상 더 발전하기가 어려운 분야라 요즘은 다른 분야를 연구했다.

바로 무전이었다.

하급 제대와 상급 제대, 전선과 사령부, 그리고 전차, 항공기, 군함이 서로 무선 통신을 통해 연락을 주고받을 수 있으면 군을 전보다 훨씬 유연하고 탄력적으로 운영할 수 있었다.

거기다 전략, 전술도 당연히 더 짜임새 있게 구축할 수 있었다.

난 통신 연구소 안으로 들어가서 몇 년 전까지 경정충의 수석 연구원으로 있던 통신 연구소 소장에게 내부를 안내받았다.

지게에 실린 금속 상자가 가장 먼저 눈에 띄었다.

"저게 야전용 무전기인가?"

아이큐가 상당히 높을 듯한 소장이 유창한 우리말로 대답했다.

"그렇사옵니다."

"무게는 얼마나 나가는가?"

"80킬로그램이 조금 넘사옵니다."

"장정이 지기에도 무거운 무게로군."

"황공하옵니다."

"통신 가능 거리는?"

"1킬로미터 조금 못 미치는 정도이옵니다."

"지금부터는 통신 거리를 늘리기보단 무게를 줄여 소형화하는 데 집중하게. 앞으로 무전기를 다양한 곳에 써야 하니까."

"알겠사옵니다."

통신 연구소 다음에는 차량 연구소를 방문했다.

차량 연구소 소장인 한조가 연구소 정문까지 나와 맞이했다.

귀화 시험을 치르고 정식 귀화한 한조는 화기 연구소와 기술 연구소가 공동으로 진행한 천마 개발에서 두각을 드러냈다.

난제이던 변속기를 해결한 장본인이 바로 한조였다.

난 처음부터 실력 위주의 인선을 고수해 온 터라, 출신은 생각하지 않고 그를 새로 설립한 차량 연구소 소장으로 앉혔다.

차량 연구소는 세 가지를 연구했다.

첫 번째는 내가 연구소까지 타고 온 자동차였고, 두 번째는 기차와 전차 등 승객과 화물을 옮기는 열차를 연구했다.

그리고 마지막이 바로 기갑 시리즈였다.

현재 기갑은 두 파트로 나뉘어 있었다.

비슷한 차체를 쓰긴 하지만 하나는 MBT, 주력 전차였고 다른 하나는 기계화 사단에서 쓸 보병 전투 차량, 즉 장갑차였다.

난 장갑차부터 둘러보았다.

"몇 명이 타나?"

한조가 옆에서 대답했다.

"승조원까지 여덟 명이옵니다."

"그러면 전투병은?"

"여섯 명이옵니다."

"무장은?"

"참수리이옵니다."

'비마'란 제식명을 붙인 장갑차 안까지 들어가 자세히 살펴보고 나서 밖으로 나와 그 옆에 있는 파트로 자리를 옮겼다.

그곳에선 천마를 연구하고 있었다.

천마 주위를 한 바퀴 돌면서 쓴웃음을 지었다.

난 당연히 천마가 복건성에서 정남왕군을 상대로 처음 등장했을 때, 세상을 놀라게 할 데뷔전을 치를 거라 예상했다.

하지만 그러기는커녕, 오히려 대전차 고폭탄에 당해 전멸했다.

그때의 기억이 떠올라 천마를 보면 아직도 입맛이 썼다.

천마의 외형은 복건성 때와 차이가 약간 있었다.

정면, 측면에 커다란 벽돌 같은 장비가 다닥다닥 붙어 있었다.

난 천마의 정면 부위를 쓸어내리며 물었다.

"이게 이번에 개발했다는 비활성 반응 장갑인가?"

"예, 전하. 전하께서 주신 자료를 토대로 화약과 고무, 플라스틱 등 다양한 소재로 실험해 본 결과, 플라스틱이 가장 효과가 좋았사옵니다. 해서 특수 처리를 한 플라스틱으로 비활성 반응 장갑을 제조해 취약 부위에 부착했사옵니다."

"실험 결과는 어떤가?"

"정남왕군이 사용한 대전차 고폭탄을 무반동포에 장전해 실험했을 때 95퍼센트가 넘는 훌륭한 방호력을 선보였사옵니다."

"괜찮군. 이 반응 장갑을 생산 공정에 추가해 다시 양산하게."

"예, 전하."

난 한조 등 수고한 직원들에게 금일봉을 주고 연구소를 나왔다.

영국-프랑스 동맹군에게 대전차 무기가 없을 수도 있지만 같은 방식으로 적에게 또 당하는 건 등신이나 하는 짓이다.

다음은 무기 연구소였다.

무기 연구소는 화기 연구소에서 갈라져 나온 연구소로 화기를 제외한 모든 무기와 그곳에 들어가는 소재, 그러니까 화약, 탄환, 포탄, 비격뢰, 진천탄, 기뢰, 폭뢰, 폭탄을 연구했다.

무기 연구소 소장 박영준의 안내를 받아 연구소를 다 둘러보고 나서 구름 통로로 이어진 화기 연구소로 바로 넘어갔다.

화기 연구소는 말 그대로 화기를 전문으로 연구했다.

소총, 기관총을 시작으로 함포, 대포, 무반동포 등 다양한 화기를 연구했는데 요즘은 대전차 로켓 개발에 열을 올렸다.

연구소장 카시니로부터 로켓 개발과 관련한 브리핑을 받고 나서 잠시 쉬었다가 강남 끝에 자리한 기술 연구소를 찾았다.

기술 연구소는 여전히 최석정, 최석항 형제가 운영 중이었는데 경정충이 남긴 자료를 가장 많이 다루는 주력 연구소였다.

특히, 한, 두 가지는 양산만 한다면 전황을 뒤집을 수도 있었다.

이어 항공 연구소를 찾았다.

정제두가 이끄는 항공 연구소는 항공 모함에서 이륙할 수 있는 전투기와 폭격기 두 종류를 개발해 양산을 앞두고 있었다.

물론, 함재기 개발에는 싱가포르 해전에서 수거해 연구소로 가져온 영국-프랑스 동맹 복엽기가 아주 유용하게 쓰였다.

"양산은 언제부터 가능한가?"

"부품 발주를 마쳤기에 다음 달부터 바로 가능하옵니다."

정제두의 대답에 난 한시름 놓았다.

함재기가 핵심인데 양산 시점이 너무 늦으면 항공 모함이란 중요한 전력을 포기한 상태에서 출진해야 할 수도 있었다.

근데 다행히 함재기가 발목을 잡진 않을 거 같았다.

다음에는 그 함재기를 실은 항공 모함을 연구하는 조선 연구소를 찾아가서 부장 순구로부터 진행 상황에 대해 들었다.

"세종대왕급 항공 모함은 설계를 모두 마치고 각 조선소에 새로 마련한 초대형 도크에서 이미 건조에 들어갔사옵니다."

"그러면 지금은 어떤 업무를 하고 있나?"

"백두급, 한라급, 금강급은 설계를 마치고 부품을 발주했사옵니다. 그리고 설계 부서에선 묘향급을 설계하고 있사옵니다."

영국-프랑스 동맹이 항모 전단을 이미 운용하고 있단 사실을 파악했기에 우리도 서둘러 대응하는 전단을 구성하고 있었다.

백두급은 전함이고 한라급은 방공 순양함이었다.

그리고 금강급은 구축함, 묘향급은 초계함이었다.

전함은 말 그대로 공격을 위한 군함이었다. 함포로 적함과 적 해상 기지 등을 포격하는 임무를 수행한다.

그리고 방공 순양함은 적 항모 전단의 함재기 공격을 방어한다.

구축함은 영국-프랑스 동맹이 이미 개발했을 수도 있는 잠수함을 막기 위한 군함이고 초계함은 말 그대로 초계용이다.

브리핑을 다 받고 나서 순구에게 지시했다.

"충무급은 수송함, 지원함, 보급함, 급유함으로 개조하고 세종대왕급과 백두, 한라, 금강, 묘향급 건조에 전력을 다하게."

"예, 전하!"

조선 연구소를 나와선 잠시 주저했다.

마지막으로 들르기로 한 연구소에 꺼림칙한 상대가 있어서다.

하지만 이런 내 마음을 알 리가 없는 왕두석은 운전에 재미 들였는지 '소마' 핸들을 휙휙 돌리며 전자 연구소로 달려갔다.

소마는 자동차의 브랜드명이었다.

승객을 싣고 달리는 자동차면서 동시에 소형 전술 차량 임무도 같이 수행하기에 천마, 비마와 라임을 맞춰 소마로 지었다.

전자 연구소 주차장에 정차했을 때.

먼저 내린 왕두석이 승객용 좌석 문을 열어 주며 해맑게 웃었다.

"다 왔사옵니다, 전하."

"그래."

"오랜만에 공……."

"거기까지."

"옙."

왕두석을 조용히 시키고 나서 한숨을 내쉬며 안으로 들어갔다.

곧 전자 연구소 소장과 연구원들이 황급히 나와 우릴 맞이했다.

난 그들을 슬쩍 둘러봤다.

하지만 그 꺼림칙한 상대는 보이지 않았다.

난 약간 안도하며 연구소 소장을 따라 연구실을 둘러보았다.

전자 연구소에서는 몇 년 전에 어렵사리 개발에 성공한 전파 발신기를 이용해서 레이더와 VT 신관을 연구하고 있었다.

레이더와 VT 신관 모두 전파를 이용한 장비다.

그때, 연구실 가장 안쪽에서 조명등으로 손가락만 한 작은 장치 내부를 심각한 표정으로 들여다보는 여인을 발견했다.

난 쓴웃음을 지으면서 여인 쪽으로 다가갔다.

"은이야."

그제야 고개를 돌린 평안공주가 심드렁한 표정으로 물었다.

"언제 오셨어요?"

"조금 전에 왔다."

"그러면 살펴보고 가세요."

"근 한 달 만에 보는 건데 잠시 이야기라도 나누지 않겠느냐?"

공주는 귀찮은 표정으로 살펴보던 장치를 내려놓고 일어섰다.

"따라오세요. 저쪽에 등나무가 있는 휴게실이 있어요."

"그러마."

난 공주 뒤를 따라가면서 쓴웃음을 지었다.

이거 내가 딸 교육을 잘못한 건가?

241장. 너도 온 마음을 다해 기도를 올려라.

난 공주를 따라가며 물었다.

"널 보살피라고 보낸 금군과 궁인은 어찌하여 안 보이는 것이냐?"

"다른 연구원들이 불편해하는 거 같아 행궁에 있으라고 했어요."

"그래도 그건 아니지. 궁인은 몰라도 금군은 꼭 곁에 있어야 한다. 연구소 안이라고 안전하다는 생각은 절대 금물이야."

"꼭 그래야 하나요?"

"공주도 몇 년 전에 창덕궁에서 끔찍한 일을 겪지 않았더냐?"

공주가 창덕궁에 글라이더가 날아들던 때를 떠올린 모양이다.

몸을 부르르 떨며 소름 끼친단 표정을 지었다.

난 고개를 저으며 말했다.

"적들이 연구소라고 봐줄 거 같으냐? 아니지. 오히려 연구소야말로 놈들이 노리는 가장 핵심적인 표적 중 하나일 거다. 아비 말대로 다음부턴 꼭 금군을 곁에 대동하고 있거라."

"예……."

마지못해 대답하는 딸을 보며 난 또 속으로 한숨을 쉬었다.

잠시 후, 공주가 말한 등나무 휴게소가 나타났다.

등나무가 만든 시원한 그늘에 벤치가 몇 개 놓여 있었다.

내가 벤치에 앉았을 때, 공주가 옆 냉장고를 열고 캔 두 개를 가져와 하나는 날 주었다.

캔에는 한글로 크게 임금님표 맥주라고 적혀 있었다.

난 공주가 가진 캔을 확인했다.

다행히 식혜라고 적혀 있었다.

난 캔 맥주를 따서 한 모금 마셨다.

에일 맥주 특유의 쓴맛이 청량감을 내며 목구멍으로 내려갔다.

반대편 벤치에 앉은 공주도 캔을 따서 식혜를 마셨다.

난 냉장고를 힐끗 보며 물었다.

"공업 연구소에서 만들었다는 냉장고의 시제품이냐?"

공주가 그렇다는 듯 고개를 끄덕이며 대답했다.

"에테르를 냉매로 써서 만들었다고 들었어요."

공업 연구소는 공업 사업부 산하 연구소다.

공업 사업부 부장으로 오래 근무한 그로트가 일 잘하는 후배에게 자릴 물려주고 자기는 이 연구소 소장으로 취임했다.

공업 연구소는 주로 실생활에 필요한 기계, 전기 제품을 만든다.

몇 달 전에는 쓸 만한 냉장고를 개발했단 보고를 했었다.

근데 판매하기 전에 서유럽회사 공장과 연구소에 시험적으로 설치하고 나서 직원 평가를 받아 보고 있는 모양이었다.

공업 연구소는 그 외에도 세탁기, 에어컨 등을 연구하고 있었다.

전부 인류의 생활을 엄청나게 개선할 수 있는 제품들이었다.

대화가 끊기며 부녀 사이에 어색한 침묵이 감돌았다.

어쩔 수 없다고 생각했다. 내가 그동안 너무 외지로 떠돌았기 때문이겠지.

난 말없이 차가운 맥주를 마셨다.

다행히 곧 화제로 삼을 만한 주제가 떠올랐다.

"아비가 마시는 맥주를 만든 이가 누군지 아느냐?"

"대령숙수로 일하던 클라슨이잖아요?"

"맞다. 은퇴한다고 하기에 앞으로 뭘 하며 지낼 거냐 물었더니 유럽 전통 맥주를 조선에서 만들어 팔고 싶다고 하더구나. 그래서 아비가 자본금을 대 주었지. 지금은 없어서 못 판단 소문이 있으니까 클라슨도 돈을 꽤 많이 벌었을 거다."

"흐응."

아뿔싸.

맥주는 어린 아가씨에겐 영 재미없는 주제인 모양이군.

다행히 나와 공주 사이엔 공통 화젯거리가 하나 있었다.

바로 업무 관련 화제였다.

난 빈 알루미늄 캔을 쓰레기통에 넣고 나서 물었다.

"레이더는 어떤 거 같더냐?"

"개발 진행 상황이 순조롭다고 들었어요."

"그래? 얼마나?"

"30킬로미터까진 문제없다고 하던데요."

"흠, 30킬로미터면 좀 아쉽긴 하지만 그런대로 쓸 만하겠군. 일단 가시 범위 밖이니까 대응할 시간이 조금이라도 있겠지."

"그거 함재기를 잡으려고 개발하는 거죠?"

"그렇지. 그리고 네가 연구하고 있는 VT 신관도 마찬가지고."

VT 신관은 근접 신관의 일종이다.

거북이처럼 느린 함재기는 대공포로 충분히 격추할 수 있었다. 그저 대공포의 성능과 포수의 포술 실력에 달려 있을 뿐이다.

하지만 함재기가 갈매기처럼만 날아도 대공포로 함재기를 잡으려면 수천 발을 쏴야 할 정도로 대공 방어가 어려워진다. 그래서 나온 개념이 바로 VT 신관 같은 근접 신관이다.

VT 신관을 안에 장착한 포탄은 날아가다가 함재기 근처에 도달하면 전파 감지를 통해 신관이 작동해 스스로 폭발한다.

즉, 정확히 맞히지 않더라도 가까이 있으면 포탄이 자동으로 터져 함재기를 떨어트릴 수 있는 획기적인 방공 무기였다. 그만큼 개발하기가 무척 까다로운 무기였다.

일단 VT 신관 핵심 부품인 진공관도 만들기 어려운데 그 진공관을 포탄 하나하나에 장착해야 해서 비용이 엄청나게 들었다.

거기다 발포 시, 포구 압력으로 진공관이 깨지지 않게 해야 했고 신관에 전력을 공급하는 배터리도 따로 있어야 했다.

다행인 점은 서유럽회사가 이미 관련 기술을 확보했단 점이다.

포구 압력을 상쇄하는 기술은 이미 충격 신관을 개발할 때 상당

부분 연구해 놨고 배터리는 경정충이 글라이더를 개발할 때 연구한 자료가 있어 바로 양산에 들어갈 수 있었다.

다만, 진공관 자체 성능이 문제였다.

공주가 내가 부르기 전까지 연구하던 장치가 진공관이었다.

"VT 신관용 진공관 개발은 어느 정도까지 왔더냐?"

"내달에는 신관을 조립해 시험해 볼 수 있을 겁니다."

"네가 고생이 많았겠구나."

"연구원들이 다 같이 노력해서 만든 결과입니다."

"하지만 이 아비 눈에는 공주만 보이는구나, 하하."

"피이."

"진공관은 트랜지스터로 이어지는……."

"전자 공학의 핵심적인 부품이니까 절대 소홀해선 안 된다. 그 말씀 하시려는 거죠? 이젠 너무 들어서 다 외우고 있어요."

"하하, 이건 내가 한 방 먹었는걸."

공주의 마음이 좀 풀어진 듯해 그 틈에 재빨리 물었다.

"강남 행궁에는 얼마나 더 있을 작정이더냐?"

"있고 싶은 만큼요."

"궐에 있기 싫은 이유가 있느냐?"

"궐로 돌아가면 할마마마가 또 혼인하라고 강요하실 거잖아요?"

"역시 그 문제일 줄 알았다."

"아바마마, 소녀는 이렇게 연구하고 지내는 게 훨씬 좋습니다!"

"그러면 평생 혼인은 하지 않을 생각이더냐?"

"마음에 드는 이가 나타난다면 모르겠지만……."

"없다면 혼인하지 않겠다는 거로군."

"예……."

난 입맛이 썼지만, 어쩔 수 없다고 생각했다.

이 또한 내가 만든 일일 테니까.

"좋다. 네 결심이 그렇다면 아비가 윗전께 양해를 구해 주마."

"정말입니까?"

"대신, 이젠 대궐에서 출퇴근하도록 해라. 가족은 모여 살아야 가족이지. 이렇게 떨어져 살면 그게 무슨 가족이겠느냐."

"그건……."

"윗전 두 분도 이제 나이가 많으신데 손녀가 코빼기도 비치지 않으면 얼마나 서운하시겠느냐. 살아 계실 때 잘해 드려라."

"예, 아바마마."

"퇴근 시간에 맞춰 다시 오마. 넌 가서 하던 일 마저 하거라."

공주를 돌려보내고 나서 강남 산업 단지를 돌며 버프를 걸었다.

매번 이번이 중요하다고 해 왔지만, 이번엔 정말 진짜 중요했다.

수명은 전혀 신경 쓰지 않고 버프 효과에 중점을 두며 뿌린 결과, 바다 같던 수명이 썰물 때 갯벌처럼 바닥을 드러냈다.

어차피 이번 판에서 판돈을 잃으면 다 끝이니까 아까워 말자.

그날 저녁, 난 차에 공주를 태워 창덕궁으로 향했다.

근데 차가 세종대로 교차로를 지나 1분쯤 갔을 때.

창밖을 구경하던 공주가 물었다.

"어, 저 중국 식당 왕 숙수가 개업한 거 아니에요?"

"이름이 복선이면……, 왕 숙수가 개업한 게 맞을 거다."

"저기서 저녁 먹고 가면 안 돼요?"

"대궐에도 중식 숙수가 여럿 있는데 저기서 꼭 먹어야겠느냐?"

"밖에서 사람들하고 같이 먹는 게 더 재밌잖아요."

"그래, 알았다."

금군 10여 명이 복선에 들어가 자리를 세팅했다.

잠시 후, 난 공주를 데리고 3층 특실로 곧장 올라갔다.

특실은 일반실보다 공간이 넓었다.

자리에 앉기 무섭게 복선 주인인 왕자춘이 헐레벌떡 달려왔다.

"찾아 주셔서 삼대의 영광이옵니다, 전하."

"자네가 독립한 지 얼마나 되었지?"

"이제 4년째이옵니다."

"장사는 잘되나?"

"밥때는 거의 만석이옵니다."

"다행이구만. 아, 같이 있던 다른 숙수들은?"

"평양, 부산, 개성, 의주에서 중식당을 운영하고 있사옵니다."

"알았네. 궐에서 먹던 요리로 몇 가지 내오게."

"조금만 기다리시옵소서."

허리가 바닥에 닿을 것처럼 인사한 왕자춘은 주방에 들어가 칼과 웍을 잡고 자신 있는 요리 몇 가지를 직접 준비했다.

왕자춘 등은 경정충이 보내 준 숙수였다.

당시 그들을 처음 만났을 때, 앞으로 궐에서 일을 열심히 하면 가게를 차려 준다고 했는데 4년 전에 그 약속을 지켰다.

왕 숙수 일행 외에도 여러 나라에서 온 숙수들이 대궐에서 대령숙수로 일하며 대궐의 음식 문화를 발전시키고 있었다.

왕자춘이 내온 요리를 맛보고 저녁 늦게 환궁했다.

그리고 다음 날 아침에 윗전을 만나 공주의 의사를 전했다.

윗전의 반응은 그다지 좋지 않았지만, 내가 몇 번이나 간곡히 설득해 공주의 의사를 존중하기로 서로 합의를 보았다.

가출한 공주가 대궐로 돌아오고 몇 년 지났을 때였다.

난 중전과 세자빈, 원손, 그리고 작년 봄에 태어난 첫 손녀와 함께 창덕궁 후원에서 바람을 쐬며 단풍을 즐기고 있었다.

이제 제법 많이 큰 원손은 후원에 서식하는 판다와 씨름을 하며 활기 넘치게 놀았고 이제 아장아장 걷기 시작한 귀여운 손녀는 레서 판다에게 과일을 주며 연신 까르르 거렸다.

세자빈은 시부모님 신경 쓰랴, 뛰어노는 애들 신경 쓰랴 다소 정신없어 보였지만, 사실 아이들은 걱정할 필요가 없었다.

판다, 레서 판다 모두 스킬로 잘 길들여 놓았다.

거기다 원손 옆에는 이제 수염이 허옇게 센 고검이 있었다.

비슷한 연배이던 강대산과 오효성의 연이은 죽음에 충격을 받은 듯이 한 몇 년 우울해하던 고검은 용호군에서 은퇴한 뒤에 나를 찾아와 원손의 호위 무사를 맡겨 달라고 청했다.

난 괜찮을 거 같아 허락했는데 고검은 그때부터 지금까지 원손을 마치 친손자처럼 아끼며 정성을 다해 보살펴 주었다.

고검은 평생 결혼하지 않았다.

내가 레서 판다와 노는 손녀를 보며 웃고 있을 때.

중전이 일어섰다.

"제조상궁에게 들으니 옥류정의 단풍이 여기보다 더 아름답다고 합니다. 바람도 선선한데 신첩과 유람이나 가시지요."

"그럽시다."

우리 부부는 세자빈과 아이들을 놔두고 옥류정으로 올라갔다.

난 중전에게 슬쩍 물었다.

“세자빈을 편하게 해 주려고 일부러 옥류정으로 가자 한 거요?”

“세자빈이 셋째를 회임했다고 합니다.”

“오, 경사군.”

“시부모가 옆에 있으면 편히 쉬기 어려울 거 같아 그랬습니다.”

“하하, 잘했소.”

난 중전과 소나무 숲 산책로를 걷다가 불쑥 말했다.

“그동안 고마웠소.”

“갑자기 왜 그런 말씀을 하십니까?”

“전부터 해야겠다고 마음먹은 말이오. 정말 중전이 아니었으면 나나 우리 조선이 이렇게까지 성장하긴 힘들었을 거요.”

“그게 어찌 신첩의 덕이라 할 수 있겠습니까? 다 전하께서 밤낮을 가리지 않고 애쓰신 덕분에 이만큼 성장한 것이겠지요.”

중전과 데이트를 마치고 나서 그날 밤엔 관우정으로 향했다.

관우정 앞에 정성 들여 고사상을 차려 놓고 절을 올렸다.

절을 올리고 나서 왕두석에게 말했다.

“너도 온 마음을 다해 기도를 올려라.”

“누구에게 무엇을 기도해야 하는 것이옵니까?”

“이 세상의 모든 신에게 대박이 터지게 해 달라고 기도하거라.”

왕두석도 내 말투에서 심각함을 인지한 듯했다.

그는 곧 지갑에서 지폐를 꺼내 제사상에 놓여 있는 돼지머리에 끼우고 나서 정말 온 마음을 다해 기도하며 절을 올렸다.

난 고사를 지내고 나서 숨을 길게 토해 내며 지시했다.

"당분간 아무도 관우정에 들이지 말거라!"

"예, 전하!"

난 안으로 들어가 관우정 문을 단단히 걸어 잠갔다.

그러고 나서 EHS 시스템을 불러왔다.

그동안 퀘스트를 하며 모은 룰렛 추첨권이 딱 100장이었다.

오늘은 이 추첨권을 다 써서 끝장을 볼 생각이었다.

만약, 대박이 터진다면 누구도 날 막지 못할 터였다.

그 반대는 생각하지 않았다.

오직 성공한단 일념으로 룰렛을 돌리기 시작했다.

242장. 어떤 철칙입니까?

추첨권 100장으로 룰렛을 돌렸다.

그 결과.

개인 스킬 중에 하나를 지정해 1레벨 상승 가능×19

수명 365일 증가×25

개인 기본 스탯 5포인트를 지정해서 추가 가능×18

꽝×33

EX×5

뭐 좋지도, 그렇다고 나쁘지도 않은 결과군.

EX는 열지 않고 나머지 보상은 바로바로 처리했다.

스킬 1레벨 상승은 마르지 않는 샘 위주로 투자하면서 세종대왕을 경배하라 등 자주 쓰는 패시브, 액티브 스킬을 올렸다.

그리고 수명은 바로 개봉해 기존에 갖고 있던 수명에 보탰다.

마지막으로 개인 기본 스탯은 신중하게 올렸다.

퀘스트가 얼마나 더 남아 있을지 알 수 없다.

하지만 느낌상 그렇게 많이 남은 것 같진 않았다.

즉, 보상으로 스탯을 올릴 수 있는 마지막 찬스란 뜻이었다.

이걸 다 쓰면 다음부터는 오로지 내 노력으로만 올려야 한다.

스탯이 높아질수록 스텝 업하는 데 전보다 더 큰 노력이 필요하단 점을 고려하면 이런 좋은 기회를 대충 허비할 순 없었다.

몇 시간을 고민한 끝에 간신히 최종 스탯을 확정했다.

이연 (+1,639,333)

레벨: 9

무력: 90 지력: 99 체력: 90 매력: 91 행운: 99

수명이 무려 160만까지 오른 이유는 앞에서 언급한 거처럼 마르지 않는 샘에 스킬 포인트 대부분을 투자한 덕분이었다. 마르지 않는 샘은 레벨이 올라갈수록 수명이 배로 상승한다.

내 시선은 이어서 스탯으로 내려갔다.

무력과 체력은 그다지 쓸데가 많지 않은 거 같아 9레벨에 필요한 90대만 맞춰 놓고 나머지는 지력과 행운에 투자했다.

지력은 정말 중요했다.

기술 개발과 같은 기본적인 분야서부터 상대의 의도를 간파하는 것과 같은 심리적인 분야에까지 정말 폭넓게 쓰였다.

근데 플레이를 몇십 년 동안 하다 보니까 매력과 행운, 두 스탯 역시 게임 전반에 큰 영향을 끼친단 사실을 깨달았다.

매력은 인간관계에 아주 큰 영향을 미쳤다.

가족, 부하, 심지어는 적에게까지 영향을 끼쳤다.

행운은 일견 가장 쓸모없는 스탯처럼 보인다.

다른 스탯은 이름부터 뭔가 명확한 느낌을 주는 데 반해, 행운은 대체 이걸 어디다 써먹지 하는 생각이 먼저 드니까.

하지만 어쩌면 행운이야말로 가장 중요한 스탯일지도 모른다.

왕이든, 게이머든 항상 선택의 갈림길에 서기 마련이다.

이 벼슬자리엔 누굴 앉혀야 일을 잘할까?

이번 기술 개발은 이쪽에 중점을 두는 편이 더 좋지 않을까?

적이 이렇게 나왔을 때, 방어와 반격 중에서 뭘 택해야 하지?

물론, 거기까지 가는 데 필요한 스탯은 지력이나 매력일 테지만 선택하고 나서 그 결정이 잘못되지 않도록 하는 데는 행운 스탯의 영향이 지대해 99까지 올리는 데 부담이 없었다.

이렇게 스킬 레벨, 수명, 스탯 포인트까지 해결하고 마침내 가장 중요한 EX 다섯 장을 어떻게 처리할까를 고민했다.

우선 마르지 않는 샘을 확인했다.

마르지 않는 샘(SSS)

유저는 특정한 수련을 통해 수명을 무한대까지 늘릴 수 있다.

※이 액티브 스킬은 발견할 확률이 제로에 가깝습니다.

호흡 레벨: 9

동작 레벨: 9

수명 레벨: 9

스킬 잔여 포인트: 2

좀 전에 스킬 포인트로 9레벨까지 올려놨다.

그리고 배분하지 않은 스킬 포인트가 딱 2개 있었다.

즉, EX로 뻥튀기할 만반의 준비를 갖춰 놓은 셈이다.

거기다 비장의 카드가 하나 더 있었다.

바로 히든 퀘스트를 클리어하고 얻은 1회 지정 추첨권이었다.

우선 정말 지정 추첨이 가능한지 EX 한 장으로 실험해 봤다.

머릿속에서 열심히 시뮬레이션해 보고 나서 실제로 실행했다.

EX!

스킬, 버프, 옵션 등의 효과를 증폭시킵니다.

지속 시간, 범위 등은 탄력적으로 주어집니다.

1회 사용하면 자동 소멸됩니다.

보유 기간에 제한은 없습니다.

결과: 10배

정말 되네.

지정 추첨이 EX 슬롯에도 통했어!

난 내친김에 남은 EX 네 장도 슬롯에 넣어 돌렸다.

눈이 아플 정도로 집중해서 보고 있는데.

6배. 8배. 8배. 10배.

난 순간 그 자리에서 정신을 놓을 뻔했다.

맙소사!

6, 8, 8, 10이 연달아 뜬다고?

좀 전에 행운을 99까지 올린 덕인가?

아니면 순전히 랜덤으로 나온 건데 이렇게 걸린 건가?

하지만 저절로 터져 나오는 웃음에 잡생각은 다 사라져 버렸다.

"하하하하!"

그딴 이유가 뭐가 중요해!

결과가 이렇게 나왔다는 게 중요하지.

휴우우. 침착하자. 흥분하다가 삐끗해서 망치면 심장 마비로 죽을지도 모르니까.

먼저 EX 다섯 장부터 신중하게 곱했다.

침을 꿀꺽 삼키며 결과를 기다릴 때.

38,400배

난 눈을 비비고 나서 다시 보았다.

역시 38,400배였다.

이게 수명이라도 38,000일이면 꽤 많은 양이다.

근데 이건 그 수명을 뻥튀기해 주는 숫자다.

아무리 침착하려고 해도 심장이 뛰고 얼굴이 확 달아올랐다. 심지어 금단 증상처럼 손까지 덜덜 떨렸다.

이런 흥분감은 태어나 처음 겪어 보는 거였다. 아드레날린이 정수리와 발바닥을 뚫고 튀어 나가는 거 같았다.

이제 남은 일은 하나였다. 마르지 않는 샘을 10레벨로 끌어올려 만든 수명에 EX 다섯 장으로 만든 38,400배를 곱해 최종 결과를 얻는 일!

그 결과는.

58,982,400,000!!!!

한 번에 다 읽기도 벅찰 만큼 거대한 숫자가 나왔다.

589억이라니! 버프, 스킬을 닥치는 대로 쇼핑해도 남을 거 같은 수명이었다. 전에는 꿈도 못 꾼 히든 스킬도 얼마든지 살 수 있었다.

몇 년 전에 북경 중남해 창고에서 운명을 거스르는 샘이란 스킬을 얻었는데 그때 처음으로 히든 스킬의 존재를 알았지만, 그땐 그림의 떡이었다.

싼 건 몇백만, 비싼 건 천만대가 훌쩍 넘었으니까.

심지어 이름이 ???로 나온 맨 마지막 스킬은 무려 1억이었다.

당연히 그땐 히든 스킬을 구매할 수 있을 만한 수명이 없어 군침만 삼키다가 말았는데 이제는 그럴 필요가 없어졌다.

아무리 비싼 스킬이라 해도 1억이었다. 고작 1억. 얼마든지 사고 또 살 수 있었다.

내친김에 ???스킬을 구매했다. 아니, 구매하려고 했었다.

갑자기 오류 메시지가 뜨며 구매를 거절당했다.

왜 이러지?

혹시 히든 스킬은 다 그러나 싶어 800만짜리 스킬을 구매했다.

근데 이번엔 제대로 구매가 이뤄졌다.

흠, 저 1억짜리 스킬을 사려면 우선 ???가 뭔지 알아야 하나?

대체 무슨 스킬이길래 이렇게 까다롭게 구는 거지?

하지 말라고 하면 더 하고 싶어지는 거처럼 수명이 있어도 구매하지 못하게 막아 놓으니까 오히려 전보다 궁금해졌다.

어쨌든 이번 작업은 대성공을 넘어 기적에 가까웠다.

아니, 기적도 그냥 기적이 아니라, 대기적이었다.

난 그 자리에서 지금 당장 필요한 히든 스킬 10개를 구매했다.

역시 비싼 만큼 돈값을 충분히 하였다.

스킬 자체는 기존에 있던 상점 스킬과 비슷했다.

다만, 성능은 올라가고 재사용 대기 시간은 획기적으로 줄었다.

히든 스킬에 만족하면서 마지막으로 국가 스탯을 확인했다.

조선 (+592,349)

레벨: 8

정치: 93 행정: 87 경제: 96 재정: 99 국방: 97 외교: 89 교육: 83 문화: 81 복지: 80 산업: 87

조선은 이제 안정권을 넘어 반석 위에 섰다고 봐도 무방했다.

그리고 경제, 재정, 국방은 모두 90대 후반이었다.

맥스가 99인 모양이군.

아마 그 이상의 스탯이 있었다면 재정은 99를 넘어섰을 거다. 그만큼 조선 재정은 탄탄했다.

다만, 교육과 문화, 복지는 아무리 기를 써도 잘 오르지 않았다.

애초에 이 셋은 단번에 큰 성장을 바라기가 힘든 분야였다. 아무래도 시간을 넉넉히 잡고 노력하는 수밖에 없을 듯했다.

관우정 문을 열고 나왔을 때.

왕두석이 다가와 조심스러운 목소리로 물었다.

"일은 잘 마치셨사옵니까?"

"그래, 아주 잘 마쳤다."

"역시 소관이 진심으로 기도한 덕분……."

"그러면 전에 고사 지낼 땐 진심이 아니었단 거네."

"아니, 얘기가 왜 그쪽으로……."

"하하, 오늘은 기분 아주 좋으니까 너그러운 내가 참아야지."

"정말 자비롭기가 하해와 같으시옵니다……."

"내일부터 전국을 돌며 군과 공장 등을 시찰하겠다. 만주와 대마도, 홋카이도도 둘러볼 테니까 완벽하게 준비해 두어라."

"예, 전하!"

난 고개를 돌려 홍귀남을 찾았다.

"귀남아."

"예, 전하."

"넌 가서 용호군 안교안 대장을 불러와라."

"알겠사옵니다."

"쌍둥이 두 명은 도원수와 통제사를 불러오고!"

"바로 출발하겠사옵니다."

잠시 후, 희정당에서 탁자에 세계 전도를 펼쳐 놓고 보고 있을 때.

안교안이 먼저 들어왔다.

"홍 선전관으로부터 찾으신단 전갈을 받았사옵니다."

"가까운 데 있었나 보군."

“궐에 있는 본부에서 만주 지부의 연락을 받고 있었사옵니다.”

“전화로?”

“예, 전하.”

“정말 꿈같은 일이지 않은가? 까마득히 먼 거 같은 만주에서 도성까지 교환을 거치긴 해도 전화 연락이 가능하다니.”

“정말 그렇사옵니다.”

“아 참, 용호군에 경사가 있다고 들었는데?”

“유연 과장과 홍장미 과장이 혼례를 치른다고 하옵니다.”

“그거 축하할 일이군. 그 둘은 왠지 그럴 거 같았어.”

“아진 과장도 조지웅 대장사와 혼담이 오간다고 들었사옵니다.”

“오, 그건 생각지도 못했는데. 둘이 아는 사이였나?”

“만주에서 작전할 때 처음 보았다고 하옵니다.”

난 왕두석을 불러 지시했다.

“용호군에 좋은 일이 연달아 있는 거 같으니까 내 이름으로 신부와 신랑, 양쪽에 따로 축의금을 넉넉히 보내도록 해라.”

“예, 전하.”

왕두석이 나가고 나서 안교안에게 물었다.

“싱가포르 쪽은 어떤가?”

“요 몇 년은 아주 조용했사옵니다.”

“흠, 싱가포르를 지나 동쪽으로 쳐들어오기에는 아무리 영국-프랑스 동맹이라도 쉽지 않겠지. 지형이 워낙 복잡하니까.”

그때, 왕두석이 다시 들어와 알렸다.

“도원수 대감과 통제사 대감이 왔사옵니다.”

“안으로 뫼셔라.”

"예, 전하."

잠시 후, 이완과 이여발이 들어와 인사하고 안교안 옆에 섰다.

난 그 세 명을 천천히 둘러본 뒤에 말했다.

"이미 눈치챈 사람도 있을 테지만 영국-프랑스 동맹이 우릴 호시탐탐 노리고 있소. 그래서 과인은 그들이 쳐들어오기 전에 차라리 먼저 선공하기로 굳게 마음먹었소."

이완 등이 긴장한 낯빛으로 내 말을 기다렸다.

"영국-프랑스 동맹은 지금 아메리카 대륙을 공략하고 있을 거요. 우린 그들이 대륙을 횡단해서 태평양으로 나오기 전에 먼저 쳐들어가 그들의 시도를 저지해야 하오."

난 그러면서 지도에 있는 미국, 좀 더 정확히 말하면 로스앤젤레스와 샌프란시스코, 샌디에이고가 있는 서부를 가리켰다.

"용호군은 즉시 이 지역에 추룡군, 착호군 요원을 투입해 정보를 모으고 훈련도감과 통제영은 작전 계획을 수립하시오."

"예, 전하!"

이완 등이 바쁘게 움직이고 있을 때.

난 공언한 대로 조선과 만주, 대마도, 홋카이도 등을 돌며 현지를 시찰하고 공장과 연구소에는 스킬과 버프를 걸었다.

수명이 무한대와 같아 있는 거, 없는 거 다 끌어다가 투자했다.

그렇게 1년을 보내고 나서 환궁해 전쟁 준비에 박차를 가했다.

몇 년 후 모든 준비를 완벽히 마쳤을 때.

난 세자를 희정당으로 조용히 불렀다. 세자 옆에는 글 스승인 임단과 무술 스승인 이도진이 있었다.

난 동석한 도승지 윤중에게 어명을 내렸다.

"임단을 좌승지로, 이도진을 금군 우별장으로 제수하겠소."

윤증이 머리를 조아렸다.

"이조에 통보해 속히 시행하겠사옵니다."

임단과 이도진이 절을 올렸다.

"성은이 망극하옵니다."

"그대들을 관직에 제수한 이유는 그대들이 더 잘 알 것이오. 앞으로도 세자를 보필하는 일에 신명을 다 바치도록 하시오."

"예, 전하."

난 윤증, 임단, 이도진을 내보내고 세자만 남겼다.

"양전 결과가 나왔더냐?"

"예, 아바마마."

"어떻더냐?"

"농지는 임진왜란 전과 비교해도 거의 두 배 이상 늘었습니다."

"좋군. 인구는?"

"1,300만을 돌파했사옵니다."

"인구 성장도 순조롭군."

"그런 듯하옵니다."

난 세자를 자리에 앉히고 나서 말했다.

"지금이 아니면 당분간 이럴 기회가 없을 듯해 당부하마. 과인이 자리를 오래 비우더라도 지금 말하는 다섯 가지 철칙만 잘 지키면 나라를 운영하는 데 큰 문제가 없을 거다."

"어떤 철칙입니까?"

"첫 번째, 백성 교육에 신경 써라. 교육이야말로 나라를 성장하게 하는 가장 강력한 동력이다. 두 번짼 법치를 강화하란 거다.

물론, 그냥 강화하기보단 좋은 쪽으로 강화해야겠지. 지위가 높은지 낮은지, 부자인지 가난한지 같은 조건이 법을 적용하는 데 영향을 주지 못하게 하란 뜻이다."

"명심하겠사옵니다."

나머지 철칙은 무엇보다 과학 기술에 투자하라, 인구를 늘리는 데 힘써라, 국토 균형 발전에 신경 써라 같은 것들이었다.

마지막으로 아비로서 아들에게 물었다.

"전엔 대신들을 믿고 긴 원정을 떠났지만, 이번엔 세자를 믿고 먼 곳으로 출진하려 한다. 아비가 그렇게 해도 되겠느냐?"

세자가 일어나서 자신감 있는 목소리로 대답했다.

"아바마마 기대에 어긋나지 않게 최선을 다하겠습니다."

"좋다. 이젠 네가 가장이니까 윗전과 중전, 동생도 잘 챙기고."

"예, 전하."

난 일어나 세자를 안아 주었다.

장성한 뒤로는 이런 일이 한 번도 없었기에 잠시 당황하던 세자도 내 마음을 읽은 듯 나를 안은 팔에 힘을 꽉 주었다.

세자에게 당부까지 하고 나서 마지막 원정을 떠났다.

243장. 출진하시오!

미국은 20세기 초반에 초강대국으로 올라선다.

이유는 많다.

고단한 현재 삶에서 벗어나 낯선 땅에서 새롭게 시작하길 원하는, 혹은 기존 질서에 적응하지 못해 겉돌던 인재들이 이민자에게 포용적이던 미국으로 앞다투어 건너갔고 그들이 지금의 초강대국 미국을 만들었다는 이유가 대표적이다.

그러나 미국이 가진 지정학적 이점도 무시할 수 없다.

유럽은 비슷한 체급을 가진 적이 사방에 깔려 있다.

어제의 동맹이 오늘의 적인 경우가 허다하다.

누구도 홀로 독야청청하는 상황을 원하지 않는다.

아시아도 다르지 않다.

중국이 있긴 하지만 그들도 언제나 패권국이진 못했다.

오히려 흔들리면서 아시아를 혼란에 빠트리는 때가 더 많았다.

하지만 미국은 달랐다.

북쪽의 캐나다야 뭐 거론할 이유가 없는 나라다.

물론, 남쪽에선 멕시코가 한때 도전해 온 적도 있었다.

하지만 그 역시 미국의 손쉬운 승리로 끝났다.

심지어 현대에는 미국의 하청 기지로 전락한 상태다.

즉, 미국은 그들을 견제할 만한 강국과 국경을 맞대고 있지 않아 안보에 신경 쓰지 않고 경제 성장을 이룰 수 있었다.

뭐 1, 2차 세계 대전과 냉전을 거치면서 많이 달라지긴 했지만.

거기다 대서양과 태평양을 양쪽에 두고 있어 가장 중요한 두 시장인 유럽과 동아시아에 진출하기 쉽단 이점도 있었다.

그렇다면 이민자와 지정학적 이점만으로 미국이 유일한 초강대국 지위를 유지하고 있느냐 묻는다면 대답은 아니다였다.

미국은 광활한 평야와 막대한 양의 천연자원, 두 가지를 전부 가진, 아니 세계적인 수준으로 보유한 거의 유일한 나라다.

즉, 미국이 발전한 데는 지리적인 이유도 있단 뜻이다.

나나 찰스 2세 모두 그런 점을 알았다.

그래서 미국을 상대가 차지하게 놔두지 않았다.

미국에 잠입한 용호군 요원이 보내온 정보에 따르면 찰스 2세의 영국-프랑스 동맹군은 서부에 거의 도착하기 전이었다.

동부에서 출발했을 테니까 미국을 횡단한 셈이다.

난 더는 늦출 수 없다고 판단해 서둘러 출진했다.

놈이 미국 서부에 먼저 도착하게 놔둘 순 있다.

하지만 거기서 기반을 단단히 구축하게 놔둘 순 없었다.

그러면 흘려야 하는 피가 몇 곱절은 늘어날 테니까.

이제 미국 침공은 정해졌다. 그렇다면 그다음은 어떻게 쳐들어갈 것인지를 정해야 한다.

가장 고전적인 방법은 태평양을 최단 거리로 돌파하는 거다.

중간에 하와이를 점령해 비행장으로 쓰면 딱 알맞았다.

하지만 그 방법은 몇 가지 이유로 포기했다. 그중 가장 큰 이유는 내가 원하는 전략을 쓸 수 없단 점이다.

그래서 나온 것이 바로 베링해 항로를 이용하는 방법이었다.

난 우선 우리 땅인 연해주, 사할린에 비행장을 짓게 하고 항공기 공장에서 항공기를 생산하는 대로 그쪽으로 옮겼다.

이어서 캄차카반도에서 비행장으로 쓸 만한 장소를 탐색해 비행장을 건설하고 그 과정을 알류샨 열도 전체에 반복했다.

이렇게 하면 유라시아에서 아메리카로 가는 항로가 생긴다.

물론, 이 항로엔 크나큰 단점이 있다. 추위, 안개, 폭설, 폭풍 등 기상 상황이 나쁠 때가 생각보다 아주 많아 1년의 반 이상을 사용하지 못한단 점이다.

하지만 그 점을 제외하면 다른 점은 아주 만족스러웠다.

특히 비행장 간의 간격이 좁아서 우리가 개발한 항공기의 좁은 활동 반경으로도 이동이 가능하단 점이 마음에 들었다.

아메리카 알래스카에 대규모 비행장을 짓고 나서 이번엔 남쪽으로 서부 해안을 따라가며 비행장 짓는 일을 반복했다.

그런 작업을 샌프란시스코에서 북쪽으로 100킬로미터 떨어진 포트 브래그란 항구 도시에 이를 때까지 계속 반복했다.

이번 대공사에 엄청난 인력과 자원이 들어갔다.

하지만 그 효과는 확실했다. 전과 달리 강릉 항구에서 출발한 조선군 대 함대는 비행 기지를 경유해 항해한 덕에 공군의 엄호를 항상 받을 수 있었다.

비록 날씨가 두 차례 나빠져 캄차카반도와 알래스카 코앞에서 발이 묶이기도 했지만, 버프 덕에 큰 손해는 입지 않았다.

난 알래스카에서 잠시 멈춰 알래스카 공군 기지를 둘러보았다.

앞으로 이 알래스카 기지가 조선군의 중간 거점을 담당할 예정이어서 남하하기 전에 최종적으로 점검해 볼 계획이었다.

점검 결과는 대체로 만족스러웠다.

격납고, 유류고는 물론이고 가장 중요한 활주로도 상태가 괜찮아 기상 상황만 좋으면 언제든 항공기가 출격할 수 있었다.

난 특히 넉넉히 건설해 둔 유류고가 마음에 들었다.

항공기, 전차, 장갑차, 차량, 선박 등 조선군의 거의 모든 핵심 장비가 이젠 기름 한 방울이 없으면 움직이지 못한다.

그런 점에서 기름은 군량만큼이나 중요한 군수품이었다.

서유럽회사 자원 사업부는 대경 유전과 요하 유전에 이어 동영 유전까지 개발해 조선군에 필요한 기름을 공급하고 있었다.

거기다 조선 백성에게도 이제는 기름이 생활필수품으로 자리를 잡아 지금도 1년에 수십 개씩 새 시추공을 뚫고 있었다.

마지막으로 대공포와 보급품을 저장하는 창고까지 둘러보고 기지 사령관과 병사들을 격려하고 함대로 돌아갔다.

난 통제영 지휘함과 원정군 사령부를 겸하는 백두급 전함의 함교에 앉아 함대를 출발시키고서 뒤쪽을 돌아보았다.

천 척에 달하는 엄청난 군함이 바다를 가득 채우고 있었다.

그중 대부분은 수송함, 급유함, 지원함, 보급함 등이었지만 전투함 숫자도 만만치 않아 마치 섬 하나가 움직이는 듯했다.

특히 작은 섬을 방불케 하는 항모 전단이 대단했다.

총 세 개 전단이었는데 세종대왕급 항공 모함과 그 항공 모함이 거느린 전함과 방공 순양함, 구축함만 해도 20척이 넘었다.

그럴 리는 없지만 동맹군 항모 전단이 어딘가에 매복해 있다가 함재기로 기습을 가할 위험이 있어 항모 전단은 항상 함재기를 띄워 초계하고 일부는 스크램블 상태로 대기했다.

얼마 후, 조선군 함대는 마침내 현대 캐나다 영토인 밴쿠버에 도착했다. 그리고 거기서 미국 영토인 시애틀까지 이동하여 최종 보급을 받고 나서 서부 해안을 따라 포트 브래그까지 내려갔다.

샌프란시스코로 진입하기에 앞서 사령부로 수뇌부를 불렀다.

"계획대로 여기서 함대를 분리하겠소."

"예, 전하!"

난 방오 쪽을 보며 지시했다.

"1차 상륙 함대는 지금 먼저 출발하여 파나마까지 내려가시오."

그 즉시, 방오와 조복양, 윤준 등이 군례를 취했다.

"명을 받잡겠사옵니다."

"샌프란시스코와 로스앤젤레스, 샌디에이고를 지날 땐 먼바다로 우회하시오. 놈들이 초계함과 항공기로 정찰 활동을 벌일 가능성이 있으니까 놈들의 시야에서 벗어나야 하오."

상륙 함대 사령관인 방오가 대답했다.

"알겠사옵니다."

"명심하시오. 1차 상륙 함대는 우리 2차 상륙 함대가 도착하기 전에 반드시 파나마에 가 있어야 하오. 시간이 조금이라도 맞지 않으면 동시 기습이라는 작전 목표를 이룰 수 없소."

"반드시 제시간에 도착하겠사옵니다."

"좋소. 다들 무운을 비오."

함교가 군례 소리와 서로의 무운을 비는 소리로 잠시 시끄러웠지만 1차 상륙 함대 수뇌부가 떠나면서 다시 조용해졌다.

난 기함 선수로 걸어가 망원경으로 함대에서 갈라져 나와 남서쪽으로 쾌속 항진하는 1차 상륙 함대의 전경을 바라보았다.

항모 전단 하나에 수송함까지 합치면 300척이 넘었다.

커다란 섬에서 작은 섬 하나가 떨어져 나가는 듯했다.

다행히 날씨는 쾌청했다. 버프를 걸어 두어서 큰 문젠 없을 테지만 그래도 파나마에 도착하는 그날까지 날씨가 좋길 기원하며 함교로 돌아갔다.

그렇게 초조하게 며칠을 기다렸을 때였다.

이여발이 다가와 아뢰었다.

"이제 2차 상륙 함대가 출발할 시간이옵니다."

"좋소. 출진하시오!"

"예, 전하!"

이여발은 함대 내 무선 통신으로 출진을 지시했다.

잠시 후, 포트 브래그를 떠난 2차 상륙 함대가 마침내 남하에 들어갔다.

해안가에서 적이 정찰 활동을 벌이고 있을 위험이 있어 해안선과 거리를 벌린 상태로 며칠을 순조롭게 남하했을 때였다.

마침내 1차 목표인 샌프란시스코 항구가 보였다.

중요한 항구였지만 상륙 지점은 아니었다.

난 함재기로 항구를 정찰하게 하였다.

현재 함재기는 두 종류였다.

하나는 전투기로 제식명은 제공호였다.

한국 공군이 운영하던 F-5의 공군 제식명에서 따왔다.

그리고 다른 하나는 폭격기로 제식명은 유성호였다.

곧 제공호 정찰 편대가 복귀해 정찰 성과를 보고했다.

잠시 후, 이여발이 다가와 말했다.

"샌프란시스코 항구에는 동맹군의 전함 2척과 순양함 4척, 그리고 기타 지원함 20여 척이 정박하고 있었사옵니다."

"흠, 항모가 없군."

"어젯밤 현지에 잠입해 있는 용호군 요원이 모스 부호를 이용해 샌프란시스코엔 항모가 없단 정보를 보내왔사옵니다."

"그러면 정보를 교차 확인한 셈이로군. 좋소. 전투함만으로 기습해 샌프란시스코 항구를 점령하시오. 그리고 기뢰가 있을 수 있으니까 소해가 가능한 구축함을 꼭 딸려 보내시오."

"알겠사옵니다."

잠시 후, 전함 다섯 척, 방공 순양함 열두 척 등으로 이루어진 전투 분견 함대가 함대에서 갈라져 나와 샌프란시스코를 급습했다.

동맹군 함대도 즉시 반격해 함포전이 벌어졌다.

하지만 분견 함대 쪽의 함포 사거리가 더 긴 데다, 톤수도 더 많고 기습이란 이점도 있어서 하룻밤 만에 항구를 점령했다.

난 망원경으로 전황을 긴장하며 지켜보았다.

분견 함대가 패할까 봐 불안해서 지켜본 건 아니었다. 그보다는 동맹군 함대의 해군 전력을 알아보기 위해서였다.

외형을 봤을 때, 동맹군 함대의 전함, 순양함 등은 톤수가 우리 수군의 주력 군함인 백두급, 한라급보다 많이 나갔다.

즉, 방호력은 동맹군 함대가 위란 뜻이었다.

물론, 선체를 어떤 금속으로 만들었냐에 따라 약간씩 달라지는 면은 있을 테지만 일단 방호력은 우리가 떨어진다고 봐야 했다.

대신, 함포는 앞서 벌어진 교전에서도 확인했듯 우리 함포가 구경, 사거리에서 동맹군 함대 함포보다 성능이 뛰어났다.

또 한 가지 다행인 점이 있었다. 아직 확실치는 않지만, 레이더 역시 우리가 뛰어난 거 같았다.

분견 함대가 항구 가까이 접근했을 때, 샌프란시스코에 정박해 있던 동맹군 함대는 첫 함포를 맞고 나서야 반응을 보였다.

동맹군 병사들의 기강이 해이해져 재빨리 반응하지 못한 걸 수도 있지만 레이더 사거리에서도 우리가 앞서는 듯했다.

난 약간 마음을 놓으면서 재차 지시했다.

"이제 삼별초를 올려 보내 항구를 점령하시오!"

"예, 전하."

이여발이 수군 특수 부대인 삼별초 초장에게 상륙을 지시했다.

얼마 후, 삼별초 1천여 명이 샌프란시스코 항구를 점령했다.

대군이 반격해 오면 삼별초도 별수 없을 테지만 그래도 최소한 상륙 작전이 이루어지는 동안엔 버텨 줄 수 있을 터였다.

삼별초가 작전을 마쳤을 때.

"이제 공병과 장비를 올려 보내 비행장을 짓도록 하시오."

"바로 시행하겠사옵니다."

장비까지 전부 올려 보냈을 때.

난 바로 추가 지시를 내렸다.

"기뢰를 부설하고 여기서 빠져나갑시다!"

"알겠사옵니다."

곧 기뢰 부설함이 전진해 항구에 기뢰를 빽빽하게 설치했다.

이렇게 하면 우리도 샌프란시스코를 이용 못 하지만 태평양 주재 동맹군 함대의 활동 반경을 좁힌단 점에선 이득이었다.

다음은 로스앤젤레스였다.

현대 한국인에겐 L.A.로 유명한 서부의 핵심 도시였다.

역시 샌프란시스코를 공격하면서 기습의 이점은 사라진 듯했다.

로스앤젤레스를 30킬로미터 정도 남겨 두었을 때.

동맹군 항모 전단 하나가 나타났다.

하지만 앞서 말했듯 레이더는 우리가 더 뛰어났다.

우린 레이더로 적의 위치를 한 번에 찾았지만, 적은 아직 우리를 발견하지 못해 함재기와 초계함으로 주변을 정찰했다.

바다에서 레이더는 인간의 눈보다 더 중요했다.

바다란 놈이 워낙 넓어서 아무리 초계를 열심히 해도 적이 어딨는지 찾기가 말 그대로 건초 더미에서 바늘 줍기였다. 이런 상황이라면 우린 눈 뜬 장님을 상대하는 거나 같았다.

난 레이더에 깜빡거리며 나타나는 적 함대를 보며 지시했다.

"함재기를 날려 기습하고 전함을 보내 분쇄하시오!"

"예, 전하!"

곧 항모 전단 두 개에서 제공호와 유성호가 끊임없이 이륙했다.

244장. 역시 방오군!

초기 항모 전단 간의 해상 전투 교리는 간단하다.

우선 폭격기는 적 항모 전단을 공격한다.

그러면 적도 항모에서 전투기를 띄워 우리 폭격기가 항모 전단을 폭격하지 못하도록 공중에서 최대한 요격을 시도한다.

상황이 이렇게 흘러갈 것이 뻔하기에 우리도 전투기를 같이 보내 적 전투기가 우리 폭격기를 요격하지 못하게 엄호한다.

즉, 전투기 대 전투기의 공중전으로 몰고 가는 거다. 그리고 여기서 이기는 쪽이 제공권을 장악한다. 이것이 폭격기 편대를 엄호하는 전투기 편대가 필요한 이유다.

이 교리를 우리 수군 항공대에 적용하면 제공호는 전투기, 유성호는 폭격기로 서로 긴밀히 협조해 가며 적진으로 향했다.

당연히 전투기 쪽이 폭격기보다 가볍다.

제공호가 먼저 레이더로 확인한 방위로 날아갔다.

시야를 가리는 짙은 구름을 뚫고 내려가는 순간.

30척이 넘는 적 함대가 너른 해역에서 천천히 선회하고 있었다.

적도 항모와 전함, 순양함 함교에 레이더가 있었다.

곧바로 위잉 하는 경고음이 적 함대 전체에 퍼져 나갔다.

마침내 적의 레이더가 조선 수군 항공대를 발견한 거다.

그때, 공중에서 적 항모 전단을 엄호하던 적 전투기 편대가 구름을 뚫고 갑자기 등장한 제공호에 놀라 황급히 집결했다.

하지만 이미 늦었다. 두 기가 조를 이루는 로테이션을 형성한 제공호 편대는 집결 중이던 적 전투기 한 기를 집요하게 노려 참수리로 격추했다.

그런 광경이 사방에서 벌어졌다. 적 전투기 20여 대가 연기와 불꽃을 매달고 바다로 추락했다.

적 항모 전단은 지상, 지하 격납고에서 대기하던 전투기를 급히 이륙시키는 한편, 대공포로 제공호를 격추하려 들었다.

하지만 사격 통제 장치 성능이 떨어지는 대공포로 날렵하게 공중을 가르는 제공호를 정확히 요격하긴 정말 쉽지 않았다.

제공호 조종사는 짧으면 2년, 길면 5년 동안 공군 학교에서 조종 기술을 익힌 베테랑이라 첫 실전에 당황하지도 않았다.

오히려 먹잇감을 노리는 수리처럼 적 항모 주위를 빙빙 돌며 기다리다가 이륙을 마친 적 전투기를 에워싸서 격추했다.

적 전투기가 더는 올라오지 않는 것을 본 제공호 편대는 고도를 낮춰 이번에는 항모 전단의 대공포 포대를 공격했다.

전함, 순양함, 구축함 옆을 빠르게 활강하며 남은 탄을 이참에

다 쏟아붓겠다는 듯 참수리 기관총을 쉼 없이 갈겨 댔다.

쉭쉭쉭쉭쉭!

날카로운 파공음이 울릴 때마다 대공포 포대에 불꽃이 튀었다.

물론, 대공포는 단단해서 기관총 탄환으로 어찌하기 힘들다. 하지만 대공포를 쏘는 적 수병은 쓸어버릴 수 있었다.

사격 통제 장치가 자동이 아니기 때문에 포탄을 장전하고 조준하고 발사하는 사수가 없으면 대공포는 무용지물과 같았다.

제공호 편대가 대공포 사수들을 재빨리 처리해 준 덕에 공중으로 올라오는 대공포 포탄 수가 눈에 띌 정도로 줄어들었다.

제공호 편대가 제공권을 완전히 장악했을 때.

구름 위에 숨어 있던 유성호가 내려와 적 항모 전단을 폭격했다.

유성호는 제공호보다 느려 대공포에 당할 가능성이 좀 더 높았지만, 제공호가 대공포를 처리해 준 덕분에 한숨 돌렸다.

다만, 유성호가 적의 대공포로부터 약간 안전해졌다고 해서 그들의 폭격 성공률이 몰라볼 정도로 확 올라가진 않았다.

폭탄은 미사일이 아니었다.

지금 기술론 타깃까지 폭탄을 유도할 방법이 전혀 없어 조종사는 훈련량과 타고난 타이밍 감각만으로 승부를 봐야 한다.

당연히 쉬울 리 없었다.

투하 타이밍을 잡는 데 실패하거나, 투하는 했지만 바닷바람에 밀릴 경우 수십 미터를 벗어나서 떨어지기도 하였다.

거기다 적 항모 전단이 가만있지도 않았다.

폭탄을 피하려고 급속 변침으로 자주 방향을 바꿨다.

항모가 워낙 커서 쉽게 맞힐 수 있을 것처럼 보이지만 사실상 공중 투하는 로또가 맞길 기다리는 거나 마찬가지였다.

이런 이유로 인해서 등장한 폭격기가 바로 급강하 폭격기였다.

적함을 향해 급강하해서 빗나가기 어려울 만큼 아주 가까이 접근한 뒤에 폭탄을 떨어트리는 방식을 쓰는 폭격기였다.

폭탄을 떨어트린 폭격기는 바로 급상승해 적의 공격을 피했다.

급강하 폭격기는 당연히 적함에 가까이 접근할수록 폭탄을 명중시킬 확률이 높아지지만 반대로 가까이 접근할수록 폭격기가 떠안아야 하는 부담은 커지는 구조라 역시 쉽지 않았다. 적 전투기를 피하면서 대공포 화망도 뚫어야 하기 때문이다.

그래서 기체, 조종사 모두 생존 확률이 무척 낮았다.

하지만 성공하면 항모 같은 놈도 한 방에 보낼 수 있긴 했다.

운 좋게 비행갑판을 뚫고 들어가 유류고나 포탄 저장고를 터트리면 폭탄 하나로 거대한 항공 모함도 가라앉히는 거다.

나중에는 항공 모함도 비행갑판이 취약점임을 알고 갑판을 강화해서 포탄이 뚫고 들어가기 힘들게 설계하기 시작했다.

한편, 전혀 다른 방식으로 항모를 공격하는 항공기도 있었다. 수면을 스치듯 비행하다가 적함을 향해 어뢰를 쏘는 항공기, 바로 뇌격기다.

그렇게 쏜 어뢰는 전기 모터 등으로 스크류를 돌리면서 수면 밑을 항진하다가 항모 선체 아래를 뚫고 들어가 폭발한다.

비행갑판은 몰라도 선체 아래까지 강화하면 여러 가지 문제가 생기기에 어뢰 공격 자체는 꽤 효과적인 공격 방법이었다.

하지만 뇌격기 조종사 생존율은 공군 전체에서 가장 낮았다.

일단 어뢰를 쏘기 위해 적 가까이서 낮게 비행해야 하는 데다 어뢰 무게로 인해 속도까지 느려 적 대공포 사수에겐 뇌격기가 맞히기 쉬운 칠면조를 사냥하는 것처럼 느껴졌다. 수년을 공들여 키운 조종사를 공세 한 번에 소진하는 거다.

물론, 난 폭격기 폭격에 이런 문제가 있음을 일찍부터 알았다. 그래서 한동안 고민하다가 VT 신관을 쓰기로 하였다.

지금까진 대공포에만 썼지만, 폭격기가 쓰는 폭탄에도 근접 신관을 넣어 표적에 가까이 다가갔을 때 터지게 하는 거다.

하지만 개발하는 데 기술적인 문제가 하나 있었다. VT 신관은 전파 발신기가 사방으로 전파를 방사하다가 금속 물체에 맞아 되돌아온 전파를 탐지해 자폭하는 신관이다.

대공포에 VT 신관 포탄을 넣고 쏠 땐 포구에서 어느 정도 멀어졌을 때 전파 탐지기가 켜지게 세팅하면 별문제 없었다.

근데 유성호와 같은 폭격기가 VT 신관이 든 폭탄으로 무장하고 적함을 공격하려 할 때는 전혀 다른 문제가 발생했다. 주변 아군기를 적함으로 인식하여 폭발할 위험이 있는 거다.

난 이를 해결하기 위해 직접 소매를 걷어붙이고 나섰다.

거의 1년이란 시간을 이 문제 해결에 바쳤을 정도다.

다행히 고도 센서를 VT 신관 안에 장착해 해결에 성공했다. 고도 센서를 장착하면 폭탄이 일정 고도 아래서만 폭발하게 세팅할 수 있어 지상, 수상 목표물만 골라 때릴 수 있었다.

유성호는 VT 신관 포탄을 적 항모에 집중적으로 쏟아부었다. 다행히 몇 발이 함교, 비행갑판, 엘리베이터 근처에서 터졌다.

기관실이 당하진 않아서 항해는 아직 가능했다. 하지만 당분간 항모가 가진 기능 대부분을 상실하게 되었다.

한편, 조선 수군 항공대도 한계에 부딪힌 상태였다. 바로 기름이 다 떨어진 거다. 망망대해에 불시착하기 싫으면 당장 함대로 돌아가야 했다.

조선 수군 항공대가 돌아간 직후.

그제야 한숨 돌린 적 항모 전단이 모항인 로스앤젤레스로 급히 돌아가기 위해 방향을 잡고 1시간쯤 기동했을 때였다.

조선군 함대가 갑자기 앞에서 나타나 함포를 쏘며 공격했다.

적 항모 전단도 급히 전함, 순양함 위주로 반격을 시도했지만 이미 조선 수군 항공대에 당한 터라, 제 위력을 내지 못했다.

전함, 순양함 위주로 이어진 포격전에서 완패한 데다, 기름을 채운 조선 수군 항공대가 재차 공습해 끝장을 내 버렸다.

난 기함 함교에 서서 망원경으로 전장을 확인했다.

너무 멀어서 검은 연기가 올라오는 것만 보였다.

"전투 함대를 보내서 깨끗이 정리하시오."

뒤에 있던 이여발이 바로 대답했다.

"바로 시행하겠사옵니다."

잠시 후, 전투 함대가 이동해 격침이 확실한 군함은 그대로 두고 아직 생존해 있는 군함은 함포 등으로 포격해 확실히 격침했다.

바다에서 구조를 기다리던 적 수병은 그냥 놔두었다.

전투 함대가 전장을 정리하는 동안.

2차 상륙 함대는 로스앤젤레스항을 점령했다.

함포로 포격하고 함재기로 두들긴 뒤에 육군을 올려 보냈다.

항구를 지키는 동맹군 육군이 그렇게 강하지 않아 다음 날 오후에

로스앤젤레스 항구와 근처에 있는 비행장을 점령했다.

다시 로스앤젤레스에 항구와 비행장을 지킬 삼별초를 올려 보내고 나서 부두에 기뢰를 잔뜩 설치하고 원해로 나왔다.

다음 목표는 군항으로 유명한 샌디에이고였다.

샌디에이고에 잠입한 용호군 요원에 따르면 샌디에이고에는 로스앤젤레스를 지키던 항모 전단보다 더 큰 항모 전단 있었다.

하지만 우리가 방문했을 땐 이미 달아나고 없었다.

로스앤젤레스 항모 전단이 대패했단 소식을 접한 듯 항모는커녕, 구축함 한 척 발견하지 못해 바로 상륙에 들어갔다.

샌디에이고는 항구 규모가 정말 거대했다.

동맹군도 우리처럼 샌디에이고를 태평양 공격의 전초 기지로 삼으려 했는지 제물포와 거의 비슷한 규모로 만들어 놓았다.

난 바로 샌디에이고를 접수한 뒤에 둘러보았다.

항모 전단 두 개는 정박할 수 있는 거대한 부두에 이어 전투기가 동시에 네 대는 발진할 수 있는 비행장까지 딸려 있었다.

거기다 유류고, 창고, 격납고 등도 잘 갖춰져 있었다.

그중 가장 대박은 아주 호화찬란한 궁전 하나가 항구와 비행장 사이에 있는 녹지 위에 떡하니 자리 잡고 있단 점이었다.

"마침 샌디에이고에 행궁이 필요하던 참인데 잘됐네."

난 행궁 안으로 들어갔다.

수도꼭지까지 금으로 만들었을 만큼 호화로웠다.

하지만 금과 보석으로 장식한 행궁 안에서 내 눈길을 가장 먼저 끈 건 메인 홀 상단 벽에 걸려 있는 초대형 초상화였다.

50대로 보이는 사내가 옥좌에 왕관을 쓴 상태로 앉아 다리는 꼬고 두 팔은 팔걸이에 올린 상태로 깍지를 끼고 있었다.

지나치게 멋을 부린 포즈였다.

"이자가 찰스 2세로군. 자의식 과잉인가?"

난 왕두석에게 초상화부터 떼어 내게 하였다.

왕두석이 부하들을 시켜 초상화를 내리면서 물었다.

"그림은 어떻게 하옵니까?"

"태워라."

"알겠사옵니다. 그러면 다른 그림과 조각상들도?"

"다른 것들은 잘 포장해서 돌아가는 보급선에 실어 보내. 작은 그림 한 점도 시간이 지나면 엄청나게 비싸질 테니까."

"그렇게 하겠사옵니다."

행궁에는 카라바조, 루벤스, 렘브란트 같은 바로크 시대 대가의 작품 외에도 르네상스 시대 대가들, 이를테면 다빈치, 미켈란젤로, 라파엘로 같은 엄청난 대가의 작품까지 있었다. 찰스 2세가 전 유럽을 석권하면서 닥치는 대로 수집한 듯했다. 하긴 나도 아시아에서 비슷한 짓을 했으니까.

난 공짜로 얻은 행궁에서 샌디에이고를 알래스카와 같은 조선군 거점으로 만드는 작업을 지휘하며 소식을 기다렸다.

얼마 후 기다리던 소식이 들어왔다.

파나마에 무사히 도착한 1차 상륙 함대가 팔장사, 충무청 순으로 병력을 상륙시켜서 파나마 운하를 방어하던 동맹군 세력을 무력화하고 파나마 운하 전체를 장악했다는 소식이었다.

찰스 2세도 대서양에서 남아메리카를 돌아 태평양으로 이동하는 건 엄청난 낭비로 봤는지 바로 파나마 운하부터 뚫었다. 우린 그걸 날름 강탈한 거다. 이를테면 손 안 대고 코 푼 격이랄까.

그로부터 다시 며칠 후엔 더 반가운 소식이 들려왔다.

운하를 통해 도망치던 동맹군의 샌디에이고 항모 전단이 방오가 이끄는 1차 상륙 함대의 맹공을 받고 전멸했단 소식이었다.

"역시 방오군!"

그라면 까다로운 작전을 성공시킬 수 있을 거라 내다보았다.

근데 그 수준을 넘어 거의 완벽하게 작전을 성공시켰다.

난 샌디에이고 정리가 끝나기 무섭게 함대를 끌고 출진했다. 파나마 운하를 지나기 위해서였다.

운하를 지나면 카리브해가 나온다. 그리고 그 카리브해마저 통과하면 마침내 대서양이다. 즉, 적의 안방인 셈이다.

똥개도 자기 구역에선 반은 먹고 들어간다는데 찰스 2세가 어떤 실력을 보여 줄지 긴장되면서도 한편으론 흥분되었다.

샌디에이고에서 출발한 함대는 라틴 아메리카 시작점인 캘리포니아반도를 따라 내려가면서 멕시코 주요 항구를 점령했다. 비행장을 세우기 위해서였다.

그 이후에는 과테말라, 엘살바도르, 니카라과, 코스타리카를 거쳐 마침내 카리브해와 이어진 파나마 운하에 도착했다.

마침내 이번 전쟁의 반환점에 도착한 셈이다.

245장. 사기가 높다니 다행이군.

민족 자결주의!

각 민족은 자신의 정치적 운명을 스스로 결정할 권리가 있으며 또한 이 권리는 다른 민족의 간섭을 받을 수 없단 주의다.

우드로 윌슨이 처음 제창한 이 민족 자결주의는 탄압과 압제, 그리고 핍박받던 세계 여러 민족에게 복음과 같은 표어였다. 물론, 거기엔 당시 일본 제국의 식민 지배를 받던 한국도 있었다.

난 중남미에 이 민족 자결주의 사상을 퍼트렸다.

원래 중남미는 누에바에스파냐란 이름의 에스파냐 식민지였다. 하지만 에스파냐가 유럽 내전에서 패해 멸망한 탓에 그들의 광대한 식민지 역시 승자인 동맹군 손으로 넘어갔다. 즉, 아메리카 대륙 대부분이 동맹군 식민지인 셈이다.

난 안교안을 불러 지시했다.

"중남미에도 동맹군에 대항해 독립을 원하는 세력이 반드시 있을 거다. 그들을 지원해 중남미에서 동맹군의 그림자를 지워라. 그래야지만 중남미에 설치한 비행장과 항구를 우리가 전쟁 기간에 안전하게 사용할 수 있다. 물론, 전쟁이 끝난 후에도 조선의 영향력을 행사하는 용도로 쓸 수 있고."

"남미는 어떻게 하실 생각이옵니까?"

"남미까지 커버하기엔 용호군도 벅찰 거다. 어차피 본진인 동맹군이 무너지면 식민 세력도 자연스럽게 간판을 바꿔 달고 독립을 원할 거다. 그때 접근해도 그리 늦지 않다."

"알겠사옵니다."

안교안이 이끄는 용호군이 중남미에서 현지 반정부 세력의 게릴라 작전을 지원하는 동안, 난 파나마 운하에 집중했다.

파나마 운하가 뚫리기 전에는 대서양에서 태평양으로, 태평양에서 대서양으로 이동하기 위해 남아메리카 남쪽 끝단을 돌아가야 해서 오가는 데 몇 주가 걸리는 일이 태반이었다.

그렇다고 파나마 운하가 고속도로처럼 뻥뻥 뚫려 있지도 않았다. 전형적인 수문 개폐식 운하여서 선박이 너무 크면 아예 수용이 불가능한 데다, 하루에 통행이 가능한 선박 수도 적었다.

그런데도 찰스 2세가 엄청난 인력과 자원, 그리고 지금 시대에선 거의 불가능해 보이는 첨단 공법을 투입해 파나마 운하를 6, 7년이란 단기간에 완공한 이유는 그만큼 군사적으로도, 경제적으로도 이 운하가 아주 중요하기 때문이다.

난 팔장사, 충무청으로 운하와 운하를 운용하는 시설을 점령한 뒤에 물수리포로 도배해 적 항공 세력의 공습에 대비했다.

다행히 지금까지 적 항공 세력의 공습은 없었다.

적이 수세를 인정하고 파나마 운하를 포기했을까?

난 그건 아니라고 봤다. 찰스 2세에게는 아직 운하를 이용할 수 있는 방법이 있었다. 바로 운하 끝에 있는 카리브해에 항모 전단을 대기시켜 두었다가 운하에서 나오는 우리 항모 전단을 기습 공격하는 거다.

앞서 말한 거처럼 파나마 운하에는 제약이 많다.

항모 전단 전체가 한 번에 기동하기가 불가능한 구조인 탓에 각 군함에 번호표를 발부하고 차례차례 보낼 수밖에 없다.

근데 찰스 2세가 카리브해에 항모 전단을 배치하고 운하에서 나오는 군함을 끊어 먹는다면 결국, 최종 승자는 그일 거다.

그렇다면 운하가 뚫리기 전에 모든 선박이 그러했던 거처럼 남아메리카 남쪽 끝단, 즉 드레이크 해협을 통과해야 할까? 그리고 거기서 해안을 따라 북상하여 카리브해로 가야 할까?

아마 함대가 그렇게 해서 카리브해로 넘어갔을 때는 이미 찰스 2세는 미국 서부에서 입은 손실을 거의 만회했을 뿐만 아니라, 전열을 재편해 만반의 준비를 갖추고 있을 거다.

즉, 초전에 승리한 기세를 이어 나가지 못하는 거다.

그래서 나온 작전이 바로 비차군 공습이다.

비차군은 몇 년 전에 두 갈래로 나뉘었다.

나홍좌는 그대로 비차군 대장으로 남고 선이남은 수군 항공대 대장으로 보직을 옮겨 함재기를 운영하는 임무를 맡았다.

난 비차군 대장인 나홍좌를 불러 물었다.

"비차군이 쓸 비행장은 어디까지 지었소?"

"1차 상륙 함대와 함께 일찌감치 상륙한 훈련도감 공병대가 현지 인력의 도움을 받아 콜론에 비행장을 완공했사옵니다."

콜론은 파나마 운하 끝, 그러니까 카리브해와 맞닿은 항구다. 즉, 일단 공습 준비는 거의 끝난 셈이다.

"공병대가 고생이 많았겠군."

"밤낮을 가리지 않고 작업했다고 들었사옵니다."

공병대는 전투 병과가 아니어서 그 중요성을 실감하기가 쉽지 않지만 사실 군에 있어 가장 중요한 병과 중의 하나였다.

특히 조선 공병대는 그 수준이 높기로 유명했다. 그동안 쌓은 다양한 시공 경험을 바탕으로 밀림과 말라리아는 악조건을 뚫고 작전의 핵심인 콜론 비행장을 완공했다.

그러나 활주로만 있다고 해서 공습이 가능한 건 아니다.

"제공호와 유성호는?"

"현재는 120대가 도착해 있사옵니다."

"생각보다 적군."

"지금도 많은 항공기가 조선에서 조종사를 태우고 알류샨열도, 미국 서부 해안 비행장을 거쳐 콜론으로 내려오는 중이기에 적어도 닷새 후에는 300대가 넘을 것이옵니다."

"비차군이 쓸 탄환과 폭탄, 유류는?"

"보급 선단이 파나마시티에 물자를 하역하면 현지 인력이 A-프레임 운송 장비를 이용해 콜론까지 운송하고 있사옵니다."

"차량으론 수송을 못 하는 거요?"

"동맹군이 닦아 놓은 도로를 이용해 운송하고 있지만 워낙 필요한 양이 많아 현지 인력을 고용해야 했사옵니다."

"그렇군. 그러면 최종 공격 시기는 언제로 보고 있소?"

"7일 후 06시이옵니다."

"카리브해 정찰은 미리 해 두었을 테지?"

"비행장에 설치한 레이더를 가동하고 정찰기도 계속 띄워 적 함대 위치를 실시간으로 파악하고 있사옵니다."

"운하 끝에서 기다리는 동맹군 함대 전력은 어떻소?"

"항모 네 척을 운용하는 대형 항모 전단이었사옵니다."

"흐음."

"어찌 그러시옵니까?"

"300대로 항모 네 척을 다 잡을 수 있겠소?"

"항모만이라면……, 가능할 것이옵니다."

난 고개를 갸웃거리면서 다시 한번 지도를 확인했다.

"카리브해에는 쿠바, 도미니카, 자메이카처럼 공군이 지상 발진 기지로 쓸 수 있는 섬이 많소. 300대론 조금 불안하군."

"하오면?"

"우리 항모 전단이 가진 함재기 180대도 나 대장에게 맡기겠소."

"그러면 항모 전단 방공이 어려워지지 않겠사옵니까?"

"놈들이 그 와중에 파나마시티에 정박한 우리 항모를 노릴 거 같진 않지만 온다고 해도 물수리포로 막을 수 있을 거요."

"……그렇다면 함재기도 같이 운용하겠사옵니다."

"좋소. 7일 후 06시에 기상 상태를 보고 출격하시오."

"예, 전하!"

군례를 취하고 나서 밖으로 나간 나홍좌는 호위 병력이 지키고 있는 소마 지휘 차량에 올라 콜론 비행장으로 돌아갔다.

나홍좌를 보내고 나서 이완과 이여발을 불렀다.

"보급 문제는 어떻게 되었소?"

이여발이 대답했다.

"통제영이 보유하고 있던 수송함과 서유럽회사 운송 사업부에서 징발한 화물선, 여객선 등 총 2,000척에 달하는 대규모 보급 선단이 알류샨열도와 미국 서부를 거쳐 이곳으로 내려오고 있사옵니다. 보름 후엔 조선에서 이곳 파나마시티까지 이어지는 완벽한 보급로를 구축할 수 있사옵니다."

2,000척이면 엄청 많은 거 같지만 사실 거기엔 비밀이 있었다.

함대 군함은 다 내연 기관 엔진을 쓰지만, 보급 선단에 속한 선박 대다수가 아직 증기 기관 엔진을 쓸 정도로 조선이 가진 모든 수송 역량을 이번 전쟁에 쏟아부은 덕분이다.

아마 지금쯤 조선 본토는 물류 대란이 일어나고 있을 터였다.

하지만 그것 외에 다른 방법이 없었다. 보급선이 이렇게 길 때는 총력전을 펼쳐야 했다. 보급에 실패해 전쟁에서 진다면 그것보다 더 큰 실책은 없었다.

난 이완을 보며 물었다.

"훈련도감 사기는 어떻소?"

"다들 빨리 싸우고 싶어 근질근질한 거 같사옵니다."

"사기가 높다니 다행이군."

난 이어서 말라리아와 같은 전염병 예방 대책부터 시작해 각 기지의 대공 방어 등 두 수장과 긴급한 사안을 논의했다.

이미 몇 년에 걸쳐 준비한 작전 계획이다.

하지만 실전에 들어가면 여기저기서 돌발 사태가 발생하기 마련이라, 그걸 해결하는 데만도 적지 않은 시간이 걸렸다.

특히 기상 상황은 내가 어찌할 수 없는 일이었다.

공습 당일에 안개가 끼는 바람에 출격을 포기한 비차군은 이틀 더 기다리고 나서야 마침내 콜론 비행장에서 이륙했다.

항공기 480대를 동원하는 엄청난 스케일의 공습 작전이었다.

레이더를 장착한 선도기를 따라 비행하던 제공호 대편대는 파나마 운하에서 북서쪽으로 20킬로미터 떨어진 해상에서 항모 네 척을 운용하는 초대형 항모 전단을 발견해 공습했다.

처음엔 항모에서 발진한 동맹군 전투기와 공중전을 벌였다.

먼저 발견하고 공격한 덕에 유리한 고지에서 공중전에 돌입한 비차군 제공호 대편대가 다행히 금세 우위를 드러냈다.

이어 대기하던 유성호 대편대가 제공호의 엄호를 받으며 동맹군 항모 네 척을 집중적으로 공격해 세 척을 격침했다.

나머지 한 척은 도망치다가 기관 고장으로 멈춰 섰다.

다행히 내가 걱정한 일은 일어나지 않았다.

난 자메이카 같은 섬에서 뜰지 모르는 동맹군 증원 부대를 걱정했는데 항속 거리 문제로 아예 시도조차 하지 않은 듯했다.

어쨌든 함재기까지 비차군에 빌려준 효과는 있었다.

동맹군은 무려 항모 네 척을 운영했지만, 전투기 숫자에서 오히려 크게 밀리는 바람에 비차군에 제공권을 내주고 말았다.

제공권을 내준 항모 전단은 사실 폭탄 투하 실험장과 같았다. 유성호는 마음껏 상공을 활개 치고 다니며 VT 신관과 고도 센서가 든 값비싼 폭탄으로 동맹군 항모 전단을 괴롭혔다.

그날 정오, 항속 거리 문제로 콜론 비행장으로 급히 돌아온 비차군은 기름과 무장을 다시 보충하고 오후에 2차 공격까지 가했다. 2차 공격에서 기관 고장으로 멈춰 선 나머지 항모까지 완전히 침몰시키고 나서 전함, 순양함으로 목표를 바꿔 공습했다.

전함 등은 장갑이 두꺼워 폭탄 한, 두 발론 침몰하지 않았다. 하지만 매에는 장사가 없기 마련이다. 수십 발을 얻어맞으면 아무리 장갑이 두꺼워도 소용없었다.

그날 저녁 2차 공습을 마치고 복귀한 비차군은 다음 날 동이 트기 무섭게 3차 공습을 가해 뿔뿔이 흩어져 도주하던 동맹군 항모 전단을 끝까지 추적하여 엄청난 손실을 입혔다.

콜론 비행장과 파나마시티 사이에 긴급 설치한 유선 통신으로 나홍좌에게 동맹군 항모 전단을 완벽히 궤멸했단 소식을 접한 난 함재기부터 불러들인 뒤에 운하를 개방했다.

동맹군이 운하에서 철수할 때, 기뢰나 폭발물 같은 것을 몰래 설치해 두었을 위험이 있어 소해정 역할을 하는 구축함에 수중 탐색이 가능한 삼별초 신의군을 태워 먼저 보냈다.

다행히 이상이 없어 작은 군함부터 빠르게 이동시켰다.

세종대왕급 항공 모함을 이동시킬 땐 초조함이 극에 달했지만, 시간이 좀 더 걸렸을 뿐인지, 통행에는 지장이 없었다.

하긴 배수량이 큰 동맹군 항모도 지나갔는데 그보다 작은 세종대왕급 항모가 통과 못 한다면 그게 더 이상할 일이겠지.

함대가 운하를 통과한 뒤에는 충무청에 파나마 운하 전체를 철통같이 방비하란 지시를 내리고 나서 카리브해로 향했다.

보급 선단도 운하를 이용해야 하는데 동맹군의 사보타주로 운하가 망가져 통과를 못 한다면 작전은 실패로 돌아간다.

운하를 나온 뒤에는 함재기의 엄중한 엄호를 받으며 자메이카, 도미니카, 쿠바 사이를 차례로 통과해 바하마에 이르렀다.

바하마에서 미국 영토인 플로리다까진 100킬로 남짓.

하지만 내 목표는 미국 점령이 아니었다. 미국을 점령하고 있는 동맹군을 먼저 구축하는 것이 목표였다. 즉, 플로리다 같은 늪지에서 허송세월하지 말고 적의 심장부를 단숨에 쳐 전쟁이 길어지는 상황을 최대한 피해야 했다.

적의 심장부는 당연히 뉴욕, 보스턴, 그리고 워싱턴 D.C였다.

물론, 워싱턴 D.C란 곳은 현재 없었다. 워싱턴 D.C는 미국이 독립 전쟁에서 이긴 뒤에 생긴 도시다.

독립 전쟁을 이끌었고 나중엔 초대 대통령으로 뽑힌 워싱턴을 기리기 위해 미국은 수도를 워싱턴 컬럼비아 구로 불렀다. 컬럼비아가 들어간 이유는 콜럼버스 때문이다.

미국은 지금까지 독립 전쟁을 한 적이 없고 아마 앞으로도 그런 일은 없을 거 같긴 하지만 어쨌든 내가 만든 지도에 나와 있는 워싱턴 D.C를 향해 전 함대가 쾌속으로 질주했다.

처음부터 다른 지역을 다 제쳐 두고 워싱턴 D.C부터 노리는 이유는 당연히 동맹군의 미국 사령부를 쳐부수기 위해서지만 사실 개인적으로 한번 살펴보고 싶단 이유도 있었다.

어쩌면 그곳에도 '우물'이 있을 수 있어서다.

246장. 바로 출발하겠사옵니다.

워싱턴에 우물이 있을 거라 확신할 순 없다. 하지만 가능성은 컸다.

난 지금까지 우물을 두 개 발견했다.

하나는 창덕궁에서 발견한 낡고 작은 우물이고, 다른 하난 북경 중남해에서 발견한 거대한 우물이었다.

표본이 두 개뿐이라 적기는 하지만 일단 일국의 수도, 혹은 수도였던 곳, 그리고 그 수도에서 중요한 의미를 지닌 곳에 우물이 숨겨져 있단 추측 정도는 충분히 해 볼 수 있다.

그렇다면 우물이 있을 만한 수도는 또 어디가 있을까?

아마 인류사에서 중요한 의미를 지닌 수도일 거다. 당장 생각나는 수도만 해도 로마와 아테네가 바로 떠오른다. 그 외에 런던, 파리, 이스탄불 정도가 있겠지. 그리고 뒤쪽으로 가면 당연히 워싱턴

D.C와 모스크바다.

지금은 미국이 독립하기 한참 전이고 또 워싱턴 D.C가 세계적으로 중요하게 여겨지던 시절 또한 아니지만 인류 역사를 21세기까지 확장해 생각한다면 워싱턴 D.C야말로 인류의 수도라 불러도 그렇게 이상한 일은 아니란 생각이 들었다.

그런 이유로 난 워싱턴에도 우물이 있을 거로 추측했다.

물론, 이런 내 예상이 틀릴 가능성도 있다. 아니, 있는 정도가 아니라, 아주 크다.

하지만 지금 내 상황에선 추측밖에 할 수 없다. 그게 내가 워싱턴 D.C행을 기대하면서도 서두르는 이유다.

그렇다고 뒤에 적을 남겨 둔 상태로 올라가는 건 자살행위다. 뒤에 적이 숨어 있다가 갑자기 튀어나와 워싱턴으로 올라오는 보급 선단을 친다면 애써 파나마 운하에 귀중한 전력인 충무청을 남겨 두어 지키는 의미가 없어지는 거니까.

안교안이 기함 내 집무실로 지도를 들고 들어왔다.

"용호군 요원이 잠입해 조사한 미국 동부 항구 지도이옵니다."

난 말없이 지도를 살펴보았다.

규모가 큰 항구마다 별표가 그려져 있었다.

"마이애미, 잭슨빌, 찰스턴, 볼티모어, 뉴욕, 보스턴……."

"필라델피아와 윌밍턴, 서배너에도 항구가 있지만 방금 말씀하신 여섯 개 항구보단 작아 함대가 정박하긴 무리이옵니다."

"이 지도와 항구의 상세한 자료를 원정군 사령부에 제출하게."

"예, 전하."

안교안을 돌려보내고 팔장사 대장사 조지웅을 불렀다.

조지웅도 기함에 집무실이 있어 바로 달려왔다.

"찾으셨사옵니까?"

"오, 새신랑."

조지웅이 헛기침을 하며 물었다.

"팔장사에 따로 명하실 일이 있으시옵니까?"

"아니, 뭣 좀 물어보려고 불렀소."

"하문하시옵소서."

"뉴욕에 천장사가 들어가 있소?"

"예, 전하. 천장사 대원 100명이 1년 전에 용호군 요원의 도움을 받아 뉴욕과 주변 지역에 성공적으로 잠입했사옵니다."

난 고개를 끄덕였다.

천장사는 팔장사에서 최소 10년 이상 경험을 쌓은 베테랑 중에서 최고 정예들만 따로 뽑아 만든 1티어 특수 부대였다.

수군이 삼별초를 창설하면서 육군과 수군 특수 부대가 대립하는 구도가 만들어지자, 조지웅이 정예 중의 정예를 모토로 하는 1티어 특수 부대 설립을 건의해 탄생했다.

천장사 지휘권은 당연히 대장사인 조지웅에게 있었다.

난 바로 지시를 내렸다.

"용호군을 통해 천장사와 긴밀히 소통하시오. 우리가 뉴욕에 도착하는 대로 그들이 안에서 소란을 일으켜 줘야 하니까."

"바로 연락을 넣겠사옵니다."

"그들이 잘할 수 있겠소?"

"그들은 한 명, 한 명이 일당백의 전사이옵니다. 어떤 어려움이 닥치더라도 임무를 반드시 성공시킬 거라 보장하옵니다."

"기대하지."

"물러가겠사옵니다."

조지웅은 군례를 취하고 돌아갔다.

다음날부터 항모 전단 세 개로 이루어진 조선군 대함대는 잠시 머무르던 바하마를 출발해 마이애미로 먼저 올라갔다.

그리고 마이애미에 있던 동맹군 전함 한 척과 순양함 세 척을 함포로 공격해 침몰시키고 항구에 병력을 올려 보냈다. 그들은 항구를 지키면서 비행장도 사수할 터였다.

나올 때는 항구 입구에 기뢰를 잔뜩 깔았다.

기뢰를 까는 이유는 서부 해안 때와 같았다. 미국 동부 해안에 있는 동맹군 대서양 함대의 활동 반경을 좁혀 우리가 전략적으로 유리한 고지를 선점하기 위해서다.

마이애미에서 한 작업을 잭슨빌, 찰스턴에서도 똑같이 하였다. 두 항구에도 동맹군 대서양 함대가 소수 남아 있었다.

하지만 조선군 대함대를 보기 무섭게 항복하거나 달아났다. 물론, 도주에 성공한 적 군함은 한 척도 없었지만.

찰스턴 다음은 볼티모어였다.

그 볼티모어의 항구에서 남서쪽으로 불과 50킬로미터밖에 떨어지지 않은 지점에 바로 최종 목표인 워싱턴 D.C가 있었다.

하지만 미국 지도만 대충 봐도 미국 수도인 워싱턴 D.C가 왜 굳이 볼티모어 항구 근처에 만들어졌는지 바로 알 수 있었다.

볼티모어로 들어가려면 버지니아와 메릴랜드, 그리고 동쪽에 있는 델마바반도 사이에 있는 300킬로미터 길이의 체서피크만을 올라가야 하는데 수군 제독 아무나 붙잡고 물어봐도 이런 지형에 자기 함대를 들여보내고 싶지 않을 거다.

버지니아, 메릴랜드, 그리고 델마바반도 양쪽에서 발진한 항공기로 공습하면 볼티모어는 보지도 못하고 전멸할 거다.

거기다 해안포까지 있다면 죽음의 골짜기나 다름없었다.

미국을 건국한 국부들도 당연히 체서피크만이 가진 지형적인 이점을 고려해 볼티모어 남서쪽에 수도를 건설했을 거다.

내가 함대를 이끌고 그런 체서피크만으로 들어가 워싱턴 D.C를 직접 공격하든, 아니면 좀 더 올라가 볼티모어항을 노리든, 결과는 전멸일 수밖에 없어 그쪽은 아예 포기했다.

시기와 장소는 다르지만 나와 다른 선택을 한 이도 있었다. 1차 대전 때, 영국 해군 장관이던 윈스턴 처칠이다.

그는 체서피크만과 비슷한 지형을 가진 오스만 제국의 다르다넬스해협에 함대와 50만이 넘는 병력을 보내 상륙 작전을 시도했지만 25만 명이 죽거나 다치고 상륙 작전은 실패했다. 그게 바로 최악의 상륙 작전이라 꼽히는 갈리폴리 전투였다.

처칠은 죽을 때까지 갈리폴리 전투로 욕을 먹었다. 아니, 죽고 나서도 먹고 있다.

난 대신, 체서피크만 입구에 기뢰를 깔았다.

그것도 가진 기뢰 거의 전부를 소진할 정도로 촘촘하게 깔았다. 이렇게 하면 체서피크만에 있는 적 함대를 고립시킬 수 있다.

그러고 나서 워싱턴 D.C와 볼티모어는 신경 쓰지 않고 동부 해안을 타고 더 올라가 그 유명한 뉴욕으로 곧장 진격했다.

뉴욕을 30킬로미터 정도 앞두고선 항모 전단 하나를 북쪽으로 올려 보내 보스턴항을 포격하고 기뢰를 깔아 놓게 하였다.

이렇게 조치해 두면 이제 미국 동부 해안에서 동맹군 대서양 함대가 보급받을 수 있는 항구는 이제 뉴욕항 하나만 남는다. 그리고 우린 지금 그 뉴욕으로 가고 있다.

뉴욕에도 항모 전단이 하나 있었다. 하지만 규모가 작았다. 동맹군 대서양 함대 주력은 카리브해에서 비차군 공습에 당해 박살난 상태라, 남은 전력은 그다지 위협적이지 않았다.

거기다 남은 전력 상당 부분이 체서피크만에 고립된 상태였다. 다른 항구를 방어하는 전력을 더더욱 초라할 수밖에 없었다.

난 바로 함재기를 띄우고 전함을 내보내 뉴욕항을 공격했다.

그사이, 뉴욕에 미리 잠입해 활동하던 천장사 대원 100명이 탄약고, 대공포 진지, 레이더 기지를 공격해 성과를 거두었다.

공격은 거기서 끝나지 않았다.

뉴욕 관청, 법원, 공장 등 민간 시설에까지 무차별 테러를 감행해 뉴욕에 사는 시민들을 심리적으로 압박해 들어갔다.

안팎에서 공격받은 뉴욕은 결국 얼마 안 가 항복했다.

난 뉴욕에 입성해 불안에 떠는 뉴욕 시민부터 달랬다.

뉴욕은 그냥 한 번 쓰고 버릴 곳이 아니었다. 조선이 사용할 대서양 거점 중 하나로 뉴욕을 염두에 두고 있었기 때문에 뉴욕 시민에게 호감을 사 둘 필요가 있었다.

물론, 소요나 폭동을 일으키면 봐주지 않고 엄벌했다.

그렇게 해서 뉴욕과 뉴욕항을 안정시킨 다음엔 본격적으로 훈련도감 병력과 물자를 항구에 하역하는 작업에 들어갔다.

병력도 많고 그 병력이 쓸 물자는 더 많았다.

하역 작업에만 상당한 시일이 걸렸다.

하지만 어쨌든 지금까진 아주 순조로웠다.

찰스 2세도 뉴욕을 상당히 중요시한 모양이었다.

뉴욕항에 기중기 등 물자를 하역할 설비가 잘 갖춰져 있었다. 그래도 물자를 하역하는 데 시간을 너무 오래 쓸 순 없었다.

난 바로 장용청 대장 윤준을 불렀다.

"장용청은 하역 작업을 마쳤소?"

"예, 전하. 조금 전에 마지막 하역 작업을 마쳤사옵니다."

"과인은 몇 년 동안 공을 들여 장용청을 기계화 부대로 편성했소. 윤 장군은 과인이 무슨 의도로 그랬는지 잘 알 거요."

"잘 알고 있사옵니다."

"좋소. 장용청이 선봉을 맡아 길을 열어 줘야겠소."

"바로 출발하겠사옵니다."

대답한 윤준은 소마 지휘차에 올라 무전으로 명령을 내렸다.

"장용청 전 장병은 들어라! 진격하라! 진격하라!"

곧 소마 정찰 부대, 천마 전차 부대, 비마 장갑차 부대, 그리고 각종 차량을 이용하는 보급 부대 순으로 뉴욕을 출발한 장용청은 빠른 속도로 남하해 워싱턴 D.C를 향해 나아갔다.

기계화 부대의 장점은 적이 방어선을 굳히기 전에 빠른 속도로 전선을 돌파해 적 후방까지 들어갈 수 있다는 점이었다.

장용청은 보급 부대가 싣고 온 연료 탱크로 연료를 자체 보급해 가며 쉬지 않고 진격하여 필라델피아까지 곧장 내달렸다.

난 장용청이 고립되지 않도록 하역을 마친 부대를 내보냈다. 곧 금위청, 총융청, 어영청이 순서대로 출발했다.

그리고 마지막 남은 수영청에는 뉴욕을 지키란 명령을 내렸다.

워싱턴 D.C에서 동맹군과 싸워 승리하더라도 뉴욕을 잃으면 처음에 세운 전략 목표를 제대로 달성하지 못한 셈이 된다.

장용청의 쾌속 진격은 효과가 대단했다. 옆이나 뒤에서 나타난 장용청 병력을 보고 이미 방어선이 무너졌다고 오해한 동맹군은 급히 볼티모어 쪽으로 철수했다. 덕분에 장용청은 큰 전투 없이 볼티모어 인근까지 진격했다.

동맹군다운 동맹군과 처음으로 격돌한 지점은 벨에어를 지나 볼티모어로 들어가는 입구에 있는 킹스빌이란 지역에서였다.

장용청 정찰 부대가 정찰한 바에 따르면 전차와 장갑차, 그리고 야포를 갖춘 3개 군단급 대군이 볼티모어에 집결해 있었다.

윤준은 호기를 부리지 않고 외곽으로 빠져 본대를 기다렸다.

얼마 후 금위청을 위시한 훈련도감 본대가 볼티모어 외곽에 도착했다.

거기서 다시 정비하느라 하루를 기다린 뒤에 훈련도감 도원수 이완의 지시에 따라 동맹군 육군과의 전투가 벌어졌다.

확실히 전투는 20세기 중반 전투와 비슷한 양상으로 흘러갔다. 야포로 먼저 대대적인 포격을 가하고 나서 전차, 장갑차가 선두에 서서 진격하며 뒤에 따라오는 보병 부대를 엄호했다.

공중전도 벌어졌다. 항모에서 발진한 함재기가 동맹군이 닦아 놓은 도로를 활주로 삼아 재이륙해 볼티모어로 진격하는 훈련도감을 지원했다.

동맹군도 공군이 나섰다.

양쪽 합쳐 200대가 넘는 전투기가 제공권을 가져오기 위해 치열한 전투를 벌였는데 이번엔 동맹군 쪽 수가 많아 교환비에서 앞서고도 제공권을 완벽히 장악하는 데는 실패했다.

상대방 전투기가 아직 많아서 폭격기는 아예 뜨지도 못했다. 억지로 폭격기를 띄웠다간 칠면조 사냥을 당할 뿐이다.

그사이, 육상에서는 엄청난 기갑전이 벌어졌다.

전에도 없었고 앞으로도 없을 듯한 엄청난 광경이었다.

굉음을 뿜어내고 먼지를 피워 올리는 천마 전차와 동맹군 주력 전차 수백 대가 너른 평원에서 만나 제대로 맞붙었다.

평평평평평!

천마가 대전차 고폭탄을 쏠 때마다 동맹군 전차가 들썩였다.

하지만 동맹군 전차도 반응 장갑을 사용했다.

포탄 한 발로는 적 전차를 주저앉히기 쉽지 않았다.

반대로 동맹군 전차가 쏜 포탄도 천마를 쓰러트리진 못했다. 역시 천마가 장비한 반응 장갑 덕분이었다.

그 순간, 훈련도감 기갑 부대와 동맹군 기갑 부대는 다른 선택을 하였다.

동맹군 기갑 부대는 더 많은 장갑 차량을 투입했다.

아마 예비 부대로 갖고 있던 거까지 다 쏟아부은 듯했다.

말 그대로 물량으로 승부를 보겠단 뜻이었다.

하지만 훈련도감 기갑 부대는 대전차 부대를 투입했다.

장갑차인 비마를 타고 뛰어든 대전차 부대 보병들이 대전차 로켓 발사기를 들고 적 전차에 닥치는 대로 로켓을 쏘았다.

그리고 승부는 거기서 갈렸다.

반응 장갑도 무적은 아니었다. 대전차 로켓에 맞은 동맹군 전차가 연기를 내며 주저앉았다.

결국 그날 저녁, 전차전에서 완벽히 승리한 훈련도감은 내친김에 볼티모어 시내로 들어가 시가전까지 승리로 이끌었다.

현대전이라면 민간인 피해를 우려해 화력을 제대로 투사하기가 어렵지만 지금은 그럴 이유가 없어 집이든, 가게든 가릴 거 없어 동맹군이 있으면 야포와 전차포로 무너트렸다.

다음 날 오후, 볼티모어에 주둔한 동맹군이 항복하며 전투는 끝났다.

잠시 휴식하며 부상병을 후송하고 전열을 가다듬은 훈련도감은 비차군 편대가 볼티모어 비행장에 도착하길 기다렸다.

카리브해 전투를 승리로 이끈 비차군은 조선군이 점령한 항구에 딸린 비행장과 유류고를 이용하며 올라왔는데 비행장 중에 망가진 데가 있어 지금에서야 전투에 다시 합류했다.

비차군의 엄호까지 받는 훈련도감은 워싱턴 D.C로 진격했다.

미국 전역에서 어떻게 해서든 영국-프랑스 동맹군을 유럽으로 몰아낸다는 1차 전략 목표를 달성하기 바로 직전이었다.

247장. 그게 정말이란 말이옵니까?

역시 현대전은 두 가지가 중요하다. 하나는 공군이다.

항모 전단이 운영하는 수군 항공대도 엄밀히 보면 공군이다. 공군 작전에 꼭 필요한 비행장, 혹은 활주로를 수군이 제공한다는 점만 다를 뿐이지, 사실상 하는 일은 공군과 같았다.

그런 점에서 비차군은 공군 몫을 제대로 수행했다. 콜론 비행장을 이륙한 비차군은 노획한 유류고에서 연료를 보급받으며 잭슨빌, 찰스턴 등을 거쳐 뉴욕까지 도달했다.

그리고 거기서 다시 볼티모어 비행장으로 내려와 워싱턴 D.C를 공격 중이던 훈련도감을 위해 제공권 확보에 나섰다.

워싱턴 D.C에는 동맹군 미국 사령부가 있었다. 당연히 사령부를 방어하기 위해 배치한 전력이 만만치 않았다.

비차군은 곧 동맹군 공군과 치열한 공중전을 벌였다.

동맹군 공군이 공중전에 투입한 전투기 숫자는 200기가 넘었다.

체서피크만에 있는 항모 전단 두 개에서 발진한 함재기에다, 지상 비행장에서 이륙한 전투기까지 있어 전력은 충분했다.

문제는 그런데도 비차군의 제공호 숫자가 더 많단 점이었다. 동맹군과 달리 조선군의 비차군은 수천 킬로미터를 이동했단 점을 고려하면 분명 엄청난 일이 아닐 수 없었다.

여기서 바로 현대전에서 중요한 두 번째 요소가 나온다.

바로 국가 경쟁력이다.

국가 경쟁력은 여러 가지 분야로 나눌 수 있었다. 전쟁이 기준이면 자원 수급과 그 자원을 원자재로 가공하는 능력, 그리고 거기에 제조 기술 능력 같은 것이 들어간다.

추가로 징병이 가능한 인구수와 무력을 효과적으로 투사하기 위한 운송 능력 같은 것이 들어갈 텐데 조선은 현재 그 점에서 지리적으로 불리함에도 동맹군을 압도하고 있었다.

아, 물론, 징병할 수 있는 인구수는 동맹군이 훨씬 많다. 그쪽은 영국-프랑스 동맹인 데다 식민지도 동원하고 있으니까.

그 점을 제외하면 대체로 상대를 압도하고 있는 셈이다.

조선의 산업 시설은 공중전 핵심으로 자리 잡은 전투기를 동맹군보다 더 빠르게, 그리고 더 많은 수를 생산하고 있었다.

그뿐만이 아니었다. 그것들을 수천 킬로미터 떨어진 이곳 미국 동부까지 옮겨 왔다.

난 우리 제공호와 동맹군 주력 전투기를 비교해 보았다.

무장, 방호력, 속도 및 선회 능력, 항속 거리 등은 얼추 비슷한 거 같고 조종사의 숙련도만 우리 조종사들이 조금 앞섰다.

물론, 전황을 뒤바꿀 정도는 아니었다. 하지만 다 비슷한 덕분에 숫자로 동맹군을 찍어 누를 수 있었다.

성능이 같다면 숫자가 많은 쪽이 이기는 게 당연하다.

항공기가 출격하는 횟수를 소티라고 부른다. 근데 제공호의 소티가 늘어날수록 제공권이 슬슬 넘어왔다. 그리고 전투를 개시한 지 반나절이 지났을 땐 제공권을 완벽히 장악해 마침내 대기하던 유성호 편대가 출격할 수 있었다.

유성호는 무장한 폭탄을 워싱턴 D.C에 닥치는 대로 투하했다.

애초에 정밀 유도도 불가능해 워싱턴 D.C 시내에 들어서면 바로 폭탄을 투하해 시내 전체를 무차별적으로 폭격했다.

거기다 조선군 장기 중 하나인 야포로 제압 포격을 가해 기갑부대가 입성하기도 전에 워싱턴 D.C를 폐허로 만들었다.

워싱턴 D.C에는 우리가 반드시 확보해야 하는 건물도, 주요 인사도 없어 마음 놓고 훈련하듯 포화를 쏟아부을 수 있었다.

찰스 2세는 이미 용호군 요원에 의해 소재가 드러나 있었다. 그는 여전히 영국 런던에 있는 윈저성에 머물고 있다고 한다. 거기다 워싱턴 D.C에 인류사적으로 중요한 유적이나 문화재가 있는 것도 아니어서 우리로선 더더욱 거리낄 점이 없었다.

사흘에 걸쳐 시내 전체에 공습과 포격을 가한 조선군은 기갑 부대를 앞세워 워싱턴 D.C 중심으로 들어가 시가전을 벌였다.

그사이, 비차군과 수군 항모 전단 함재기들은 체서피크만에 있는 동맹군 대서양함대의 마지막 주력에 파상 공세를 가했다.

체서피크만에는 동맹군 항모 전단이 두 개 있었다.

근데 그들도 여기까지 오니까 꽤 필사적이었다.

비차군과 수군 항공대는 오히려 워싱턴 D.C 공습 때보다 더 큰 손해를 입어 한때는 잠시 제공권을 잃기까지 하였다.

이에 발끈한 수군 항공대 사령관 선이남이 직접 편대장을 맡아 체서피크만에 있는 동맹군 항모 전단에 공습을 가했다.

대장은 현대 국군 계급으로 치면 소장이다.

그 위에는 도원수, 도제조, 통제사 세 명만 있다.

근데 그 대장이 선도기를 타고 직접 공습에 나선 상황이니까 항공대의 사기야 뭐 이루 말할 수 없을 정도로 높았다.

물론, 항공대가 아직 설립 초기이기에 가능한 일이기도 했다.

훈련도감 오청 대장 중 하나가 소총수처럼 맨 앞에서 고함을 지르고 돌격한다고 하면 사기는 오히려 급전직하할 거다. 웬 똘추 같은 지휘관이 왔나 싶을 테니까.

어쨌든 효과는 대단했다. 마침내 발악하던 동맹군 항모 전단을 침묵시키는 데 성공했다.

비차군과 수군 항공대가 또 하나의 역사에 남을 전과를 세우는 동안, 훈련도감은 워싱턴 D.C를 쑥대밭으로 만들고 있었다.

워싱턴 D.C를 지키는 동맹군도 만만치 않았다.

다른 지역을 지키는 동맹군은 압박을 받으면 금세 항복했다. 하지만 워싱턴 D.C를 지키는 동맹군은 끝까지 저항했다.

아무래도 찰스 2세의 심복, 혹은 정예가 지키는 듯했다.

"흠, 항복을 거부한다면 어쩔 수 없지……."

난 도원수 이완에게 더 강하게 몰아붙이란 명을 내렸다.

그 즉시, 훈련도감의 화력이 거세졌다.

야포, 솔개포, 무반동포, 대전차 로켓, 거기다가 대공 방어를 위해 가져온 물수리포까지 동원해 엄청난 화력을 퍼부었다.

워싱턴 D.C에 있던 건물이 전부 폭삭 주저앉았을 때.

마침내 동맹군도 더는 버티지 못하고 항복했다.

다만, 그냥 항복하진 않았다. 물자는 강에 버리고 서류를 찢어 전부 소각했다. 무엇보다 비행장과 연료를 보관하는 유류고를 터트려 워싱턴 D.C를 점령한 조선군이 이를 활용하지 못하게 만들었다.

원래 연료가 든 유류고 같은 건 쉽게 없애지 못했다. 그대로 놔두면 기지를 빼앗은 적이 쓸 게 뻔하다는 건 안다.

하지만 나중에 기지를 탈환했을 때도 생각해야 한다.

다시 기름을 가져오고 비행장을 만들려면 시간이 오래 걸린다.

마이애미부터 뉴욕까지 오는 동안, 비차군이 이용한 비행장과 유류고는 모두 그런 방식으로 획득한 설비와 물자였다.

하지만 워싱턴 D.C를 지키는 동맹군 사령부는 그걸 거부했다. 어쩔 수 없이 항복하지만, 설비와 물자를 조선군이 활용하지 못하게 없애서 조금이라도 복수하고자 하는 마음인 거다.

난 끌려온 동맹군 사령부 수뇌부를 둘러보았다.

반은 체념한 상태고 반은 아직도 적대감을 드러냈다.

그리고 적대감을 가진 이들은 서슴없이 욕을 내뱉었다.

대부분 인종과 관련한 욕이었다. 평생 같은 사람이라고 생각해본 적도 없는 아시아의 노란 원숭이, 혹은 야만족에게 패해 충격이 엄청나게 큰 듯했다.

"찰스 2세의 충신이 되고 싶다면 그렇게 해 줄 수밖에."

난 귀찮은 표정으로 손짓하여 그들을 내보냈다.

잠시 후, 처형장에서 총성 수십 발이 섬뜩한 소음을 내며 울렸다.

유혁연이 들어와 처형 결과를 전하고 물었다.

"포로로 잡은 중간급 간부들도 처형하시겠사옵니까?"

"몇 명인가?"

"천 명이 넘사옵니다."

난 손짓으로 대기하고 있던 안교안을 불렀다.

"용호군이 데려가서 마른 물수건을 짜듯이 쥐어짜 보게. 대가리들은 자존심이 있어 뻗댈 테지만 그 아래 있는 놈들은 좀 다르겠지. 이참에 동맹군의 정보를 최대한 수집해 놓자고."

"예, 전하."

대답한 안교안이 곧장 밖으로 나가서 포로로 잡힌 동맹군 중간급 간부들을 용호군이 임시로 머무는 안가로 데려갔다.

아마 한동안은 비명과 살 타는 냄새가 진동할 거다.

난 고개를 절레절레 저었다.

찰스 2세가 동맹군의 가장 중요한 식민지인 미국의 운영과 방어를 부하에게 맡긴 이유를 여전히 이해하지 못해서다.

유럽에 잠입한 용호군 요원이 보내온 정보에 따르면 실제로 찰스 2세는 3년 전부터 런던 윈저성에서 나오지 않고 있었다.

부하들을 믿기 때문일까? 아니면 왕의 체면 때문에 나서기가 힘들어서?

난 이내 고개를 저었다. 둘 다 아닐 거 같아서다.

미국에서 싸워 본 동맹군 장군은 그저 그랬다.

우리 장군들이 워낙 뛰어나서일 수도 있지만 어쨌든 방오나 선이남처럼 전세를 뒤집는 활약을 펼친 장군은 보지 못했다.

그렇다고 왕의 체면 때문이란 말도 말이 안 된다.

미국을 잃으면 당연히 유럽이 그다음이다. 자기 본토에서 전쟁하고 싶은 군왕은 없는 법이다. 다 남의 땅에서 싸우고 싶어 하지.

그렇다면 대체 이유가 뭘까? 어차피 끝까지 가면 자기가 이길 수밖에 없다는 걸 알아서? 아니면 번아웃이 와서 만사가 다 귀찮아졌나?

어쨌든 지금까진 그 덕분에 순조롭게 왔다.

앞으로도 지금처럼 순조롭기 위해서는 변수를 최대한 없앨 필요가 있어 용호군에게 중간급 간부를 고문하게 하였다. 정보가 모이면 찰스 2세의 의도를 좀 더 자세히 알 수 있겠지.

난 고개를 돌려 유혁연에게 물었다.

"과인이 찾아보라 한 것은?"

"대군을 풀어서 수색 중이니까 곧 실마리를 찾을 것이옵니다."

"좀 더 서둘러 주시오."

"예, 전하."

난 유혁연을 내보내고 나서 소식이 오길 기다렸다.

물론, 우물에 관한 소식이었다.

난 워싱턴 D.C에 또 다른 우물이 있을 거라 예상했다. 그래서 입성하기 무섭게 병력을 풀어 우물이나 샘을 찾았다.

다음 날, 우물 조사를 담당한 유혁연이 결과를 정리해 보고했다.

"과인의 눈으로 직접 봐야겠소."

"모시겠사옵니다."

워싱턴 D.C 시내에 동맹군 잔당이 숨어 있다가 저격할 위험이 있어 금군의 철통같은 경호를 받으며 우물을 조사했다.

살펴봐야 하는 우물이 거의 30개에 육박해 바쁘게 움직였다.

하지만 모두 꽝이었다. 그중에 내가 찾는 우물은 없었다.

그렇다고 소득이 전혀 없지도 않았다. 한쪽에서 짓다 만 궁전을 발견했기 때문이다.

영국 성보다는 프랑스 왕궁 스타일에 가까웠다.

17세기 풍으로 보이는 화려한 궁전 건물과 분수가 있는 대리석 광장, 그리고 양쪽에 가로수가 심겨 있는 곧은 대로까지.

흠, 베르사유 궁전을 옮겨다 놓은 거 같네.

궁을 짓던 석공을 불러 이게 뭔지 물어봤다.

석공에 따르면 프랑스 루이 14세가 미국에 머물 때 묵으려고 정말 베르사유 궁전을 똑같이 모방하여 지었다고 한다.

루이 14세가 죽고 나선 찰스 2세가 공사를 계속했다. 아마 전쟁이 없었으면 내년쯤 완공될 거란 얘기를 덧붙였다.

석공을 돌려보내고 나서 난 궁전을 샅샅이 조사했다.

워싱턴 D.C에 우물이 있다면 여기가 가장 유력한 장소 같았다.

하지만 몇 시간 동안 발품을 팔았음에도 소득이 없었다.

한숨을 내쉬며 메인 건물의 2층 발코니에 서서 대리석을 깐 광장을 내려다보고 있는데 어둑한 하늘에 달이 떠올랐다.

"흠, 돈지랄인 줄 알았는데 그래도 운치는 있군."

달빛이 대리석 광장을 비추는 순간.

광장이 수면처럼 계속 일렁였다.

마치 땅이 아니라, 바다에 있는 듯한 착각을 느꼈다.

잠깐, 바다라고? 그러면 혹시?

난 얼른 광장 중앙으로 달려갔다.

중앙에 여신 조각상이 지키는 분수가 있었다.

분수는 우물이 아니란 생각에 살펴보지 않았었다.

난 옷에 물이 튀는 것도 개의치 않고 분수로 올라섰다.

분수 안에 깊은 샘이 있었다. 분수의 물이 여기서 나오는 듯했다.

난 재빨리 분수 주위를 둘러보았다.

하지만 도형 문자는 보이지 않았다. 수면에 내 머리와 상체가 만든 그림자만 찰랑거릴 따름이었다.

흠, 초조한 나머지 너무 앞질러 생각한 건가?

내가 다른 곳을 살펴본다고 몸을 뒤로 젖혔을 때.

달빛이 깊은 샘의 수면에 떨어져 도형 문자를 조각했다.

「우물까지 헤엄쳐라.」

우물까지 헤엄치라고?

그러면 이건 우물이 아니란 건가?

하지만 달빛이 여기에 이 도형 문자를 조각했다는 건 이 샘이 우물로 이어지는 통로란 거 같은데 어떻게 해야 하지?

이 샘이 얼마나 깊을지, 그리고 어디까지 이어져 있을지 전혀 감을 잡지 못한 탓에 전처럼 용기를 내어 뛰어들지 못했다.

나도 사람이다. 기껏해야 2, 3분만 숨을 못 쉬어도 죽는다.

그럼에도 이를 악물었다. 여기까지 와서 포기하기엔 너무 아깝지 않나. 결국 분수 속으로 뛰어들기로 마음먹었다.

그때, 옆에 있던 왕두석이 내 바짓가랑이를 붙잡고 늘어졌다.

"전, 전하! 안 되옵니다!"

"응? 뭐가?"

"분수 안으로 뛰어들려고 하셨던 것이 아니옵니까?"

"어, 어떻게 알았지?"

내 말에 오히려 왕두석이 펄쩍 뛰며 소리쳤다.

"예에? 그게 정말이란 말이옵니까?"

"뭐야? 지금 날 떠본 게냐?"

"전하, 가시려거든 소관을 꼭 죽이고 가시옵소서."

이번에는 왕두석도 쉽게 놓아주지 않을 기세였다.

새벽에 다시 와서 몰래 뛰어들어야 하나?

그때, 멀리서 분수 쪽으로 누가 달려오는 모습이 보였다.

난 기지를 발휘해 소리쳤다.

"어? 신 부장이 여길 어떻게 왔어?"

"소관이 그런 어린애도 안 속을 거짓말에 속을 줄……."

하지만 말은 그렇게 하면서도 고개는 반대쪽으로 돌아갔다.

난 왕두석의 주의가 분산된 틈에 재빨리 분수로 뛰어들었다.

248장. 이거 아주 개새끼들이네!

다행히 물은 따뜻했다.

익사할 수는 있어도 심장 마비로 죽진 않겠군.

위에서 뭔가 소음을 들려 고개를 들었다. 왕두석을 비롯한 몇 명이 날 구하겠다고 분수에 뛰어든 듯했다.

고생시키는 거 같아 미안하지만, 자네들이 날 좀 이해해 주게. 나도 이 방법밖에 없었으니까.

난 더 빨리 잠수해 내려갔다. 수영, 잠수 둘 다 능숙한 편이어서 금세 분수 밑에 도착했다.

다시 고개를 들어 위를 보았다. 왕두석은 분수 중간에 막혀 밑으로 내려오지 못하고 있었다.

어두운 물속에서 왕두석인진 어떻게 알아봤냐고? 그야 왕두석의 머리가 만든 거대한 실루엣을 보고 감을 잡았지.

왕두석은 몇 번이나 필사적으로 잠수를 시도했지만, 매번 분수 중간에서 갑자기 막혀 다시 위로 올라가기를 반복했다.

난 그제야 안도하고 고개를 내렸다.

왕두석이 내가 있는 바닥까지 내려오지 못하는 이유는 알 수 없지만, 어쨌든 그 덕에 생사람 잡는 일은 모면한 듯했다.

난 분수 바닥 주변을 재빨리 조사했다.

바닥 한편에 시커먼 구멍이 있었다. 그리고 그 구멍 속으로 물살이 빨려 들어가는 것을 발견했다.

저기군!

난 한 치의 망설임 없이 구멍으로 헤엄쳐 갔다.

그다음부턴 사실 헤엄칠 필요가 없었다. 강력한 물살이 내 몸을 휘감더니 알아서 구멍으로 인도했다.

구멍 속은 자연적으로 만들어진 일종의 통로였다.

난 물살에 몸을 맡긴 채로 통로를 빠르게 헤엄쳐 갔다.

그렇게 2, 3분쯤 흘렀을까.

나도 인간인 이상, 점점 숨이 막혀 왔다.

난 재빨리 시스템 창을 열었다.

스킬 중에 잠수를 오래 할 수 있게 해 주는 게 있었다.

숨이 정말 오락가락할 땐 그걸 쓸 생각이었다.

다행인 점은 그걸 쓰기 전에 통로가 끝났단 점이었다.

난 물 밖으로 머리를 내밀며 숨을 크게 들이쉬었다.

어지럽던 머릿속이 맑아지며 그제야 주변이 눈에 들어왔다. 도형 문자가 비처럼 흐르는 천연 동굴 안이었다.

동굴 안에는 종유석과 석순이 뒤엉켜 있었다.

난 시선을 좀 더 먼 쪽으로 움직였다.

그곳에 사람 하나가 간신히 지나갈 만한 공간이 있었다.

난 거침없이 공간 안으로 들어갔다.

경사가 가팔라서 다시 지상으로 올라가는 듯했다.

그렇게 어둑어둑한 공간을 10여 분 걸었을 때.

반구형 석대가 나타났다.

난 바로 앞에 있는 계단을 이용해 석대로 올라갔다. 역시 석대 끝에 책상이 있었고 그 책상에 홈이 파여 있었다. 책상 위에는 전에 본 거처럼 손바닥 모양의 홈이 파여 있었다.

난 바로 홈에 내 손바닥을 올렸다. 도형 문자가 폭죽처럼 뭉쳤다가 터지며 사방으로 흩어졌다.

히든 퀘스트 14

탐험의 끝자락!

-유저는 이제 충분한 경험을 쌓아 더는 배울 것이 없습니다. 그동안의 경험을 바탕으로 지금 여정을 잘 마무리하십시오.

클리어 유무: 클리어

보상: 액티브 스킬「진실을 비추는 샘」획득

흠, 이번엔 진실을 비추는 샘이라고?

난 바로 스킬 슬롯에 이번에 얻은 스킬을 장착했다.

진실을 비추는 샘! (SSS)

유저가 운명을 거스르는 샘을 통해 얻은 히든 스킬 중에서 마지막까지 열리지 않던 스킬 내용을 확인할 수 있습니다.

난 참지 못하고 주먹을 불끈 쥐며 고함을 질렀다.

"그렇지!"

내가 지른 고함이 반구형 석대를 윙윙 울리다가 사그라들었다.

역시 예상대로였다.

히든 스킬 중에 ???로 나오던 마지막 히든 스킬을 알아내려면 또 다른 우물을 찾아야 할 거 같단 막연한 느낌을 받았다. 근데 실제로 찾자마자 ???의 비밀을 풀 수 있었다.

난 바로 스킬 상점에 들어가 ???의 정체를 확인했다.

뭐? 이, 이거 진짜야?

내가 놀란 이유는 ???가 시스템이란 글자로 바뀌어 있어서다. 시스템? 무슨 시스템을 말하는 거지? 스킬 관련 시스템인가? 아니면 설마……, EHS 시스템?

시스템이 뭔지 알아내려면 수명 1억 일이 필요했다.

어차피 수명이야 EX 뺑튀기로 무한대나 다름없었다.

바로 지르고 시스템을 열어 내용을 확인했다.

처음으로: 100억

저장하기: 100억

불러오기: 100억

환경설정: 100억

게임종료: 100억

난 한참 동안을 눈앞에 있는 글자와 숫자를 보며 서 있었다.

EHS가 게임이란 생각은 계속하고 있었다.

하지만 진짜 게임 시스템에서나 볼 법한 항목이 뜨다니!

거기다 필요한 수명은 어이가 없어 말이 안 나올 정도였다.

1억도 치트를 쓰지 않는 한, 불가능한 수명이었다.

근데 뭐 100억? 하, 시발, 지금 나랑 장난쳐?

다시 한참이 지나서 어느 정도 냉정을 되찾았을 때.

난 시스템 항목의 의도가 뭔지 깨달았다.

이건 플레이어를 기만, 아니 놀리려고 넣어 놓은 거였다.

플레이어는 100억이란 수명을 만들기가 현실적으로 불가능하니까 그림의 떡처럼 쳐다만 보고 군침이나 흘리란 거다.

이거 아주 개새끼들이네!

나이를 먹은 후엔 욕하는 빈도가 줄었다.

근데 이런 상황에선 욕이 안 나올 수 없었다. 마음 수양 같은 거랑은 전혀 상관이 없었다. 아마 부처님도 나와 같은 상황에선 욕이 나왔을 거다.

이것은 놀리는 수준을 넘어 플레이어를 모욕하는 행위였다. 그것도 아주 더럽고 치사한 방식으로.

난 그러다가 코웃음을 쳤다. EHS를 만든 놈들이 이런 걸 만들어 놓은 의도가 뭐였든 간에 나에게는 수명이 충분했기 때문이다. 그것도 다섯 개를 다 살 수 있을 만큼.

즉, 놈들은 제 발등을 찍은 셈이다. 그것도 다리가 날아갈 정도로 세게 찍은 셈이지.

그래도 당장 수명을 100억이나 쓰기엔 왠지 무서웠다.

일단 여길 벗어나서 천천히 생각해 보기로 하자. 지금은 전쟁이 다 끝난 것도 아니니까.

석대 옆에 달빛이 희미하게 새어 들어오는 곳이 있었다.

그곳으로 2, 3분을 걸어갔을 때였다.

갑자기 시원한 바람이 불어왔다. 통로인가?

예상대로 1분을 더 걸었을 때.

마침내 달빛이 환한 통로 출구가 모습을 드러냈다.

난 출구 밖으로 고개를 내밀었다.

대리석 광장과 궁전 사이에 있는 공간에 서 있었다.

흠, 이거 민폐를 크게 끼쳤는데.

석유 발전기로 돌리는 조명차 대여섯 대가 대리석 광장 전체를 환히 밝히고 있어 왕궁에서 광장만 다른 세상인 거 같았다.

그 조명 밑에서 수천이 넘을 듯한 엄청난 인원이 분수와 광장에 깔린 대리석을 해체해 가며 뭔가를 이 잡듯 뒤지고 있었다. 물론, 나를 찾는 걸 거다.

난 머쓱한 표정으로 반쯤 열린 출구를 열고 광장으로 나갔다.

그 즉시, 날 발견한 병사들이 앞다투어 고함을 질렀다.

"상, 상감마마를 찾았습니다!"

난 놀라 달려온 금군과 선전관, 그리고 원정군 사령부 수뇌들에게 귀에서 피가 날 정도로 잔소리를 들으며 복귀했다.

특히 코를 훌쩍거리며 숙소 안에 있는 내 침소까지 따라온 왕두석은 내 옷자락을 붙잡고 놓아줄 생각을 좀체 안 했다.

난 한숨을 내쉬었다.

"이거 놔."

"놓을 수 없사옵니다."

"하, 이젠 이상한 짓 안 한다니까 그러네."

왕두석이 코를 훌쩍거리며 물었다.

"정말이지요?"

"아, 정말이라니까 그러네. 그리고 너도 옷이 다 젖은 거 같은데 얼른 갈아입어. 그러다 고뿔 걸리면 나도 책임 못 진다."

그제야 손을 놓은 왕두석이 돌아가다가 갑자기 홱 돌아섰다.

"한데 그 분수 안으론 어떻게 들어가신 것이옵니까?"

"왜?"

"소관과 금군 몇이 바로 전하를 따라 안으로 뛰어들었는데 젖 먹던 힘까지 짜내 잠수해도 안으로 들어갈 수 없었사옵니다. 한데 전하께선 어떻게 안으로 들어가셨던 것이옵니까?"

"넌 머리가 커서 나처럼 잠수가 안 된 거 아니야?"

"머리가 크면 오히려 가라앉아야 하는 거 아니옵니까?"

"너도 비차군이 운영하는 비거 본 적 있지?"

"본 적 있사옵니다."

"그 큰 비행선도 공중에 뜨잖아."

"그, 그렇지요."

"즉, 물이든 공중이든 뜨는 데는 크기가 별 상관없단 얘기야."

"아, 그렇사옵니까……, 라고 할 줄 아셨사옵니까?"

그러면서 왕두석이 눈에 쌍심지를 켰다.

"어쭈, 눈에 힘 좀 주는데?"

"전하께서 1분만 더 늦게 나오셨으면 소관도 입에 칼을 물고 따라 죽으려고 했사옵니다. 그러니까 제발 이상한 짓을……."

"알았어. 알았다고. 이젠 이상한 짓 절대 안 할게."

"정말이지요?"

"넌 속고만 살았냐?"

"전하랑 있을 때는 대체로 속고만 살았……."

난 고개를 절레절레 젓는 왕두석을 내보내고 한숨을 쉬었다.

하, 다음번엔 조심해야지.

다음번이란 바로 런던이었다.

북경, 워싱턴에 우물이 있다면 런던에도 있을 가능성이 컸다.

런던에 반드시 가야 할 이유가 하나 더 생긴 셈이다.

소동이 있기는 했지만 어쨌든 원정 준비는 착착 진행되었다.

우선 용호군 대장 안교안이 들어와 보고했다.

"포로로 잡은 동맹군 중간급 간부를 고문……, 심문한 결과, 영국을 지키는 동맹군 전력을 대략 파악할 수 있었사옵니다."

"어때?"

"최신 항모 세 척에 공군은 전투기, 폭격기 합쳐 700여 대가 있는 거 같사옵니다. 그리고 육군 병력은 12만에서 15만 사이로 보이며, 용호군 예상보다 약간 적은 이유는 동맹군이 세계 곳곳에 있는 식민지에 파견한 부대가 아직 영국 본토로 복귀하지 못했기 때문이옵니다."

"어쨌든 가벼이 볼 수 없는 전력이군. 그 외엔?"

"한 가지 마음에 걸리는 소식을 들었사옵니다."

"흠, 뭔가?"

난 안교안에게 보고받고 나서 바로 물었다.

"그에 대항할 수 있는 장비를 가져왔지?"

"기술 연구소가 개발한 신장비 말씀이시옵니까?"

"맞아."

"양산에 실패해 일단 시제품 세 개만 가져온 것으로 아옵니다."

"그걸 통제영에 보급하고 제대로 운용할 수 있는지 바다에서 직접 실험해 보라고 해. 기기 성능이 아무리 좋아도 운용하는 병사들이 제대로 쓸 줄 모르면 소용없으니까."

"알겠사옵니다."

"수고했어."

"예, 전하."

안교안이 돌아간 이후 난 지도를 펼쳤다.

지금 공병대는 뉴욕, 노바스코샤, 생피에르 미클롱에 공군 비행장을 짓거나 아니면 기존 비행장을 새로 보수하고 있었다.

하지만 미클롱에서 비차군이 출발해도 3,000킬로미터에 달하는 대서양을 건너야지만 최종 목표인 영국에 닿을 수 있었다.

태평양보단 못하지만 그래도 대서양 역시 만만치가 않았다.

비차군이 가진 항공기로는 주유 없이 3,000킬로미터를 비행할 수 없으므로 다른 방법을 찾아야 하는데 영 쉽지 않았다.

물론, 아무 대책도 없이 무턱대고 오진 않았다.

지도를 접고 나서 원정군 사령부 수뇌부를 불러 물었다.

"고정 항모는 어디까지 왔소?"

이여발이 한 발 앞으로 나와 대답했다.

"고정 항모 네 척이 찰스턴을 지났다는 보고를 받았사옵니다."

고정 항모 네 척은 파나마 운하에 들어갈 수 없어서 남아메리카 남쪽 끝에 있는 드레이크 해협을 통해 올라오고 있었다.

"파나마 운하를 지키던 충무청은?"

"본토에서 온 예비 병력에 임무를 넘기고 올라오고 있사옵니다."

난 고개를 돌려 나홍좌에게 물었다.

"비차군의 항공기 전력은 현재 어떻소?"

"350대까지 늘었사옵니다."

"언제까지 500대를 채울 수 있겠소?"

"보름만 더 주시옵소서."

"보름이라……. 좋소."

난 이어 수뇌부를 둘러보며 당부했다.

"시간을 주면 동맹군의 방어가 더 단단해지겠지만 두 번은 없단 각오로 끌어모을 수 있는 모든 전력을 동원해야 하오. 그 점을 명심하며 다들 최선을 다해 주시오. 아마 이번 전쟁만 승리하면 더는 우리 조선을 방해할 세력은 없을 테니까."

"예, 전하!"

보름은 순식간에 지났다.

비차군도 전력을 다한 듯 약속한 500대를 넘어 거의 550대까지 준비한 덕분에 출진도 하기 전에 운이 따라 주었다.

모든 준비를 완료했단 보고를 받고 지시했다.

"전군-! 출진하라!"

"출진하라!"

"출진하라!"

지금까지 인류 역사에서 어떤 나라도 감히 시도해 보지 못한 초장거리, 초대형 상륙 작전이 지금 막 시작되려 하고 있었다.

249장. 이번 게임은 망쳤군.

함대부터 출진했다.

뉴욕에서 출발해 롱아일랜드 해안을 따라 대서양으로 나갔다.

북미에 주둔하던 동맹군을 거의 다 정리하긴 했지만, 적의 영토였던 곳이라 항상 초계함이 먼저 주변 해역을 정찰했다.

노바스코샤를 지나 생피에르 미클롱 섬에 있는 세인트 존스 항구로 이동해 거기서 하루 동안 머물며 최종 점검을 하였다.

이제 여기를 떠나면 당분간 육지는 코빼기도 비치지 않는다.

이상 없단 보고를 받은 뒤에 이여발에게 지시했다.

"출발하시오!"

"예, 전하!"

세인트 존스 항구를 출발한 함대는 3,000킬로미터 달하는 대양을 관통하기 위해 항로를 잡고 엔진 속도를 빠르게 높였다.

먼바다로 나오기 무섭게 번개가 치면서 폭풍우가 밀려들었다. 뱃전을 넘은 거센 파도는 갑판을 빗자루처럼 휩쓸었다.

그나마 다행은 미리 신문왕의 만파식적 버프를 전 함대에 걸어놓아서 폭풍우에 전복당하는 위험은 피했다는 점이었다.

다음 날엔 언제 그랬냐는 듯 날씨가 맑아졌다.

그렇게 며칠을 순조롭게 항해했을 때 이여발이 다가왔다.

"첫 번째 고정 항모를 배치하기로 한 해역에 도착했사옵니다."

"배치하시오."

"예, 전하."

잠시 후, 함대 행렬 맨 후미에서 죽을 똥을 싸며 쫓아오던 초대형 군함 두 척이 서서히 앞으로 나와 그 장대한 모습을 드러냈다. 바로 고정 항모였다.

세종대왕급 항공 모함 선체에 함교를 제거하면 딱 지금의 고정 항모 같은 생김새가 되는데 대신 크기는 거의 1.5배였다. 크기가 커진 만큼 비행갑판 길이도 늘어나서 비차군 항공기가 착륙해 정비받고 연료를 주입해 다시 이륙할 수 있었다.

고정 항모는 곧 닻을 여러 곳에 내려 흔들림을 최소화했다. 비차군 조종사들도 항모 이착륙 훈련을 일정 시간 받았지만, 함재기 조종사만큼 뛰어나지 않아 이런 조치가 필수였다.

그리고 다시 고정 항모 두 척을 서로 연결해 길이뿐만 아니라, 너비까지 확보해 여러 대가 동시 발진할 수 있게 하였다. 이를테면 바다에 설치한 비행장인 셈이었다.

"놈들이 여기까지 나올 거 같진 않지만 어쨌든 조심하는 차원에서 고정 항모를 호위할 충분한 전력을 남겨 두도록 하시오."

"알겠사옵니다."

이여발은 곧 전함과 방공 순양함, 그리고 각종 보급함 등 수십 척을 고정 항모 옆에 남겨 두고 다시 동진을 명령했다.

그렇게 다시 며칠을 갔을 무렵.

이여발은 낙오된 고정 항모 두 척이 따라오길 기다렸다.

고정 항모는 함교와 레이더, 엘리베이터를 포함해서 항공 모함에 필요한 거의 모든 장비를 떼어 냈지만 대신 다른 군함보다 훨씬 큰 유류 저장고를 갖고 있어 속도가 아주 느렸다.

늦긴 했지만 어쨌든 목표 지점에 도착하는 데까진 성공했다. 엔진을 혹사한 탓에 수명이 다했을 테지만 어차피 이번 작전이 끝나면 바다에 수장시킬 생각으로 설계해 별 상관없었다.

다시 고정 항모 두 척을 엮어 비행장으로 만든 뒤에 함대는 마침내 영국 본토 상륙전의 1차 목표인 아일랜드로 향했다.

브리튼 섬 왼편에 있는 커다란 섬이 바로 아일랜드였다.

아일랜드는 잉글랜드와 스코틀랜드, 그리고 웨일스를 한데 아우르는 그레이트브리튼 섬과 불과 200킬로미터밖에 떨어져 있지 않아 조선군이 가장 먼저 확보해야 하는 섬이었다. 찰스 2세도 당연히 아일랜드의 중요성을 알고 있을 터라 이번 전쟁에서 가장 치열한 전투가 벌어질 듯했다.

곧 레이더와 정찰기 등으로 확인한 정보를 이여발이 보고했다.

"동맹군 최신 항모 세 척과 전함, 순양함으로 이루어진 전투함 100여 척이 아일랜드 골웨이 항구를 지키고 있사옵니다."

골웨이는 아일랜드 서부에서 가장 큰 항구다. 그 외의 다른 항구는 세종대왕급 항공 모함이나 백두급 전함이 정박할 수 있는 수

심이 나오지 않았다.

아, 물론 아일랜드의 수도인 더블린 항구가 있긴 하다.

하지만 더블린으로 들어가려면 바로 오른쪽에서 날아드는 영국의 공격을 견디면서 수백 킬로미터를 더 이동해야 했다.

즉, 우리에겐 처음부터 골웨이 항구 외에 다른 선택지는 없었다.

"그렇다면 누가 이 세계의 주인인지 자웅을 겨룰 수밖에 없겠지."

난 옥좌에서 일어나 지휘봉으로 정면을 가리켰다.

"공격하라! 목표는 골웨이 항구다!"

"예, 전하!"

이여발은 내 명령을 통신 사관에게 전달했다. 통신 사관은 즉시 무선으로 함대에 명령을 전파했다.

곧 항모 세 척에서 발진한 함재기 대편대가 항적운을 길게 남기며 골웨이가 있는 아일랜드 서부 해안으로 사라졌다.

함재기를 지원하기 위해 함대 역시 곧장 골웨이로 진격했다.

골웨이로 들어가는 항로에 접어들었을 무렵.

공중에서 수십 대가 넘는 전투기들이 공중전을 벌이고 있었다.

물론, 그중 한쪽은 우리 항모에서 발진한 제공호였다.

흰 동체에 그려져 있는 호랑이 무늬를 보면 금방 알 수 있었다.

그리고 다른 쪽은 동맹군 항모가 보낸 전투기 편대였다.

적의 안방인 탓에 레이더 경보 체계가 다른 데보다 잘 갖춰져 있어 동맹군 항모를 발견하기도 전에 공중전이 벌어졌다.

지금 당장은 어느 쪽이 우세한지 알 수 없었다. 실력은 우리 조종사들이 뛰어난 반면 전투기 숫자에선 상대방이 우위를 점했다.

전투기끼리 자웅을 겨루는 동안, 전함과 순양함 등은 적 항모 전단 전투함과 자웅을 겨루었다.

평평평평평!

함포를 쏠 때마다 거대한 전함이 들썩거렸다.

해전 양상 자체는 공중전과 비슷했다. 우린 실력에서 앞서고 동맹군은 숫자에서 앞섰다.

난 쓴맛을 다셨다.

"전력이 비등한 탓에 소모전으로 흐르는군."

동맹군이 가진 전함과 순양함, 네 척을 격침했지만, 우리도 손실을 꽤 입어 백두급 전함과 한라급 방공 순양함을 잃었다.

아일랜드까지 오는 동안, 몇 번의 해전을 승리로 이끈 전함이 철판이 꺾이는 굉음을 내며 차가운 바닷속에 가라앉았다.

소모전으로 흐르면 결국, 수가 많은 쪽이 더 유리해진다.

지금도 마찬가지였다. 격추되어 떨어지는 제공호 숫자가 조금씩 늘었다.

반면에 동맹군 전투기들은 여유가 생겨 제공호를 협공했다. 당연히 제공호가 격추되는 비율이 급격히 올라갔다.

수군 항공대 사령관 선이남이 주먹으로 책상을 쾅 내리쳤다.

지금 격추되는 제공호에는 그가 가르친 제자들이 타고 있었다. 당연히 감정이 남다를 수밖에 없었다.

이여발이 조심스럽게 물었다.

"이제 비차군을……."

난 바로 고개를 저었다.

"아직은 아니오. 놈들을 좀 더 끌어내야 하오."

"알겠사옵니다."

그때, 1차 공중전에서 제공권을 얼추 잡았다고 판단한 동맹군 항공기가 해상 공습을 위해 우리 함대 상공으로 날아왔다. 동맹군 전투기 뒤론 폭격기 대편대가 벌 떼처럼 따라붙었다.

난 고개를 끄덕였다.

"어림잡아도 400대는 넘을 거 같군."

선이남이 급히 대답했다.

"골웨이 근처 육상 기지에서 발진한 후속 편대가 틀림없습니다."

"동맹군 항모 세 척은 전투기만 운영하고 지금 나타난 폭격기는 골웨이 근처에 있는 육상 기지에서 발진시켰다는 거요?"

"틀림없사옵니다."

"그러면 동맹군이 아일랜드에서 동원할 수 있는 모든 항공기를 끌어모았단 뜻이군. 우리를 여기서 끝장내기 위해 말이지."

"그렇사옵니다."

난 일어나서 통신 사관에게 직접 명했다.

"지금부터 전 함대는 적 항공기 세력을 상대로 방공 작전을 수행한다. 대공포는 폭격기보다 전투기를 먼저 제거해라."

내 지시는 무선을 통해 금방 전 함대에 전파되었다.

잠시 후, 대공포를 탑재한 함대의 모든 군함이 포탄을 가득 채운 뒤에 동쪽 하늘에서 날아드는 동맹군 항공기 세력을 조준했다. 이윽고 가장 외곽의 구축함과 초계함부터 요격에 들어갔다.

펑펑펑펑펑!

물수리포가 불을 뿜을 때마다 허공에 포탄이 만든 화염과 연기가 불꽃놀이처럼 퍼지며 근처를 날던 적 항공기를 덮쳤다. VT 신관을 장착한 포탄의 위력이었다.

이어 함대가 가진 거의 모든 대공포가 불을 뿜었다.

특히 한라급 방공 순양함의 활약이 엄청났다. 한 번에 포탄 수십 발을 쏘아 올렸다. 그러면 포탄들이 마치 그물처럼 엉켜서 적 항공기를 요격했다.

펑펑펑펑펑!

VT 신관이 만든 폭발이 마치 별처럼 아일랜드 서쪽 바다 상공을 뒤덮어 동맹군 전투기들을 숨도 쉬지 못하게 압박했다. 그 바람에 상대적으로 대공포 포화에서 안전한 동맹군 폭격기들이 함대 상공을 낮게 비행하며 폭탄을 떨구었다.

퍼엉!

함대가 폭탄을 피해 급속 변침하는 바람에 많은 폭탄이 바다에 떨어져 폭발하며 수십 미터짜리 물기둥이 치솟아 올랐다. 하지만 그중 일부는 군함에 떨어졌다.

퍼엉!

비행갑판에 폭탄을 맞은 세종대왕급 항모가 불길을 뿜어냈다.

다행히 폭탄이 갑판까진 뚫지 못해 침몰은 피했지만 부서진 갑판을 수리하지 않으면 당분간 함재기 운용은 불가능했다.

그때였다. 함교 망루에 있던 기함 견시병이 무전기에 대고 고함을 질렀다.

"적 폭탄 낙하!"

"폭탄 낙하!"

"폭탄 낙하!"

복창한 함교 장병들이 재빨리 몸을 웅크렸다.

임금이라고 해서 폭탄이 피해 가진 않는다. 나도 왕두석에게 붙잡혀 옥좌 옆에 있는 대피 장소로 피했다.

쿠우웅!

굉음과 함께 철판 찌그러지는 소리가 들리며 기함이 들썩였다.

잠시 후, 기함은 결국, 기동 불능 판정을 받았다.

난 어쩔 수 없이 다른 전함으로 옮겨 탄 뒤에 물었다.

"적 전투기는 얼마나 남았소?"

선이남이 머리에 붕대를 감은 채 달려와 보고했다.

"30여 대쯤 남은 거 같사옵니다!"

"비차군에 연락해 출격하라 하시오!"

선이남은 그 말만 기다린 모양이었다. 기함 통신 사관을 밀쳐내고 자기가 직접 무전기 앞에 앉았다.

"나 대장님, 나 선이남입니다. 전하께서 출격을 명하셨습니다. 우리 애들을 대신해서 놈들에게 화끈하게 복수해 주십시오."

치익거리긴 했지만, 곧 반대편에서 그러겠단 대답이 들려왔다.

얼마 후, 고정 항모를 이용해 개구리가 뛰듯 대서양을 건너온 비차군 전투기, 폭격기 수백 대가 하늘을 뒤엎으며 나타났다.

동맹군 항공기들은 그제야 함정임을 깨닫고 도망치려 들었다.

하지만 소용없었다. 최고 출력으로 날아온 제공호가 먼저 소수만 남은 동맹군 전투기부터 협공해 제거한 뒤에 느려터진 폭격기를 사냥했다.

난 망원경으로 그 모습을 보면서 생각했다.

정말 칠면조 사냥이 따로 없군.

제공호는 동맹군 폭격기를 너무나 쉽게 사냥했다. 연습 표적에 참수리 탄환을 갈기는 훈련을 하는 거 같았다.

적 항공기 세력을 전멸시킨 비차군은 골웨이 항구 앞을 지키는 적 항모 세력을 공습해 역시 전멸에 가까운 타격을 입혔다.

이어 세종대왕급 항모 두 척에서 그동안 아껴 둔 유성호를 전부 띄워 골웨이 근처에 있는 동맹군 공군 기지를 폭격했다.

제해권에 이어 제공권까지 확보하는 순간이었다.

골웨이 항구를 점령했단 소식을 듣고 기함을 움직이려는데, 기함 견시병이 비명을 지르며 외쳤다.

"어, 어뢰다!"

그 말에 다들 함교 밖으로 뛰쳐나갔다.

선수 왼쪽에서 어뢰 세 발이 물살을 가르며 날아들었다.

난 급히 주변을 둘러보았다. 하지만 당연히 어뢰를 쏜 적 군함은 보이지 않았다. 적 군함은 이미 다 가라앉아 있었으니까. 즉, 저 어뢰는 적 잠수함이 쐈단 뜻이었다.

"피하시옵소서!"

왕두석이 날 끌어내려 할 때, 기함이 급히 변침해 어뢰 한 발을 흘려보냈다.

"함장의 솜씨가 좋군."

그때, 기함이 다시 끼이익 소리를 내며 왼쪽으로 급선회했다.

두 번째 어뢰도 그 덕분에 아슬아슬한 차이를 두고 빗나갔다.

그러나 세 번째 어뢰는 피하기 힘들었다.

변침해도 회피할 각이 나오지 않았다.

거기다 공교롭게도 정확히 함교가 있는 방향이었다.

난 무섭기보단 오히려 헛웃음이 나왔다.

뭐야? 이렇게 끝난다고?

그때, 구축함 한 척이 굉음을 내며 다가와 어뢰 앞을 막아섰다.

콰아앙!

구축함이 들썩이다가 천천히 가라앉았다.

호위급 구축함이 기함 대신 희생한 거다.

난 이를 으드득 갈며 일어나 외쳤다.

"당장 잠수함을 찾아내서 없애 버려라!"

"예, 전하!"

잠시 후, 기술 연구소가 개발한 소나로 동맹군 잠수함 두 척을 찾아냈다.

이어 구축함 10여 척이 폭뢰를 투하해 적 잠수함을 사냥했다.

곧 폭음이 몇 차례 울리더니 기름띠 두 개가 올라왔다.

폭뢰가 적 잠수함 두 척을 잡은 거다.

난 그제야 안심하고 기함 함장에게 항구로 가란 지시를 내렸다.

며칠 후 ,무사히 골웨이 항구를 접수한 조선군은 잠시 정비하고 나서 훈련도감 기갑 부대를 앞세워 반대편에 있는 더블린을 쳤다.

더블린을 지키는 동맹군 육상 병력이 만만치 않았지만, 비차군의 엄호를 받는 훈련도감 앞에서 결국 처참히 녹아내렸다.

그로부터 다시 열흘 후, 마침내 그레이트브리튼 섬을 향한 공세가 시작되었다.

가장 먼저 조지웅이 이끄는 팔장사 수천 명이 그레이트브리튼 섬에 공수 낙하를 감행한 뒤에 바로 게릴라전을 전개했다.

항공 연구소가 전쟁 발발 직전에 개발을 마친 대형 수송기를 이용한 야간 기습 공수여서 동맹군은 제때 대응하지 못했다.

거기다 용호군 추룡군, 착호군 요원 수백 명과 삼별초 3,000여 명까지 야간 해상 상륙을 감행하여 적의 주요 시설을 파괴하고 불안에 떠는 영국 국민을 심리적으로 공략했다.

분위기가 충분히 무르익었다고 느낀 순간.

더블린과 직선거리로 150킬로미터 떨어진 리버풀에 상륙했다.

조복양이 지휘하는 충무청이 함재기와 비차군의 지원을 받으며 리버풀을 지키던 동맹군을 무너트리고 교두보를 확보했다. 이어 훈련도감이 상륙해 영국 수도인 런던으로 진격해 갔다.

버밍엄에서 한 차례 전투가 있었지만 가볍게 물리친 뒤에 마침내 런던 교외에 도착해 야포로 닷새 동안 포격을 가했다.

물론, 비차군도 한몫을 단단히 하였다.

런던을 반쯤 불바다로 만든 뒤에 훈련도감이 시내로 들어갔다.

시가전이 엿새 넘게 이어졌지만 결국, 런던 시내에 있는 영국 주요 시설을 조선군이 점령함으로써 사실상 전쟁이 끝났다.

난 바로 병력을 풀어 찰스 2세를 찾았다.

하지만 종적이 묘연했다. 찰스 2세를 제외한 동맹군 수뇌부는 거의 전부 신병을 확보했는데 오직 그만이 나타나지 않아 조금씩 초조해져 갔다. 윈저성, 버킹엄 궁전, 웨스트민스터까지 뒤졌지만 찾지 못했다.

며칠 후, 난 빅 벤이란 이름으로 더 유명한 런던 시계탑에 와 있었다. 런던을 수색하던 병력으로부터 위로 올라가는 통로가 막혔단 보고를 받고 이곳에 우물이 있음을 직감했기 때문이다.

난 시계탑 앞에서 잠시 눈을 감고 서 있었다. 그러고 나서 계단을 올라갔을 때 역시 도형 문자가 나타났다.

난 문자가 시키는 대로 이동해 종이 있는 꼭대기에 이르렀다.

그리고 처음으로 우물 내부에서 나 외의 다른 사람을 만났다. 왕관을 쓴 사내가 뒷짐 쥔 자세로 종을 보다가 몸을 돌렸다.

눈동자가 두려울 정도로 새카만 자였다.

모든 것을 빨아들이는 심연 같은 눈동자였다.

난 침을 꿀꺽 삼켰다.

"찰스 2세인가?"

사내가 어깨를 으쓱하며 중얼거렸다.

"에이, 이번 게임은 망쳤군."

난 나도 모르게 흠칫했다.

이번 게임이라고?

그러면 그는 이 게임이 처음이 아니란 건가?

그렇다면 그 말은?

250장. 아니, 난 안 망쳤는데.

난 심중의 격동을 억누르며 물었다.

"다시 묻지. 그대가 찰스 2세인가?"

찰스 2세가 씩 웃었다.

"다 알면서 뭘 그래."

"그럴지도 모르겠군."

"아무튼 넌 대단해. 정말 감탄했다고."

그러면서 찰스 2세가 갑자기 손뼉을 짝짝 쳤다.

박수 소리가 시계탑 안에서 메아리로 변해 퍼져 나갔다.

난 미간을 찌푸리며 물었다.

"뭐가 대단하단 거야?"

"NPC 주제에 날 여기까지 몰아붙였으니까 대단한 거지."

"NPC? 내가 NPC란 말인가?"

"하하, 그럼 넌 니가 플레이어인줄 알았어?"

"퀘스트에는 분명 플레이어나 유저라는 단어가……."

찰스 2세가 오른손 검지를 흔들며 혀를 찼다.

"여흥이야, 여흥."

"누굴 위한 여흥이란 거지?"

"너 같은 99명의 NPC들이지. 자기들이 이 게임의 주인공이 아니라, 진짜 플레이어를 위한 소모품이었단 걸 알면 너처럼 열심히 자기 길을 개척하는 NPC가 나올 거 같아?"

"……그러진 않겠지."

찰스 2세가 어깨를 으쓱했다.

"거봐. 내 말이 맞잖아."

"우린……, 진짜 플레이어인 널 위해 만들어진 NPC라는 거로군."

"어이, 너무 실망하지는 마. 사실, 너도 재밌었잖아? 안 그래?"

"내가 살던 원래 세상에서 강제로 끌려와 너 같은 플레이어의 여흥 감에 불과한 NPC가 되었는데 그게 정말 재미있을까?"

"네가 살던 세상에서 넌 뭐였는데?"

"뭐?"

"고작 별 볼 일 없는 학생이나 직장인이었을 거 아냐?"

"그게 왜?"

"그런 자가 왕이 되고 황제가 되는 인생을 산 건데 그게 재미없다고? 이봐, 그렇게 자신을 속이면 더 실망하게 될 거야."

"물론, 니 말대로 재미를 느낀 순간도 있었겠지. 하지만 결말이 이렇다면 대체 내 인생, 아니 우리 99명의 인생은 뭐였지?"

찰스 2세가 피식 웃었다.

"같은 말을 또 하게 하는군. 넌 NPC로 선발된 거야. 너도 게임 해 봤을 거 아냐? 넌 다른 게임을 플레이하면서 NPC가 실망하거나 허무함을 느끼는지 신경 쓰면서 게임했어?"

"그 게임의 NPC들은 폴리곤과 데이터의 조합에 불과했어. 우리처럼 영혼이 있고 감정을 느끼는 생명체가 아니었다고!"

나도 모르게 목소리가 커졌다.

찰스 2세가 빈정거리며 말했다.

"다 상대적인 거 아니겠어? 나에겐, 아니 우리 종족에겐 인간은 폴리곤과 데이터의 조합에 불과한 NPC와 별 차이 없어."

"왜 차이가 없지?"

"그거야 인간은 노예로도 쓸 수 없는 하등 종족이기 때문이지."

"하등 종족? 그러면……, 넌 외계인이란 건가?"

"외계인은 하등 종족 주제에 차원 밖에 또 다른 차원이 있는지도 모르고 멋대로 만들어 낸 무지함의 산물 같은 단어지."

찰스 2세로 빙의한 플레이어가 보여 주는 인간에 대한 혐오와 경멸은 너무 뿌리가 깊어 내가 어떻게 할 수 없을 듯했다.

난 화제를 전환했다.

"여긴……, 지구가 맞긴 한 건가?"

찰스 2세는 의외로 순순히 대답해 주었다.

"당연히 지구지. 우리가 고등 생명체이긴 하지만 공간 자체를 창조할 순 없다고. 그런 엄청난 짓거린 우리도 못 하지."

"공간은 창조할 수 없지만……, 시간은 되돌릴 수 있다는 건가?"

"오, 넌 역시 하등 종족치곤 꽤 예리해."

난 발끈하려다가 얼른 참았다.

지금은 화를 내기보다 정보를 모을 때였다.

"어떻게 시간을 되돌릴 수 있지? 시간이 느리게 흐르도록 할 순 있지만 되돌리는 건 물리 법칙에 반하는 내용 아닌가?"

찰스 2세가 배를 잡고 미친 듯이 웃었다.

"하하하하, 물리 법칙이라고?"

"물리 법칙은 우주 어디에서든 똑같이 적용된다고 난 배웠는데?"

"그러니까 인간이 하등 종족이란 거야."

"그래서 어떻게 한 거냐고?"

"우주는……."

우주는 까지 말한 찰스 2세가 귀찮다는 듯이 손을 내저었다.

"됐어. 어차피 인간은 이해 못 할 테니까."

난 속으로 한숨을 내쉬며 다시 물었다.

"이곳이 지구라면 네가 있는 곳은 지금 몇 년도야?"

"몇 년도? 하하, 또 재밌는 말을 하는군."

"너희 종족도 시간을 계산하는 용어는 있을 거 아냐?"

"그런 게 있기야 하지. 뭐, 좋아. 여기까지 왔으니까 진실을 알려 줘도 괜찮겠군. 지금부터 눈 똑바로 뜨고 잘 보라고."

말을 마친 찰스 2세가 손가락을 탁 튕겼다.

그 순간 시계탑이 사라졌다. 대신에 대기가 없어 우주가 그대로 보이는 장소가 나타났다.

"여긴 대체……."

"나한테 묻지 말고 주변을 좀 더 자세히 살펴보라고."

난 놈에게 하고 싶은 욕을 억지로 삼키면서 주변을 둘러봤다.

아!

왼쪽 하늘에 달이 있었다. 아니, 달처럼 보이는 무언가가 있었다. 중심부가 깨진 달은 10여 개가 넘는 조각으로 흩어져 있었다.

하지만 조각을 다 맞춰도 온전한 달은 나오지 않을 듯했다. 아마 조각 몇 개가 지구가 가진 중력에 끌려 들어온 거 같았다.

그렇다면?

난 고개를 내려 주변을 둘러보았다.

처음엔 황무지라고 생각했는데 아니었다. 엄청난 무언가가 충돌해서 만들어진 거대한 크레이터 안에 있었기 때문에 이곳을 황무지라고 생각했던 거다.

지평선이 구분되지 않을 만큼 거대한 크레이터였다.

좀 전에 찰스 2세가 이곳이 지구라고 했었지?

난 달과 크레이터를 번갈아 보았다.

달이 폭발하면서 튀어나온 조각이 지구에 떨어진 건가?

그렇다면 인류는……, 아니, 지구 자체가 끝장났겠군.

지구를 보호하던 대기까지 자취를 감췄을 정도로.

난 떨리는 목소리로 물었다.

"달이……, 달이 폭발한 건가?"

그 순간, 딱 하는 소리와 함께 다시 현실로 돌아왔다. 아니, 현실이라기보단 원래 세상 속으로 돌아왔다. 게임 속 세상이 더 맞는 말일 수도 있고.

찰스 2세가 피식 웃었다.

"잘나신 고고학자들에 따르면 인간이 탐욕에 미친 나머지 달 중심에 있던 물질을 꺼내려고 하다가 그렇게 되었다는군."

"무슨 물질이었지?"

"별 관심 없어서 찾아보지도 않았어."

"……그렇군."

"이제 궁금한 거 더 없어?"

"당신들은……, 당신들은 어떻게 여기까지 온 건가?"

"보이저였나, 아무튼 너네 종족이 성간에 던져 둔 어떤 쓰레기를 우리 탐사선이 발견해 이곳에 하등 생명체가 있다는 걸 알아냈지. 뭐 우리가 도착했을 땐 이미 저런 상태였지만."

"좀 전에 고고학자라고 하던데……."

"그게 왜?"

"그들은 지구 문명을 연구해서 고고학자인 건가?"

"그건 네가 이해하기 편하라고 고고학자라고 한 거야."

"그러면 당신네 종족에서 고고학자는 다른 의미인가?"

"음, 일종의 신관 같은 거랄까?"

"신관이면 신의 대리인을 말하는 건가?"

"그렇지."

"어떤 신을 대리하는데?"

"시간이란 신."

"아!"

"고고학자가 뭔지 이제 좀 눈치를 챈 모양이지?"

난 고개를 저었다.

"아직 정확히 뭔진 모르겠지만, 그들이 시간을 자유자재로 이용한다는 건 알겠군. EHS도 그들이 만들어 낸 건가?"

"아니, 이건 연구의 부산물일 뿐이야."

"부산물?"

뭔가를 잠시 고민하던 찰스 2세가 어깨를 으쓱했다.

"뭐 이젠 상관없겠지. 고고학자들은 이를테면 차원의 관찰자야. 시간이 흐르면 이 지구 같은 곳에 어떤 현상이 일어나는지 관찰해서 그걸 그들이 모시는 신에게 보고하는 거지."

더더욱 뭐가 뭔지 알 수 없었다. 하지만 지구, 아니 우주가 어떤 시스템 같다는 느낌은 받았다.

혹시 차원 밖에 또 다른 차원이 있는 건가? 신이 시간을 코딩하면 그들의 대리인인 고고학자는 그 결과로 각 차원에 어떤 현상이 생기는지 관찰해 보고하는 걸지도.

난 마지막으로 가장 중요한 질문을 던졌다.

"EHS가 연구의 부산물이란 건 무슨 뜻이야?"

"고고학자들이 기껏 만들어 놓은 시스템인데 활용도 못 하고 버리면 아깝잖아. 그래서 우리 같은 종족이 그걸 게임으로 재활용했지. 어차피 우리야 지긋지긋할 정도로 시간이 많거든. 그래서 이런 가벼운 유희 같은 게임들이 항상 인기라고. 너희 같은 하등 종족은 절대 이해가 안 갈 테지만."

"정말 EHS는 단순한 게임이었단 말인가?"

"그럼 넌 뭘 기대했는데?"

난 조금 전에 부서진 달이 있던 곳을 올려다보며 대답했다.

"너희 같은 고등 종족이 가진 능력이라면 우리 인류가 멸망하기 전으로 시간을 돌려서 다시 문명을 발전시킬 수 있게 도와줄 수도 있잖아? 고고학자라면 충분히 가능한 거 아닌가?"

"고고학자는 우리도 어떻게 할 수 없는 존재……, 아, 잡설은 그만두고 하나만 묻지. 우리가 왜 너희를 도와줘야 하는데?"
"……같은 지적 생명체니까."
"흥, 너희 같은 수준의 종족이 이 우주라는 곳에 얼마나 있었을 거 같아? 아마 넌 상상도 못 할 정도로 많았지. 하지만 그 종족들은 모두 시간이란 신의 섭리에 따라 도태되었지. 그건 너희 인간 종족 역시 마찬가지야. 피할 수가 없다고."
난 시계탑 안을 천천히 둘러보며 물었다.
"그러면 여기, 이 세상은 어떻게 되는 거지?"
"게임이 끝나면 지워야지."
"고고학자들이 개발한 시스템에서 지운다는 얘긴가?"
"시스템이라기보단 차원이란 표현이 더 맞겠지."
"어쨌든 지우려는 이유가 뭐지?"
"새 게임을 시작하기 위해선 전에 있던 파일을 지워야 하니까."
"만약, 지울 수 없다면?"
"이 차원에선 이 게임 속 세상이 계속 이어지겠지."
그러면서 찰스 2세가 능글거리는 미소를 지었다.
내 속셈을 다 안다는 듯한 미소였다.
난 모르는 척 다시 물었다.
"넌 아마 내가 상상할 수도 없는 무시무시한 능력을 가졌을 거야. 하지만 이 차원 안에선 어차피 너도 나랑 비슷하겠지. 그렇지 않았다면 내가 여기까지 오지도 못했을 테니까."
찰스 2세가 어깨를 으쓱거렸다.
"그래서 날 죽여 게임 파일 지우는 걸 막아 보겠다?"
"조금이라도 가능성이 있다면 그래야 하지 않을까? 그러지 않으면 내가……, 아니 우리 NPC들이 너무 불쌍하지 않겠어?"

"하하하하!"

배를 잡고 낄낄거리며 웃던 찰스 2세가 돌연 정색했다.

그리고 그 순간, 바닥에서 노란 가스가 올라와 날 휘감았다.

난 즉시, 엄청난 고통을 느꼈다. 살갗에서 노란 물집이 올라오다가 펑 터지며 진물이 쏟아졌다.

"겨, 겨자 가스?"

어느새 유리벽 뒤로 숨은 찰스 2세가 히죽 웃었다.

"흐흐, 독가스는 대비 못 한 모양이지?"

"죽, 죽기 전에 하나만 물어보자."

찰스 2세가 심드렁한 표정으로 물었다.

"뭔데?"

"우, 우물 속의 샘에 대해 아나?"

"우물 속의 샘? 그게 뭐지?"

"고, 고마워."

"뭐가 고맙단 거야?"

"그, 그런 게 있어."

난 기도 쪽에도 수포가 올라와 더는 말도 할 수 없었다.

그러나 머릿속은 아직 멀쩡했다.

난 재빨리 시스템 창을 열었다. 그리고 수명 100억으로 시스템의 저장하기 항목을 클릭했다.

빈 저장 슬롯에 파일이 저장되는 것을 보면서 다시 수명 100억으로 불러오기 항목을 클릭해 세이브 파일을 로드했다.

◆◈◆

난 눈을 뜨고 나서 재빨리 시스템 창을 열었다.

수명이 전보다 200억 줄어 있었다.

혹시 몰라 꼭대기로 올라가기 전에 수명 100억을 사용해 지금 있는 시점을 저장해 두었는데 거기서 200억이 더 준 거다.

즉, 시계탑 꼭대기에서 내가 어떻게 처리할 수 없는 일이 갑자기 발생해 급히 저장과 불러오기를 한 번씩 했다는 뜻이다.

난 조심스럽게 저장 슬롯으로 들어갔다.

1번 슬롯엔 내가 지금 있는 이 시점이 저장되어 있었다.

그리고 2번 슬롯에 전에 보지 못한 새 세이브 파일이 있었다.

난 세이브 파일을 중앙으로 끌어왔다.

30년이 훌쩍 넘는 인간의 일생을 기록한 세이브 파일이었다.

난 세이브 파일의 가장 끝부분에 머릿속에만 존재하는 가상의 커서를 내려놓은 뒤에 수명을 써서 미리 보기를 클릭했다.

나와 처음 보는 어떤 중년 사내의 대화가 이어졌다.

난 끝까지 보고 나서 안도의 숨을 내쉬었다.

저장해 두길 정말 잘했단 생각이 들어서였다.

그때, 왕두석이 다가왔다.

"전하, 무슨 걱정거리가 있으시옵니까?"

"걱정이 있었지. 근데 지금은 없어졌다. 그보다……."

준비를 마치고 각오를 다진 후에 시계탑 꼭대기로 올라갔다. 왕관을 쓴 사내가 뒷짐 쥔 자세로 종을 보다가 몸을 돌렸다. 눈동자가 두려울 정도로 새카만 자였다. 모든 것을 빨아들이는 심연 같은 눈동자였다.

난 침을 꿀꺽 삼켰다.

"찰스 2세인가?"

사내가 어깨를 으쓱하며 중얼거렸다.

"에이, 이번 게임은 망쳤군."

난 피식 웃고 나서 고개를 저었다.

"아니, 난 안 망쳤는데."

난 바로 숨겨 온 리볼버를 뽑아 미친 듯이 방아쇠를 당겼다.

놈도 이 차원에 있을 땐 실력을 발휘 못 하는 모양이다.

총알 다섯 방을 맞은 놈이 바닥에 엎어져 꿈틀거렸다.

난 리볼버에 새 탄환을 끼워 넣으면서 가까이 갔다.

"그렇게 무방비로 있으니까 나 같은 NPC에게 당하지."

"너, 넌 내, 내가 누군지, E, EHS가 뭔지 궁금하지 않은 건가?"

"이미 다 알고 있는데."

"뭐, 뭐?"

"아무튼 고고학자라는 놈들 덕분에 살았어. 놈들이 시스템이란 걸 숨겨 놓지 않았으면 네놈에게 독가스로 당했을 테니까."

"어, 어떻게 알았지?"

"NPC 주제에 어떻게 아냐고? 뭐 세종대왕님 덕분이지."

"점, 점점 더 모를 소리만 하는군."

"아무튼 이제 내 세계, 아니 내 차원에서 꺼져 버려."

"어, 어차피 이건 캐릭터일 뿐이야. 내가 이 차원에서 나가 새로운 캐릭터로 다시 접속하면 너 같은 놈은 금방 해치……."

"왜? 마음대로 안 돼?"

"주 차원과의 연결이 끊겼군. 어, 어떻게 한 거지?"

"환경 설정에 있는 네트워크를 온라인에서 오프라인으로 바꿨지."

"그, 그럴 수가!"

"이럴 수가, 저럴 수가. 암튼 잘 가라."

난 놈의 머리에 리볼버 총알 다섯 발을 더 박아 넣었다.

"흥, 이젠 확실히 죽었겠군."

찰스 2세의 시체를 확인하고 나서 주변을 둘러보았다.

역시 시계탑의 종이 있는 곳에 작은 석대가 숨겨져 있었다.

찰스 2세가 끝까지 샘의 존재를 몰랐던 걸 보면 시간의 신을 모시는 고고학자들이 쓰는 기괴한 도형 문자는 찰스 2세가 빙의했다는 고등 종족도 알지 못하는 문자인 모양이었다.

근데 그걸 세종대왕님 덕분에 난 읽을 수 있다니.

정말 조상님이 보우하신 거로군.

난 석대의 홈에 손바닥을 올려놓았다.

히든 퀘스트 15

탐험의 완성!

-유저는 진실을 찾는 장엄한 여정을 훌륭히 마무리했습니다.

클리어 유무: 클리어

보상: 액티브 스킬「샘 속의 샘」획득

샘 속의 샘! (SSSSS)

시스템 관리 권한을 획득했습니다.

시스템 관리 권한이라고?

난 재빨리 시스템에 다시 접속해 보았다.

스킬, 버프, 시스템의 항목을 쓰는 데 이제 수명은 필요 없었다.

허, 진짜 신이 된 거 같은데.

그 순간, 갑자기 시스템 창이 내려가고 새로운 도형 문자가 나타났다.

「차원을 주 차원에서 독립시키겠습니까?」

난 급히 물었다.

"독립하면 주 차원의 간섭을 받지 않아도 되는 건가?"

「그렇습니다.」

"그럼 망설일 필요 없겠지. 그렇게 해 줘."

잠시 후.

「독립 차원이 성공적으로 만들어졌습니다.」

난 그 메시지를 한참 보고 있다가 시계탑을 내려갔다.

왕두석이 궁금하단 표정으로 다가오며 물었다.

"일은 잘 끝났사옵니까?"

"그래, 잘 끝났다."

그러면서 난 다 쓴 리볼버를 던져 주었다.

"어이쿠, 탄환이 든 리볼버를 던지면 위험하옵……."

"비었어."

"역시 전하께선 그러실 리 없다고 소관은 믿고 있었사옵니다."

"거짓말이 아주 능수능란하구나."

"이제 어떻게 하실 생각이옵니까?"

난 하늘에 뜬 멀쩡한 달을 보며 대답했다.

"다른 놈들이 달을 못 부수게 막아야지."

"예?"

"세계를 정복하러 가자고."

"소관이 앞장서겠사옵니다."

"그래, 왕두석이 앞장서라."

난 어깨에 잔뜩 힘이 들어간 자세로 걸어가는 왕두석을 보며 피식 웃고 나서 시계탑을 한 번 보고 나서 발길을 돌렸다.

게임은 아직 끝나지 않았다.

CREDIT.

1

영국에서도 같은 작업을 반복했다.

우선 적당한 왕자를 잉글랜드 왕으로 옹립했다.

영국이 아니라 잉글랜드인 이유는 스코틀랜드, 웨일스, 그리고 아일랜드 이 세 지역을 영국에서 독립시키기 위해서였다.

미리 중국처럼 쪼개 놓아야 후환이 줄었다.

왕위 승계 작업을 마치고 나서는 영국이 그동안 쌓은 막대한 부를 전쟁 배상금의 명목으로 강탈해 미국 뉴욕으로 보냈다. 뉴욕에 도착하면 보급 함대에 실어 본토로 보낼 계획이었다.

영국이 쌓은 부는 단순히 금과 은에만 국한하지 않았다.

찰스 2세가 전 유럽을 석권할 때 강탈한 미술품 수십만 점과 동맹군이 보유한 전문가와 학자, 기술자도 포함되었다.

난 미술품 목록을 보며 감탄했다. 모나리자, 천지 창조, 최후의 만찬, 피에타 조각상 등 문외한인 나조차도 들어 본 적 있는 유명 미술품만 천 점이 넘었다.

난 이여발을 불러 당부했다.

"미술품 하나하나가 우리 인류의 보물과 다름없으니까 운송에 주의를 기하시오. 물에 젖거나 미술품을 실은 보급함이 대서양에 가라앉기라도 하면 두고두고 욕을 먹을 테니까."

"명심하겠사옵니다."

"포로들은 바로 서유럽회사에 배치하라고 전하시오. 동맹군 군사 기술이 상당한 수준이니까 군의 전력을 높여 줄 거요."

"보급 함대 함대장에게 주지시키겠사옵니다."

이여발이 나가고 나서, 난 영국 일을 마무리 짓고 대륙으로 건너갔다. 가장 먼저 가까운 네덜란드부터 들렀다.

근데 의외로 대륙 쪽은 우리를 환영하는 분위기였다.

찰스 2세가 학정을 펼친 건 아니지만 그래도 영국-프랑스 동맹의 속국이나 제후국으로 지내는 데 불만이 많은 듯했다. 거기다 내가 타국을 대하는 태도가 찰스 2세와는 전혀 다르다는 소문을 전해 들어서 환영하는 면도 없지 않아 있었다.

난 중남미 나라들을 독립시키면서 민족 자결주의를 내세웠다.

유럽인들은 내가 유럽에도 그렇게 해 줄 거라 믿는 모양이었다. 하지만 난 공짜로 나라를 돌려줄 생각이 없었다.

우선 암스테르담에 유럽 각국 수장을 불러 모았다. 어떤 나라에선 왕족이 왔고 또 전쟁으로 왕가가 멸문한 나라에서는 재상처럼 그 나라에서 영향력이 강한 귀족이 왔다.

난 그들을 모아 놓고 선포했다.

"두 가지 조건을 여러분이 승낙한다면 모든 나라가 독립할 수 있도록 과인이, 그리고 우리 조선이 뒤에서 지원하겠소!"

흥분한 수장들이 앞다투어 어떤 조건이냐고 물었다.

난 곧 조건에 관해 설명했다.

"우선 지브롤터, 함부르크, 로테르담, 앤트워프 이 네 항구를 우리 조선이 영구 조차하는 데 유럽 각국이 동의해야 하오."

그 말에 회의장이 술렁거렸다.

네 항구와 관계없는 국가의 수장들은 웃음을 참기 위해 애썼다. 하지만 자국 영토에 그 네 항구가 있는 국가 수장은 한숨을 내쉬면서 내 다음 말에 촉각을 곤두세우는 모습을 보였다.

난 손을 들어 조용히 시키고 나서 말했다.

"이런 조치는 특정 국가에 손해가 너무 많이 가는 일일 거요."

내 말에 다시 회의장 분위기가 급변했다.

한숨을 내쉬던 국가 수장들은 여유를 찾았다. 반면, 좀 전까지 웃고 떠들던 수장들은 바짝 긴장했다.

"그래서 그 네 항구와 관계없는 국가들은 같이 희생한단 의미에서 네 항구를 가진 국가에 매년 지원금을 납부해야 하오."

그 말에 회의장이 벌집을 쑤신 거처럼 시끄러워졌다.

난 카리스마 스킬을 쓰며 옥좌의 팔걸이를 쳤다.

"조용!"

외침에 담긴 위압감에 겁먹은 수장들이 급히 입을 다물었다.

"그럼 알아들은 것으로 하고 이제 지원금 규모를 논의하시오."

난 한발 물러나서 각국 수장들이 서로 논의하게 하였다.

당연히 나에게 항구를 빼앗겨야 하는 나라 수장들은 눈에 핏발까지 세워 가며 한 푼이라도 더 돈을 뜯어내려고 하였다. 반대로 돈을 줘야 하는 국가의 수장들은 돈을 한 푼이라도 아끼려고 가난한 척 연기까지 해 가며 상대를 속이려 들었다.

그렇게 하루가 지났을 때, 어느 정도 틀이 잡혀 항구를 조차하는 협정서가 만들어졌다.

난 바로 유럽 각국 수장들과 협정서에 서명했다. 그리고 그 모습을 사진기로 촬영하여 증거를 남겼다. 문서는 오리발을 내밀 수 있지만 사진으론 그러지 못하니까.

사진기는 얼마 전에 공업 연구소가 개발해 진상한 신제품이었다.

난 협정서를 보며 속으로 쾌재를 불렀다.

로테르담, 앤트워프, 함부르크는 유럽의 대표적인 항구였다. 즉, 이 세 항구만 잘 틀어쥐고 있어도 유럽으로 수출하는, 그리고 유럽에서 수입하는 물자를 대부분 통제할 수 있었다.

서유럽회사란 이름을 제대로 쓸 기회가 온 셈이다.

지브롤터는 아프리카와 이베리아반도 사이에 있는 해협으로 역시 잘 틀어쥐고 있으면 지중해 무역을 장악할 수 있었다.

난 두 번째 의제로 넘어갔다. 그건 항구보다 훨씬 중요한 일로서, 바로 각국의 국경을 새로 정하는 일이었다.

난 수장들을 모아 놓고 선포했다.

"여기서 정해진 국경은 특별한 이유가 없는 한 바뀌는 일이 없을 거요. 그러니까 신중하게 접근하시오. 물론, 국력이 강한 나라가 국력이 약한 나라를 협박하지 못하게 과인이 지켜볼 터이니 소국이라 해서 너무 지고 들어갈 필욘 없소."

확실히 국경 문제는 다들 민감했다.

거의 한 달이 지나고서도 결론이 나지 않았다.

전쟁과 왕가 승계 관련 문제로 워낙 땅 소유주가 여러 번 교체되어 모두가 만족하는 결과를 내기가 그리 쉽지 않았다.

하지만 나도 여기서 죽치고 있을 생각은 없어 한 달이 지났을 때는 적극적으로 개입해 유럽 지도에 국경을 새로 그었다.

물론, 영국이 중동에 한 거처럼 개판으로 만들진 않았다.

언어권, 문화권 등을 정교히 따져 국경을 새로 그었다.

그 결과, 아주 만족스럽지 않아도 대체로 만족하는 결과를 도출해 냈다.

그러고 나서 마지막에 엄포를 놓았다.

"만약, 이번에 그은 국경선을 제멋대로 침범하는 국가가 있다면 나머지 국가들이 힘을 합쳐 그 국가를 징벌해야 하오. 물론, 이번 협정에 중재자로 참여한 조선 역시 두고 보지 않고 반드시 개입해 협정을 어긴 국가를 지도에서 없앨 거요."

내 말에 다들 겁을 먹고 절대 침범하지 않겠노라 맹세했다.

회의 마지막 날.

난 오스트리아 합스부르크 왕가 수장을 불러 경고했다.

"황태자가 비명에 죽지 않도록 평소에 경호를 잘하시오. 또한, 히틀러란 사내가 오스트리아 미대에 지원하거든 떨어트리지 말고 합격시키시오. 그 두 가지만 잘해도 합스부르크 왕가는 오스트리아에서 오랫동안 번영을 누릴 수 있을 거요."

합스부르크 수장은 이해가 안 가는 표정이었다. 하지만 몇 번 윽박질렀더니 바로 그렇게 하겠다고 맹세했다.

유럽을 정리하고 나선 여러 나라를 돌아보았다.

이번 생애에는 유럽에 다시 올 일이 없을 거 같아 이참에 충분히 관광하고 나서 조선으로 돌아갈 생각이었기 때문이다.

먼저 네덜란드, 벨기에 지방부터 둘러보았다.

아쉽게도 바로크 미술의 꽃인 루벤스, 렘브란트, 베르메르 등은 몇 년 전에 사망한 상태라 그들이 남긴 그림을 수집했다. 찰스 2세라도 미술품을 전부 털어 가진 못했을 테니까.

그렇게 수집한 그림 중에는 대박도 있었다.

"오, 이거 진주 귀고리를 한 소녀 아냐?"

난 쌍둥이가 가져온 그림을 보고 크게 반색했다.

진주 귀고리를 한 소녀는 영화로도 나왔을 만큼 유명한 그림으로 네덜란드 바로크 화가인 베르메르가 그린 초상화였다.

머릿수건을 한 고혹적인 금발 소녀를 그린 그림이었는데 그 소녀가 누군질 놓고 미술계에서 이런저런 말들이 많았었다.

아, 베르메르가 살아 있었으면 직접 물어볼 수 있었는데 아쉽군.

이어 암스테르담, 로테르담, 에인트호번, 앤트워프, 브뤼셀 등을 둘러보고 나서 동맹군의 한 축이던 프랑스로 넘어갔다.

프랑스에는 아직 동맹군 잔당 일부가 남아 있었다.

난 이완을 불러 지시했다.

"훈련도감을 움직이면 비용도 많이 들고 프랑스 국민이 우리에게 적대감을 품을 수도 있으니까 용호군, 팔장사, 삼별초로 동맹군 잔당을 제거하여 후환을 깨끗이 없애도록 하시오."

"예, 전하. 바로 대원들을 투입하겠사옵니다."

얼마 후, 프랑스 곳곳에서 산발적인 전투가 벌어졌다.

하지만 이미 보급이 끊긴 잔당이 할 수 있는 일은 많지 않았다.

지금이 200년 전이라면 끝까지 싸워 볼 수도 있었다.

하지만 지금은 총과 총알이 없으면 전투 자체가 불가능했다. 칼과 창을 들고 소총병에게 달려들 순 없으니까.

난 그사이 금군의 경호를 받으며 파리에 입성했다.

물론, 내가 아는 그 파리는 아닐 거라고 막연히 생각했는데……, 내 생각이 틀려서 에펠탑도 있고 도로도 아주 넓었다.

마중 나온 부르봉 왕가 귀족에게 물어보니까 루이 14세가 죽기 전에 파리를 크게 갈아엎어 지금처럼 만들었다고 한다. 심지어 상하수도까지 깔았다.

루이 14세가 그래도 큰일 해 주고 죽었군.

파리를 구경하고 나서 베르사유 궁전으로 이동했다.

파리에서 남서쪽으로 20킬로미터쯤 떨어진 곳에 있는 베르사유 궁전은 루이 14세가 증축한 이래로 수도 역할을 해 왔다.

난 워싱턴 DC에서 루이 14세가 베르사유 궁전을 복제해 만든 궁전을 보긴 했지만 역시 가짜는 진짜를 이기지 못했다.

"정말 어마어마하군."

왕두석도 화려함과 규모에 놀라 입을 다물지 못했다.

"정, 정말 엄청나옵니다."

"입 다물어라."

"예?"

"입에 파리 들어간다, 하하하!"

"앗, 그건 소관이 쓰려고 준비했던 농담인데!"

"먼저 쓴 놈이 임자지."

난 웃으면서 베르사유 궁전을 구경했다.

물론, 맨손으로 돌아갈 생각은 없었다.

루이 14세가 모아 둔 보물을 꼼꼼하게 챙겨 포장했다. 이어 로테르담에 마련한 서유럽회사 지사로 택배를 부쳤다. 그러면 몇 달 걸리지 않아 조선 본토에 도착할 터였다.

로테르담 말고도 함부르크, 앤트워프, 그리고 지브롤터에 이미 조선군과 서유럽회사 직원들이 들어가 활동 중이었다.

왕두석이 대리석 정원에 있는 거대한 분수를 가리켰다.

"저 분수도 떼어 가시지요."

"분수라고? 석상이 좀 괜찮긴 하지만 뱃삯이 더 들 거……."

"왜 그러시옵니까?"

"잠깐만 조용히 해 봐."

난 눈을 비비고 다시 보았다. 근데 내가 본 것이 맞았다.

분수 석상 가슴에 도형 문자가 또렷이 적혀 있었다.

「엔딩 크레딧을 보시겠습니까?」

엔딩 크레딧이면?

게임을 클리어했을 때 나오는 문구잖아.

보통 스태프 이름이나 개발 과정 같은 게 나올 텐데.

……혹시 EHS와 관련한 내용이 나오는 걸까?

그렇다면 주저할 이유가 없지.

나도 아직 궁금한 점이 많으니까.
난 시스템에 접속해 그러겠다고 대답했다.
그 순간, 내 의식이 어딘가로 빨려 들어가는 것 같은 느낌을 받았다.

◆◈◆

다시 눈을 떴을 때, 주변은 새카만 어둠뿐이었다.
아니, 어둠도 아니었다. 빛이 없어서 어두운 게 아니라, 아예 다른 공간처럼 느껴졌다.
그때였다. 눈앞에 거친 붓 터치로 묘사한 듯한 화면이 하나둘 떠올랐다. 가장 먼저 나온 화면엔 한적한 도시의 2층 주택이 서 있었다.
난 거기서 바로 기시감을 느꼈다.
저, 저건 내가 태어나서 자란 우리 고향 집인데?

2

오랜만에 보는 고향 집에 콧날이 시큰해졌을 때.
화면이 집 내부를 묘사한 풍경으로 바뀌었다.
곧이어 화면에 젊디젊은 부모님이 나타났다.
나도 모르는 사이에 눈물이 걷잡을 수 없이 쏟아졌다.
아, 저렇게 젊으셨을 때도 있었구나.

다음 화면에선 두 사람이던 가족이 셋으로 늘었다.

어머니가 강보에 싸인 아기를 내려다보며 미소를 지으셨다.

"현우야, 엄마 해 봐. 엄-마."

그 순간 또다시 눈물이 왈칵 쏟아졌다.

까마득한 기억 속에 이미지로 남아 있던 어머니의 육성을 듣다 보니까 내 감정을 제대로 제어할 수 없을 지경이었다.

그때, 옆에서 아버지의 목소리도 들려왔다.

"당신도 참. 현우는 이제 백일인데 말을 어떻게 한다고."

그러면서 아버지는 분유를 탄 젖병을 가져와 엄마에게 건넸다.

아, 아버지.

난 사무치는 그리움에 화면으로 손을 뻗었다.

하지만 손은 화면을 뚫고 나갈 뿐이었다. 난 그것조차 깨닫지 못하고 화면에 그대로 온 정신이 팔렸다.

화면은 빠른 속도로 흘러갔다.

유치원, 초등학교, 중학교, 고등학교를 거쳐 대학과 군대 시절 풍경이 추억의 책장을 다시 연 거처럼 아스라이 지나갔다.

그래도 역시 아는 사람들이 화면에 나올 때가 제일 기뻤다.

친구들, 선생님들, 군대 선임, 첫사랑…….

이어 좁은 취업 문을 뚫고 입사하는 광경이 나왔다.

취업한 회사는 재정이 탄탄한 중견 그룹이었다.

난 그중에서 건설용 장비 개발팀에 들어갔다.

그렇게 시간이 1년, 2년, 3년, 하염없이 흘렀다.

그사이 연애도 하고 성과를 인정받아 승진의 기쁨도 누렸다. 내 인생은 말 그대로 탄탄대로에 놓인 거처럼 보였다.

……그러던 어느 날.

난 방금 나온 화면을 보기 무섭게 숨을 헉 들이마셨다.

화면 속에서 난 습관적으로 씻고 나와 침대에 누웠다.

그러고 나서 스마트폰으로 뉴스를 검색했다.

그러다가 곧 싫증 내고 인디 게임 다운로드 사이트를 찾았다.

아마 내 기억에 저런 적이 다섯 번은 넘었다.

하지만 그날만 느낄 수 있는 특정한 분위기란 것이 있었다.

그날 느꼈던 방의 온도, 침대 시트의 촉감, 커튼 틈으로 새어 들어오던 도시 불빛, 은은하게 들려오던 소방차 사이렌…….

저 날은 분명 내가 EHS를 내려받던 바로 그날이었다!

화면 속에서 난 스마트폰을 스크롤하다가 갑자기 손을 멈췄다.

EHS를 발견했구나!

그러면 이제 게임을 받고 현종으로 빙의하는 건가?

근데 그 순간, 화면이 갑자기 사라지며 도형 문자가 나타났다.

「엔딩 크레딧을 이어서 보시겠습니까?」

뭐지?

저 뒤의 일은 지금도 생생하게 기억난다.

분명 게임을 받고 나서 온 세상이 비틀렸다. 그러고 나서 다시 정신을 차렸을 땐 1659년 창덕궁 안이었다.

근데 이어서 보겠냐고? 왜 그래야 하지? 이미 나도 다 아는 얘긴데…… 거기서 뭘 더 보여 줄 것이 있다고?

거기다 애초에 엔딩 크레딧에 왜 내 어린 시절 영상이 나오지?

내가 게임을 클리어했기 때문에 뭐 특전 같은 걸 주는 건가? 정말 그럴까?

아무튼 결론은 하나밖에 없겠네.

계속 보다 보면 언젠간 이러는 이유가 나오겠지.

난 고개를 끄덕이며 소리쳤다.

"보겠다!"

잠시 후.

「네트워크가 끊어져 엔딩 크레딧을 더 가져올 수 없습니다.」

뭐? 엔딩 크레딧을 더 보려면 네트워크를 다시 이어야 한단 거야?

난 고개를 세차게 저었다.

네트워크를 다시 연결하면 주 차원에서 찰스 2세 같은 놈들이 떼거리로 넘어올지도 모르는데……, 그건 절대 안 되지!

난 시스템에게 물었다.

"네트워크를 연결하지 않으면 엔딩 크레딧을 못 보나?"

「다른 저장 장치에 접속하시면 됩니다.」

"다른 저장 장치? 지금 내가 접속한 분수 같은 거?"

「그렇습니다.」

"다른 저장 장치는 어디에 있는데?"

「직접 찾아내셔야 합니다.」

난 쓴웃음을 삼키며 시스템에게 돌아가겠다고 말했다.
공간이 내 의식을 밖으로 밀어내는 느낌을 받았다.
잠시 어지러워 눈을 감았다가 다시 떴을 때.
분수, 석상, 대리석 광장 순으로 시야에 들어왔다.
"전하!"
왕두석의 외침에 한숨 쉬며 물었다.
"왜?"
"갑자기 멍하게 계셔서 걱정했사옵니다."
"얼마나 그랬지?"
왕두석이 손목시계를 보며 대답했다.
"3분쯤 걸린 거 같사옵니다."
난 왕두석이 찬 아날로그 시계를 힐끗 보았다.
공업 사업부는 원래 시계로 명성을 얻은 부서였다. 거기서 라이터, 렌즈 등으로 사업을 확장하다가 사진기, 손목시계까지 개발해 지금은 회사에서 매출이 상위권에 들었다.
당연히 왕두석이 찬 시계도 공업 사업부 신상품이었다.
난 시선을 다시 분수 쪽으로 옮기며 중얼거렸다.
"3분이라……, 내게는 30년 같았는데."
그때였다. 왕두석이 은근한 어조로 물었다.
"한데 전하."

"왜?"

"눈물을 많이 흘리시던데 슬픈 기억을 떠올리셨던 것이옵니까?"

"……내가 눈물 흘리는 걸 보았느냐?"

왕두석이 흠뻑 젖은 철릭 소매를 자랑스레 보여 주며 대답했다.

"헤헤, 소관이 이 소매로 바로 닦아 드렸사옵니다."

"어쩐지 눈이 맵더구나."

"예?"

"아니다."

"그나저나 무슨 생각을 하셨기에 눈물까지……?"

"행복한 기억을 떠올리고 있었지."

"행복한 기억을 떠올렸는데……, 눈물이 나오셨단 말이옵니까?"

"너무 행복하면 눈물이 나오기도 하니까."

"예에."

난 고개를 돌려 분수 석상을 다시 보았다.

좀 전에 보았던 도형 문자는 이미 사라지고 없었다.

흠, 그렇단 말이지.

"일단 이 분수를 해체해서 보급함에 실어 둬라."

"예, 전하."

난 베르사유 궁전 안으로 들어갔다.

그리고 가장 화려한 방에 있는 왕좌에 가서 앉았다.

루이 14세가 쓰던 왕좌였다.

의자 곳곳에 통방울만 한 보석이 박혀 있었다.

난 팔짱을 끼고 생각했다.

시스템은 엔딩 크레딧을 더 보려면 다른 저장 장치를 내가 직접 찾아내야 한다고 했는데……, 그렇다면 패턴이 무엇일까?

지금까지와 비슷하다면 인류사적으로 중요한 수도와 그 수도에 있는 우물, 샘, 아니면 물과 관련 있는 장소란 소리인데.

그렇다면 파리와 가까우면서도 의미가 큰 곳은?

당연히 독일 베를린이겠지.

그렇다고 다른 나라 수도를 빼놓고 베를린으로 바로 가는 건 마음에 걸리니까 대충 훑어보면서 한 바퀴 순회해야겠군.

이왕 이렇게 된 거……, 수도에 들르면서 대사관도 세워야겠네.

어차피 각국에 우리 대사관을 열려고 했으니까.

거기다 수도를 찾는 이유를 숨길 수도 있을 테고.

난 예조에서 연락관으로 온 예조 좌랑을 불러 내 의사를 전했다.

"바로 시행하겠사옵니다."

예조 좌랑이 대답하고 나갔을 때.

난 왕두석에게 출타 준비를 명했다.

왕두석이 물었다.

"먼저 어디로 가실 계획이옵니까?"

"암스테르담."

"거긴 이미 방문하지 않으셨사옵니까?"

"헨드릭 하멜 일행 기억하냐?"

"당연히 기억하고 있사옵니다."

"살아 있다면 만나 봐야겠구나. 그리고 그 외에 다른 이들도 살아 있다면 만나 보고 싶고. 죽었으면 후손이라도 만나 봐야지."

"준비하겠사옵니다."

며칠 후, 난 금군의 호위를 받으며 암스테르담으로 떠났다.

유럽도 교통편은 꽤 괜찮았다. 이미 철로가 깔린 곳이 꽤 되었다. 그리고 철로가 없는 곳에선 자동차를 이용했다.

암스테르담에 도착했을 땐 이미 내 연락을 받은 네덜란드 오라녀나사우 왕가에서 헨드릭 하멜 일행을 불러 둔 상태였다.

난 왕궁에서 헨드릭 하멜 일행을 만났다. 많이 죽긴 했지만 그래도 몇몇은 살아 있었다. 특히 헨드릭 하멜이 살아 있어 놀람을 주었다.

하멜 일행은 처음엔 날 만나는 일에 겁을 먹었다. 그들이 떠날 때 스킬로 기억을 일부 지워 버린 탓이었다. 하지만 내가 먼저 농담을 건네며 말을 걸자 그들도 긴장을 약간 풀면서 오라녀나사우 왕가가 준비한 만찬을 즐겼다.

기쁜 일은 또 있었다.

하멜 일행이 전부 약속한 기한을 채우고 돌아간 건 아니었다. 피터슨, 클라슨처럼 조선에 남기로 한 자들도 있었다.

난 그들의 친척을 찾아 피터슨 등의 안부를 전해 줬다.

그들은 연락이 수십 년간 끊겨서 죽었다고 생각한 친척이 조선에서 크게 성공했다는 말을 듣고 자기 일처럼 기뻐했다.

물론, 순수한 마음에서 기뻐한 자들은 얼마 되지 않았다.

나머진 제삿밥에 더 관심이 가는 눈치였다.

하지만 상관없었다. 난 그들이 친척을 만나고 싶어 하면 바로 배편을 마련해 줬다.

피터슨, 클라슨 등이 동료처럼 조국으로 돌아가지 않고 조선에 남아 세운 공을 생각하면 그 정도 배려는 별거 아니었다.

하멜 일행을 만나고 나선 암스테르담을 뒤졌다. 특히 왕궁 주변을 뒤졌는데 우물은 발견하지 못했다. 뭐 수도마다 우물이 다 있을 린 없으니까.

이번에 즉위한 오라녀나사우 국왕과 양국에 대사관을 설립하는 문제를 논의하고 나서 옆에 있는 벨기에로 넘어갔다. 그러나 브뤼셀에서도 우물은 발견하지 못했다.

대신, 그곳에 대사관을 세우고 나서 다른 나라들도 방문했다.

그다음부턴 같은 행동의 반복이었다.

수도에 들러 우물을 찾고 없으면 대사관을 세운다.

그렇게 해서 룩셈부르크, 오스트리아 빈, 체코 프라하, 헝가리 부다페스트, 루마니아 부쿠레슈티, 그리고 발칸 반도에 있는 여러 나라에 들러 우물은 못 찾고 대사관을 세웠다.

그중 하이라이트는 역시 스위스였다.

우물이 있어서가 아니라 수도를 특정하기 어려워서다.

대부분은 제1도시가 수도였다. 한국 서울, 일본 도쿄, 중국 북경 등등.

하지만 제1도시와 수도가 따로 있는 나라도 꽤 있었다. 미국 뉴욕, 캐나다 토론토, 터키 이스탄불, 호주 시드니 등은 그 나라에서 가장 유명한 도시지만, 정식 수도는 아니었다.

근데 스위스는 제네바와 취리히 같은 세계적인 명성을 가진 도시가 아니라, 이름도 생경한 베른이란 도시가 수도였다. 그래서 하는 수 없이 스위스는 세 도시를 다 둘러봤다. 물론, 다 꽝이었지만.

대사관은 제네바에 세웠다.

중부 유럽을 다 둘러보고 마침내 독일 베를린을 찾았다.

차를 타고 라인강을 지나면서 독일에 대해 생각했다.

유럽에서 근대란 시기는 사실상 유럽 각국이 독일에 위협을 당하거나 반대로 독일을 위협하던 시기로 봐도 무방했다.

독일은 땅이 넓고 인구가 많으면서 국민은 성실하고 똑똑했다. 거기다 오스트리아와 합병도 가능했다. 다시 말해 언제든 유럽의 패권을 차지할 수 있는 나라였다.

반대로 다른 나라들은 그런 독일이 유럽의 패권을 차지하지 못하도록 전쟁과 외교 등을 통해 수백 년 동안 견제했다.

그렇다면 난 독일에 어떤 스탠스를 취해야 할까?

결론은 금방 나왔다. 친하게 지내는 편이 낫겠지. 영국, 프랑스보단 독일이 상대하기 편하니까.

난 베를린에서 프로이센 공국, 아니 이젠 유럽 개편에 따라 프로이센 왕국으로 지위가 높아진 독일 왕과 수상을 만났다.

그 외에도 여러 귀족과 장군, 학자들을 만나 선물을 주고받으면서 나에 대한 인상을 좋게 심어 친조파를 늘려 나갔다.

그러면서 한편으론 베를린에서 저장 장치를 찾았다.

다행히 기대했던 대로 왕궁 근처에서 저장 장치를 발견했다.

고기도 먹어 본 놈이 잘 먹는다고 우물이나 샘을 자주 찾다 보니까 이젠 보기만 해도 견적이 따닥 나오는 상황이었다.

난 궁금함을 참지 못해 바로 접속했다.

또다시 다른 공간으로 의식이 끌려간 뒤. 베르사유 궁전 분수대에서 보았던 화면의 뒤편이 이어졌다.

화면 속 난 스마트폰을 스크롤하던 손을 갑자기 멈췄다.

난 당연히 EHS를 내려받을 거로 예상했다.

근데 아니었다.

스크롤을 멈춘 이유는 EHS를 보고 있어서가 아니었다.

밤늦게 전화가 걸려 왔기 때문이었다.

화면 속 난 침대에서 벌떡 일어나 옷방으로 걸어갔다.

그러면서도 통화를 계속했다.

"예, 부장님. 그게 정말입니까? 아니, 그래도 그건……. 예, 급하다는 건 저도 알겠습니다. 근데 전 아직 훈련도 안 받았는데……. 속성으로 한다고요? 그나마 저 혼자는 아니라 다행입니다. 예, 예, 지금 바로 회사로 들어가겠습니다."

화면 속에서 난 곧 옷을 갈아입고 회사로 돌아갔다.

난 그 모습을 보면서 어이가 없었다.

이건 대체 뭐야? 화면 속의 저 사내가 내가 맞긴 한 거야? 아니면 내가 EHS를 내려받지 않았을 때를 상상한 내용인가? 그것도 아니면 내가 정말 날짜를 착각했나?

……아무튼 지금은 계속 보는 수밖에 없겠군.

3

화면은 회사 내 중역 회의실을 비췄다.

나에게도 익숙한 곳이었다. 거의 매달 가던 곳이니까.

화면 속 난 회의실에서 신 부장과 마주 앉아 있었다.

내 기억에 신 부장은 괜찮은 사람이었다.

그가 먼저 어렵게 말을 꺼냈다.

"……오면서 다른 사람에게 말 안 했지?"

"안 했습니다."

"잘했어."

"말하면 안 되는 일입니까?"

신 부장이 새벽이라 아무도 없는 회의실을 둘러보고 대답했다.

"정부에서 극비로 다루는 일인 거 같아."

"그래서 제가 어떻게 하면 되는 건데요?"

신 부장이 시계를 보고 나서 대답했다.

"한 시간 뒤에 국정원에서 사람이 오기로 했어."

"국정원에서요?"

"어."

"그러고 나선요?"

"우주 센터로 가겠지."

"나로도에 있는 거요?"

"그렇지."

"거기서 우주 비행 관련 훈련을 받는 겁니까?"

"아마 속성일 거야. 시간이 그렇게 많진 않다니까."

"아니, 우주 비행사들은 몇 달에 걸쳐 신체검사도 자세히 하고 훈련도 몇 년간 받는다는데 그게 속성으로 가능합니까?"

신 부장이 언성 낮추라는 듯이 손짓하며 속삭였다.

"그만큼 급하다는 거겠지. 저쪽도……."

화면 속 난 한숨을 쉬며 물었다.

"그래서 훈련을 통과하면 어디로 가는 겁니까?"

신 부장이 긴장한 듯 입술을 핥고 대답했다.

“……충무 기지일 거야.”

“충무 기지면 월면 기지가 아닙니까…….”

그때였다. 문이 열리면서 국정원 요원 두 명이 들어왔다.

화면 속 난 곧바로 국정원 요원과 회사를 나와 차에 올라탔다. 화면도 나로도에 있는 우주 센터로 바뀌었다.

그리고 거기서 아무런 설명도 듣지 못한 상태로 나와 비슷한 일을 하던 다른 회사 사람 10여 명과 신체검사를 받았다. 그 단계에서 반이 떨어져 나갔다.

하지만 화면 속 난 합격한 듯 다음 단계로 넘어갔다.

다음 단계는 본격적인 우주 비행과 관련한 훈련이었다.

G 테스트도 받고 우주복과 관련한 훈련도 받았다.

한번은 물속에서 훈련하기도 하였다.

하지만 그래 봤자 고작 일주일이었다. 속성이라서 짧을 줄 예상은 했다. 이렇게 짧은 줄은 몰랐지만.

나도 화면을 보며 어이가 없었다.

대체 무슨 일이기에 저러는 거지? 저래선 현장에 가더라도 할 수 있는 작업이 없을 텐데.

훈련이 끝나고 나서 최종 합격자가 가려졌다.

……설마 나인가?

그 설마가 이번에도 사람을 잡았다. 화면 속 난 훈련을 담당한 교관과 같이 고생하던 다른 후보자들의 축하를 받으면서 우주 센터 내부에 있는 방을 찾았다.

그리고 거기서 우주 센터 센터장과 대면했다.

“이현우 씨?”

"예."

"우선 축하합니다."

"아, 예, 고맙습니다."

"우리가 아무것도 알려 주지 않아 답답하실 겁니다."

"그렇긴 합니다. 계속 극비란 말만 들었으니까."

"우선 지금 하는 얘기는 극비입니다. 아, 또 극비라고……."

"이젠 익숙해서 괜찮습니다."

"좋습니다. 그러면 우선 본격적인 설명에 앞서 대우주 경쟁에 관해 말해야 하는데 그쪽에 어느 정도 지식은 있으시죠?"

화면 속 내가 고개를 끄덕였다. 그리고 진짜 나도 고개를 끄덕였다.

대우주 경쟁! 말은 거창하지만 사실 달 선점 경쟁을 뜻했다.

아마 내가 초등학생이었을 때였다. 나로호였나 누리호였나 아무튼 그런 이름을 가진 로켓을 성공적으로 올리고 나서 우리도 우주란 꿈을 품기 시작했다.

하지만 우린 한참 늦은 상태였다. 우리가 이제 막 첫걸음을 내디딜 때, 다른 나라들은 이미 달에 월면 기지를 세우는 프로젝트에 착수해 성공시키고 있었다.

미국을 시작으로 중국, EU가 차례로 성공했다.

그리고 러시아, 영연방, 일본, 인도가 뒤를 이었다.

우린 그 막차를 탄 상태로 1년 전에 첫 월면 기지 공사에 들어갔고 지금은 우주인이 머무는 쉘터를 10개까지 늘렸다.

미국 NASA와 우주군, 그리고 민간 우주 기업이 세운 쉘터가 10,000개가 넘은 걸 생각하면 갓 걸음마를 뗀 거나 같았다.

화면 속에서 센터장의 말이 이어졌다.

"……우주에 진출한 우주 관련 기관들은 월면 기지를 중심으로 이후에 있을 화성 탐사와 이주에 필요한 각종 시설 설치, 그리고 우주에서만 가능한 연구를 병행하고 있었는데……."

센터장은 목이 타는 듯 냉수를 마시고 나서 말을 이어 갔다.

"……몇 달 전, 미국 민간 업체 하나가 달 표면에서 광물 실험을 위한 시추를 진행하다가 뭔가 이상한 것을 발견했습니다."

화면 속 내가 황급히 물었다.

"인류가 아직 발견하지 못한 물질을 찾아낸 겁니까?"

센터장이 고개를 저었다.

"그게 모호합니다."

"모호……, 하다고요?"

"아무튼 이현우 씨 같은 전문가가 필요한 문제가 생겼습니다."

"제 전문 분야는……."

센터장이 다시 냉수를 마시고 고개를 저었다.

"이다음 얘기는 충무 기지에 도착하면 자연히 알게 될 겁니다."

"대체 무엇을 발견했기에……."

"아마 직접 보면 왜 극비라고 불리는지 알 겁니다."

말을 마친 센터장은 일정 설명으로 넘어갔다.

"곧 아리랑 Ⅲ 로켓이 화물을 싣고 달 궤도로 올라갈 겁니다. 그때, 이현우 씨는 물리학자, 지질 공학과 교수, 언어학자, 달 관련 천문학자 등과 팀을 이루어 충무 기지 근처에서 정부가 발주한 연구와 작업을 빠른 속도로 진행해야 합니다."

센터장의 말을 끝으로 화면이 빠르게 넘어갔다.

발사 리허설을 하고 비행 관련 주의 사항을 들었다.

그러고 나서 우주복을 착용하고 한국이 달 탐사에 주력 로켓으로 쓰는 아리랑 III 로켓에 실은 우주 비행선에 탑승했다.

이윽고 긴장과 불안을 가득 안은 상태에서 나로호 우주 센터 발사장에서 발진한 탐사대는 달 탐사 시퀀스에 들어가 로켓을 차례대로 분리해 가며 마침내 달 표면 착륙에 성공했다.

착륙지 옆에는 충무 기지가 있었다.

비행선에서 내린 탐사대는 마중 나온 우주인들과 합류했다.

난 화면에 나온 나를 자세히 보았다.

헬멧을 쓰고 있어 자세히 보이진 않았다.

하지만 아직까진 멀쩡한 거 같았다.

꼴사나운 모습을 보이지 않은 건 그나마 다행이네.

그러나 김칫국을 너무 빨리 마신 모양이었다.

지구보다 중력이 훨씬 적은 달은 역시 만만치 않았다.

달 표면에 발을 처음 내딛는 순간.

몸이 저절로 떠오르며 앞으로 날아갔다.

내 눈에도 화면 속 내가 당황했단 것이 보일 정도였다.

그때였다. 우릴 마중 나온 우주인 중 하나가 달 표면을 사뿐사뿐 밟으며 날아와 제멋대로 날아가는 날 잡아 지상으로 이끌었다.

무사히 달 표면에 내려선 화면 속 나는 도와준 우주인에게 고마움을 표시하기 위해 우주복에 있는 통신 장비로 말했다.

"고맙습니다."

"……이현우 씨죠?"

여자 목소리에 놀란 화면 속 내가 고개를 들었다.

우주복 헬멧 유리에 비친 지구 형상 너머로……, 눈이 커다란 미녀의 얼굴이 드러나 화면 속 나는 더듬거리면서 대답했다.

"예, 예, 제가 이현웁니다."

"만나서 반가워요. 앞으로 같이 일하게 된 최수나예요."

"아, 예, 저도 반갑습니다."

"달 중력은 차차 익숙해지실 거예요."

"……저도 그랬으면 좋겠군요."

"그래도 그 정도 훈련량으로 이 정도면 아주 잘하시는 거예요."

"하하……."

충무 기지 인원들과 합류한 탐사대는 월면차를 타고 이동했다.

그 순간, 화면이 다시 암전되듯 꺼지며 도형 문자가 나타났다.

「엔딩 크레딧을 이어서 보시겠습니까?」

난 멍한 눈빛으로 문자를 보다가 얼떨결에 대답했다.

"어."

「네트워크가 끊어져 엔딩 크레딧을 더 가져올 수 없습니다.」

"그렇겠지……."

난 중얼거리면서 의식을 다시 현실 세계로 돌려보냈다.

잠시 후, 난 눈을 뜨고 주변을 둘러보았다.

베를린 시가지가 눈에 들어왔다.

하지만 난 그 상태로 한동안 움직이질 못했다.

……최수나라고 했었지?

화면 속에 최수나가 등장하는 순간.

난 온몸의 피가 끓어오르는 기분을 느꼈다.

최수나의 얼굴, 목소리 모두 중전과 닮았다. 아니, 중전과 똑같았다. 마치 쌍둥이처럼. 대체 어떻게 된 일이지?

최수나가 중전의 후손일 수는 있었다.

내가 중전과 국혼을 올리지 않았다면 중전은 분명 혼담이 오가던 다른 사내랑 결혼을 했을 테고 자식도 보았을 거다.

그리고 그 자식이 또 자식을 낳아 그 혈통이 21세기까지 끊어지지 않고 무사히 전해져 최수나가 태어났을 수도 있었다. 성씨도 같은 최씨니까.

하지만 후손이 유전자에 의해 조상을 닮는다지만 중전과 최수나는 그런 정도가 아니라, 얼굴과 목소리까지 일치했다.

어, 어떻게 중전이 두 시대에 다 있을 수 있는 거지?

……혹시 중전도 플레이어?

아니야. 중전은 NPC 조건에 맞지 않았다.

다른 NPC들은 전부 권력을 갖고 있거나, 권력 가까이에 있어 언제든 왕좌를 노릴 수 있는 위치에서 시작했다.

반면 중전은 몰락해 가는 양반가의 딸로 태어났다.

애초에 NPC 조건에 전혀 들어맞지 않았다.

그렇다면 대체 어떻게?

난 이해할 수 없는 상황에 극도의 혼란을 느꼈다.

하지만 의문을 풀 해답은 사실 하나밖에 없었다. 엔딩 크레딧을 더 찾아 그 뒤의 상황을 봐야 한다는 거였다.

나와 달리 EHS를 내려받지 않는 '나'의 상황을.

다음 날, 난 프로이센 국왕과 양국 수도에 상대국의 대사관을 설립하는 문제를 마무리 짓고 나서 폴란드 바르샤바로 이동했다.

폴란드는 사실 한국과 비슷했다.

한때는 국력이 강해져 동유럽 지역에서 떵떵거린 적도 있었지만 어쨌든 대부분은 이웃 국가들에게 당하면서 지내 왔다. 그 이웃 국가들의 덩치가 훨씬 컸기 때문이었다.

프로이센, 스웨덴 제국 전성기, 러시아라면 아무리 폴란드가 처절하게 저항하더라도 버티기가 쉽지 않은 상대들이었다. 거기다 21세기에 처한 상황 역시 비슷했다.

폴란드는 나토 전방에서 서진하는 러시아를 막아야만 했다. 우리가 북한, 중국으로 이어지는 공산 세력을 막는 거와 같았다.

그런 인연인지는 몰라도 국방, 경제면에서 양국 교류가 점점 늘어나 마치 동맹을 맺지 않은 동맹국 같은 느낌까지 받았다.

나도 폴란드가 싫진 않아서 귀족들의 투표로 뽑힌 국왕과 만나 국방, 경제, 문화 등 여러 방면에서 교류하기로 협의했다.

일정 중간엔 폴란드가 자랑하는 기병인 윙드 후사르의 사열까지 받는 호사를 누리고 나서 발트 3국으로 자리를 옮겼다.

발트 3국을 둘러보고 나선 서쪽으로 방향을 틀었다. 스칸디나비아를 둘러보기 위해서였다.

헬싱키, 스톡홀름, 오슬로, 그리고 덴마크 코펜하겐까지 차례로 둘러보고 나서 그들 네 나라와 경제 협정을 추진하였다. 노르웨이와는 북해 유전을, 스웨덴과는 철광석을, 그리고 남은 두 나라와도 자원과 특산품을 거래하는 협정을 체결했다.

마지막으로 대사관을 설치하고 동쪽으로 이동했다.

바로 문제의 땅, 러시아로 가기 위해서였다.

지금 러시아는 두 동강이 나 있었다.

얼마 전에 어렵사리 즉위한 로마노프의 표트르 1세는 내가 소집한 대륙 회의에 참석해 내가 그어 준 국경을 받아들이고 유럽과 좀 더 가까운 상트페테르부르크를 수도로 정했다.

근데 그런 결정에 반발한 군부 세력이 모스크바를 점거하고 시베리아와 중앙아시아를 모색하려는 기미를 보이고 있었다.

상트페테르부르크 왕궁에서 만난 표트르 1세가 도움을 청했다.

"모스크바를 불법 점령한 반란군을 칠 수 있게 도와주십시오."

"좋소. 단, 조건이 있소."

"무엇입니까?"

"러시아는 이후로 우랄산맥 동쪽으로는 확장하지 말아야 하오."

"그건……."

"못 하겠다면 할 수 없지. 하지만 명심해야 할 거요."

"무엇을 말입니까?"

"시베리아를 넘으면 반드시 조선과 부딪힐 수밖에 없다는 사실을. 그땐 우리도 지금처럼 사정 봐주는 일은 없을 거요."

표트르 1세는 신하들과 회의하고 나서 내 제안을 수락했다. 그들의 눈에는 시베리아가 그렇게 매력적인 땅은 아닐 테니까.

얼마 후, 모스크바를 수호하는 가장 유명한 장군 두 명인 동장군과 라스푸티차를 피해 조선군과 러시아 육군이 진격을 개시했다.

4

모스크바 반란군은 형편없었다.

일단 수가 적을 뿐 아니라, 무장 상태도 빈약했다.

비차군을 부를 필요도 없이 훈련도감만으로 손쉽게 정리했다.

모스크바 전투, 아니 모스크바 진압 작전을 지켜보면서 난 옆에서 열심히 신하들과 작전을 논의하는 표트르 1세를 보았다.

내 시선을 느낀 듯 표트르 1세가 나를 향해 미소를 지었다.

그러고 나서 다시 신하들과 모스크바 처리 문제를 검토했다.

난 그 모습을 보며 피식 웃었다.

젊은 놈이 아주 약군.

역시 역사가 대제로 기록한 인간은 떡잎부터 다르다는 건가?

일전에 용호군이 러시아 관련 정보를 정리해 올린 보고서 내용에 따르면 러시아에서 시작한 플레이어는 두 명이었다.

한 명은 루스 차르국 8대 차르인 알렉세이 미하일로비치였다.

그리고 다른 한 명은 코사크 지도자인 스테판 라진이란 자였다.

그들도 결국, 러시아의 패권을 놓고 내전을 벌였다.

근데 결과는 내 예상과 달랐다.

의외로 스테판 라진이 쉽게 이긴 거다.

그는 알렉세이 미하일로비치를 죽이고 러시아 정권을 잡았다.

스테판 라진은 그 후에 러시아 기반을 단단히 굳히고 나서 앙숙이던 스칸디나비아 연합과 동맹을 맺어 유럽을 노렸다.

하지만 끝내 영국-프랑스 동맹국에 패해 꿈을 이루진 못했다.

그 결과로 스테판 라진과 그의 가족, 그리고 그를 따르던 용맹

한 코사크 전사 수만 명이 동맹군 손에 목이 잘려 죽었다.

그 후로 동맹국의 압제에 계속 시달리던 러시아는 내가 찰스 2세를 런던에서 제거한 덕분에 기적적으로 독립에 성공했다.

그 후에는 새로운 러시아를 이끌 새 지도자를 찾아 나섰다.

그리고 그렇게 해서 추대가 된 왕이 바로 저 표트르 1세였다.

표르트 1세는 루스 차르국 차르 알렉세이 미하일로비치의 아들로 순조롭게 흘러갔다면 다음 차르에 올랐을 인물이었다.

스테판 라진을 피해 도망 다니던 표트르 1세는 러시아 귀족의 지지를 한 몸에 받고 새 러시아 왕국의 초대 왕에 올랐다.

그리고 그 표트르 1세의 다른 이름이 바로 표트르대제였다.

실제 역사에선 러시아 제국을 세워 황제에 등극하는 인물이지만 내가 살아 있는 한, 그런 일은 일어나지 않을 터였다.

내가 표트르 1세를 약은 자라 여긴 이유는 그가 가진 러시아 병력과 무장만으로도 충분히 모스크바 반란군을 때려잡고 빼앗긴 모스크바를 탈환할 수 있었단 점을 알아내서였다.

근데 굳이 우리 조선군을 동참시킨 이유는 하나였다.

바로 모스크바에 거주하는 러시아 국민이 표트르 1세가 아니라, 조선군, 아니 나를 미워하고 원망하게 만들기 위해서였다.

그래야 민심이 러시아 왕국에 돌아서지 않게 할 수 있었다.

우린 떠날 세력이지만 표트르 1세를 모스크바를 계속 다스려야 하니까 이참에 모든 비난을 우리가 받게 하려는 거다.

이를테면 심리 공작인 셈이었다.

흥, 네놈의 의도대로 해 줄 순 없지.

난 이완을 불러 은밀히 지시했다.

"모스크바를 탈환하는 즉시……, 크렘린궁부터 빨리 장악하시오."

이완이 표트르 1세 쪽을 힐끗 보며 물었다.

"저들이 방해하면 어떻게 하옵니까?"

"무력을 써도 좋소."

"알겠사옵니다."

"크렘린궁을 장악한 다음에는 루스 차르국이 8대를 이어 오며 축적한 막대한 재산과 보물을 전부 챙겨 본토로 옮기시오."

"그러면 그 일은 총융청에게 맡기겠사옵니다."

"흠, 김운청 대장이라면 믿을 수 있지."

"크렘린궁을 털고 나서, 아니, 현지에서 보급 물자를 조달하고 나선 궁과 모스크바를 러시아 왕국에 돌려주는 것이옵니까?"

"주민을 다 쫓아내고 나서 불을 지르시오. 아예 몇백 년 동안은 궁전을 지을 수 없게 완벽히 파괴해 본때를 보여 주시오."

이완은 그야말로 백전노장이었다.

그도 표트르 1세 행동에 크게 분개했던 터라, 바로 명을 받았다.

"바로 시작하겠사옵니다."

이완이 나가고 나서.

난 피식 웃었다.

한동안은 이곳에서 내 평판이 바닥을 길 테지만 상관없었다.

날 어떻게든 살살 구워삶아 자기 입맛대로 이용해 먹으려는 유럽 군주들에게 이번 일은 아주 훌륭한 예로 남을 테니까.

잠시 후, 모스크바에 입성한 훈련도감은 크렘린궁부터 약탈했다.

보물만 약탈하진 않았다.

은 수도꼭지, 금을 바른 벽지, 심지어 조명인 샹들리에까지, 돈이 될 만한 건 전부 뜯어 비마에 싣고 본대로 돌아왔다.

표트르 1세가 바로 달려와 강하게 항의했다.

"조선군이 크렘린궁을 제멋대로 약탈하고 있습니다……."

"그래서?"

"당연히 조선군의 약탈을 막아 주셔야……."

"저들도 이 먼 동토의 땅까지 힘들게 왔는데 뭔가 건져 가는 게 있어야 하지 않겠소? 오, 보시오. 모스크바가 불타는군."

"예에?"

놀란 표트르 1세가 고개를 돌렸을 때.

모스크바에서 폭음이 연달아 울리며 불꽃과 연기가 치솟았다.

표트르 1세가 당황한 표정으로 고개를 돌렸다.

"부, 부하들에게 모스크바를 불태우라고 명하신 겁니까?"

"감히 조선의 우방인 러시아 왕국을 상대로 반란을 일으킨 자들이오! 내 그대를 대신해서 저들에게 본때를 보여 주었소!"

"전, 전하?"

"하하, 몇백 년 동안은 저 땅에 아무것도 못 짓겠군."

"……."

"그래도 저기에 뭔갈 짓는 놈이 있으면 그 뿌리를 뽑아내기 위해서라도 다시 한번 원정을 오는 수밖에 없겠지, 하하."

할 말을 잃은 표트르 1세가 절망한 표정을 돌아갔다.

난 그 모습을 차갑게 지켜보다가 모스크바를 태우던 불길이 조금씩 사그라들기 시작할 무렵, 금군과 안으로 들어갔다.

접속 장치는 크렘린궁 근처에서 발견했다.

난 금군에게 호위를 맡기고 접속 장치에 접속했다.

의식이 다시 어딘가로 끌려가고 나서 화면이 눈앞에 나타났다.

화면은 탐사대가 충무 기지에 도착하는 장면부터 재생되었다.

충무 기지는 이글루를 동그랗게 이어 붙인 구조였다.

그리고 그 가운데에는 통신용 안테나 탑이 있었다.

탐사대는 짐을 풀고 나서 기지 대장에게 내부를 안내받았다.

기지장은 공군 예비역 준장이었다.

이글루 내부는 중력이 다르단 거 외엔 평범한 실험 기지였다.

숙소에는 첨단 정제 시스템을 갖춘 상하수도가 있어 자주는 아니지만 그래도 며칠에 한 번은 샤워까지 할 수 있었다.

기지를 다 둘러보고 나서는 바로 우주 적응 훈련에 들어갔다.

화면 속 나를 포함한 탐사대 대부분이 민간인이라 달에서 작업할 수 있을 정도로 몸을 움직이려면 적응 훈련이 필수였다.

기지 대장은 적응 훈련을 도울 대원을 탐사대원에게 한 명씩 붙였는데 화면 속 난 예상대로 최수나와 한 조가 되었다.

화면 속에 두 사람은 급속도로 가까워졌다.

훈련 대부분이 우주복을 착용한 상태로 기지 바깥에서 이루어졌지만 그래도 서로 교감을 나누는 데는 큰 문제 없었다.

그때였다.

화면 속 난 절벽 위에서 내가 다룰 장비를 세팅하는 훈련을 하다가 옆에 있는 도구를 집기 위해 그쪽으로 손을 뻗었다.

근데 지구에서 하던 것처럼 무심코 다리에 힘을 준 듯했다.

몸이 나도 모르는 사이에 붕 떠올랐다.

마침 이런 상황을 방지하는 데 사용하는 고정 벨트도 움직임에 방해가 되어 풀어 둔 터라, 화면 속 내가 당황한 표정으로 허우적거리며 무언가 잡을 만한 것을 찾고 있을 때였다.

최수나가 나타나 화면 속 나를 구해 주었다.

그 바람에 두 사람은 서로를 끌어안은 자세가 되고 말았다.

최수나가 씩 웃으면서 말했다.

"지금은 지상과 고정된 벨트가 불편하게 느껴지겠지만 나중엔 오히려 벨트가 없으면 이동할 때 허전함을 느낄 거예요."

"예, 앞으론 훈련할 때 꼭 차고 있겠습니다."

최수나가 벨트에 있는 당김 버튼을 눌렀다.

벨트가 감기면서 달 표면에 무사히 도착했을 때.

최수나가 갑자기 물었다.

"현우 씨는 지구에 애인 있어요?"

"……없습니다."

"그래요?"

"근데 갑자기 그건 왜?"

"그쪽이 마음에 들어서요."

"아, 저, 저도……."

"저도 뭐요?"

"저도 수나 씨에게 호감이 있습니다……."

화면 속에서 두 사람은 자연스럽게 얼굴을 가까이 가져갔다.

탕!

하지만 헬멧끼리 부딪치고 나서야 이곳이 달인 걸 깨달았다.

피식 웃은 두 사람은 고개를 돌려 지구를 보았다.

놀랍도록 맑고 푸른 별이 그들의 망막에 새겨졌다.

화면 속 내가 물었다.

"지구, 아니 한국으로 돌아가도 만날 수 있을까요?"

"3개월만 기다려요."

"왜 3개월이죠?"

"로테이션이 끝나 귀국할 수 있거든요."

"3개월이 금방 갔으면 좋겠네요."

"저도 그래요, 현우 씨."

두 사람은 다시 장비 세팅 훈련을 진행했다.

하지만 확실히 거리는 전보다 가까워져 있었다.

화면 속 내가 뭐라고 하면 최수나가 웃음을 터트렸다.

가끔은 우주복에 감춰진 팔을 내밀어 손을 맞잡기도 하였다.

난 그 모습을 지켜보며 속으로 소리쳤다.

지금 한가하게 그럴 때가 아니야.

그녀에게 먼저 본관이 어디냐고 물어보라고!

최명길이 전주 최씨였으니까 그녀도 전주 최씨면 일단 그녀가 중전의 후손일지 모른다는 가설에 힘을 실을 수 있었다.

근데 내 마음도 모르고 화면 속 나는 최수나에게 좋아하는 연예인 같은 쓸모없는 질문을 하며 아까운 시간을 허비했다.

난 결국 손을 들었다.

에라, 난 모르겠다.

인제 네가 알아서 해라.

그때였다.

북쪽 먼 하늘에서 착륙선 두 척이 달 표면에 천천히 내려섰다.

화면 속 내가 깜짝 놀라 최수나에게 물었다.

"우리 착륙선은 아니죠?"

최수나가 씁쓸한 표정으로 대답했다.

"러시아 착륙선이에요. 우리 거보다 세 배는 크죠."

"러시아 기지가 근처에요?"

"여기서 북서쪽으로 200킬로미터 떨어져 있어요."

"생각보다 가깝군요."

화면 속 내가 한 말에 최수나가 입술을 살짝 깨물었다.

"……너무 가까워서 문제죠."

"예?"

화면 속 내가 반문할 때.

갑자기 우주복에 달린 통신기에서 기지 대장의 목소리가 들렸다.

-충무 기지 대원들은 탐사대 팀원을 데리고 속히 귀환 바람.

최수나가 장비를 챙기면서 말했다.

"뭔가 일이 터졌나 보네요. 서두르죠."

두 사람은 장비를 챙겨 월면차에 싣고 충무 기지로 돌아갔다.

충무 기지 회의실에 대원과 팀원들이 전부 모여 있었다.

그들이 마지막인 듯했다.

고개를 끄덕인 기지 대장이 브리핑을 시작했다.

"첩보에 따르면 러시아가 수일 내로 '현장'에서 모종의 작업을 진행할 예정이라고 합니다. 그래서 본국에선 그전에 탐사대가 서둘러 '현장'을 방문해 작업하길 원하고 있습니다."

탐사대를 이끄는 저명한 물리학자 출신 대장이 물었다.

"그게 언제입니까?"

기지 대장이 한숨을 내쉬며 대답했다.

"지금 당장입니다."

그 말에 회의실 안이 쥐 죽은 듯 조용해졌다.

다들 달 환경에 적응을 마치지 못한 상태라 불안한 탓이었다.

하지만 본국의 명령은 절대적이었다.

이번 명령은 충무 기지를 운영하는 나로호 우주 센터가 아니라, 한국 정부 최상층에서 직접 내려온 지시였기 때문이다.

결국, 장비를 챙겨 월면차에 싣고 '현장'으로 떠났다.

그때였다.

선두에서 이동하던 기지 대장이 '현장'에 대해 설명했다.

"지금으로부터 3개월 전, 미국의 민간 우주 업체가 달에 있는 광물의 채산성을 알아보기 위해 시험 시추 작업을 하였습니다. 그런데 그들은 얼마 가지 않아서 달 지하에서 이상한 물체가 있단 사실을 발견했습니다. 민간 기업이었던 탓에 보안에 매우 취약해 그 사실은 곧 달에 있는 거의 모든 월면 기지에 전해졌고 우리 역시 그 정보를 입수했습니다."

다들 말없이 기지 대장의 브리핑을 경청했다.

기지 대장이 목을 가다듬고 나서 브리핑을 이어 갔다.

"그 즉시, 모든 월면 기지가 미국 민간 우주 업체가 발견했다는 이상한 물체가 뭔지 확인해서 보고하란 지시를 받았습니다. 그래서 우리 충무 기지도 그 준비를 하고 있었는데 러시아가 확인 작업 중에 고성능 폭약으로 달 표면을 무너트리는 짓을 저질렀습니다. 그 바람에 큰 지진이 나면서 달 표면 일부가 갈라졌는데 그때 그

'현장'이 드러난 겁니다."

이윽고 일행은 그 '현장'에 도착했다.

화면 속 난 폭 1킬로미터, 깊이 수 킬로미터가 넘어 보이는 거대한 균열을 바라보다가 참지 못하고 소리를 내질렀다.

"맙소사!"

균열 바닥에 기이한 문자가 깜빡거리는 거대한 구체가 있었다.

그 화면을 보면서 난 화면 속 나보다 더 놀랐다.

이상한 문자의 정체가 도형 문자였기 때문이다.

왜 도형 문자가 달 지하에 있는 거지?

5

기지 대원들은 이미 현장을 보았기에 담담했다.

하지만 탐사대는 하나같이 믿기지 않는다는 표정을 지었다.

달 속에 기이한 문자가 번쩍이는 구체가 들어 있었다니!

이 사실을 전 세계 사람이 알면 충격을 받을 수밖에 없었다.

지금까지 인류는 막대한 재원을 투입해 외계 문명을 찾았다.

아니, 문명까지 갈 필요도 없었다.

단세포에 가까운 외계 생명체라도 어딘가에 있을까 봐 눈을 불을 켜고 찾는 중인데 매일 보는 달에 그 흔적이 있었다니!

하지만 계속 놀라고 있을 수만은 없었다.

"서두르시죠."

기지 대장의 통신에 탐사대는 정신을 차리고 조사에 나섰다.

물리학자, 지질 공학과 교수, 그리고 구조 공학자는 균열 위에서 영상 장비를 이용해 문자가 번쩍이는 구체를 조사했다.

1차 결과는 얼마 지나지 않아 바로 나왔다.

탐사대 대장인 물리학자가 대표로 말했다.

"이건……, 이건 확실히 자연적으로 생긴 구조물은 아닙니다. 그렇다고 우리 인류가 만든 구조물 역시 아닌 거 같고요."

기지 대장이 물었다.

"그렇게 생각하시는 근거는요?"

물리학자는 그 근거로 천체 물리학, 지질학, 그리고 구조 공학과 관련한 전문적인 내용뿐만 아니라, 지금 인류가 보유한 어떤 기술로도 이 정도 크기의 초거대 구체를 건설해 달 속에 설치할 수 없단 지극히 상식적인 내용까지 열거했다.

기지 대장이 다시 물었다.

"……그렇다면 지금은 일단 이 초거대 구체가 인류가 아닌, 외계의 불특정한 문명이 제작한 거라 봐야 한단 뜻입니까?"

"그렇겠지요."

"당연히 어떤 문명인진 모르시겠죠?"

물리학자가 헛웃음을 지었다.

"그거야 당연하죠……."

그러다 고개를 저은 물리학자가 대답을 보충했다.

"처음에는 왜 언어학자가 탐사대에 끼어 있는지 잘 몰랐습니다. 그래서 우리끼린 외계인을 발견해서 그들과 소통하려고 데려간단 농담을 하기도 했습니다. 근데 지금 보니까 아주 터무니없는 건 아니었습니다. 언어학자가 저 기이한 문자를 해석할 수만 있다면 얘기는 완전히 달라질 테니까요."

그 순간, 모든 이의 시선이 언어학자에게 집중되었다.

언어학자가 고개를 슬슬 저었다.

"잠깐 살펴본 거긴 하지만 문자에 패턴 자체가 없습니다. 시간을 들여 연구하지 않으면 진짜 문자인지, 아니면 의미 없는 낙서에 불과한지조차 가려내기가 쉽지 않을 겁니다."

그 말에 한숨을 내쉰 기지 대장이 탐사대를 둘러보며 말했다.

"그래도 가까이서 관찰하며 다시 한번 확인해 주셔야겠습니다."

물리학자가 대표로 대답했다.

"대장님이 부탁하지 않아도 다들 내려가 보고 싶어 안달이 난 상태입니다. 우리가 또 언제 이런 것을 가까이서 관찰할 기회가 있겠습니까. 연구자에겐 하늘이 준 기회나 같습니다."

고개를 끄덕인 기지 대장이 날 쳐다보았다.

"그렇다면 이제 이현우 씨 결정만 남았군요."

화면 속 내가 쓴웃음을 지었다.

"구체와 이렇게 멀리 떨어져 있어선 비파괴 검사를 할 수 없습니다. 1, 200미터면 가능해도 이건 최소 수 킬로미터니까요."

"그러면 내려가신단 뜻이죠?"

"예, 제 장비를 구체까지 내려 주신다면요."

기지 대장이 그럴 줄 알았다는 듯 말했다.

"탐사대가 오기 전에 우리 기지 대원들이 구체 바로 위까지 조명과 전자동 사다리를 미리 설치해 놓았습니다. 이현우 씨가 필요한 장비는 사다리를 통해 내릴 수 있을 겁니다."

"그거 듣던 중 반가운 소리군요."

"단, 구체에 직접적인 손상을 주는 일은 반드시 지양해야 합니다. 저 구체가 어떤 것인지……, 우린 아직 모르니까요."

"알고 있습니다."

잠시 후, 기지 대장을 제외한 몇 명만 지상에 남고 인원 대부분이 전자동 사다리를 이용해 구체가 있는 균열 지하로 내려갔다.

화면 속 나도 장비와 함께 사다리를 이용해 균열을 내려갔다.

기지 대장이 말한 거처럼 조명이 있어 생각보다 어둡진 않았다.

그때였다.

최수나가 다가와 개인 통신으로 물었다.

"현우 씨 전문이 비파괴 검사라고 했죠?"

"전문이라기보단 제가 다니는 회사가 비파괴 검사 장비를 개발하는 뎁니다. 뭐 만들다 보면 어쩔 수 없이 사용도 하지만요."

"비파괴 검사는 어떤 식으로 하는 거예요?"

"엑스레이나 초음파, CT, MRI는 들어 보셨죠?"

"다 병원에서 검사할 때 쓰는 장비들이잖아요."

"맞습니다. 쉽게 말해 그런 장비를 인체가 아닌, 건조물이나 제품 등에 사용해 잘 만들어졌는지 확인하는 검사법이죠."

"제품에 흠이 생기면 안 되니까요?"

"그렇습니다."

잠시 후, 전자동 사다리가 구체 1미터 위에서 멈췄다.

그리고 다들 몇 분 동안 말없이 코앞에 있는 구체를 관찰했다.

아니, 감상이란 표현이 더 맞을 듯했다.

구체 크기와 표면에서 반짝이는 기이한 문자에 압도당해 누구도 먼저 나서서 작업을 시작하자는 말을 꺼내지 못했다.

결국, 균열 위에서 지켜보던 기지 대장이 지시했다.

"……시간이 없습니다. 어서 시작하시죠."

그 말에 정신이 든 탐사대가 기지 대원의 도움을 받아 카메라나 컴퓨터 같은 장비를 세팅하고 구체 조사에 착수했다.

화면 속 나도 마찬가지였다.

최수나 등의 도움을 받아 몇 가지 장비로 구체를 조사했다.

조사 결과가 바로 컴퓨터 모니터에 수치로 출력되었다.

화면 속 난 컴퓨터로 작업하며 고개를 슬쩍 저었다.

"의외로 구체 내부는 텅 비어 있군요."

최수나가 관심을 드러내며 물었다.

"그래요?"

"예, 그리고 구체 외피의 두께도 0.1밀리미터에 불과합니다."

최수나가 미간을 찌푸렸다.

"그런 두께로 달 지각의 무게를 견뎌 냈다는 건가요?"

"아까 물리학자님이 말씀하신 대로 기술이 우리 상상을 초월할 정도인 어떤 대단한 외계 문명이 설치한 구조물 같습니다."

"무슨 이유로요?"

화면 속 내가 씁쓸한 표정으로 고개를 저었다.

"……저도 그건 모르겠습니다."

최수나가 다시 물었다.

"구체 외피는 무엇으로 만들었을까요?"

"일단 인류가 알고 있는 금속이나 비금속은 아닌 거 같습니다."

"혹시 외피를 구성하고 있는 원소도 다를까요?"

"그건 시료를 채취해 분석 기계로 돌려 봐야 알 수 있을 겁니다."

"그러면 지금은 불가능하겠군요. 구체를 건드리면 안 되니까."

"맞습니다."

"그러면 이제 조사는 얼추 끝난 건가요?"

"잠깐만요!"

"왜요?"

"……외피에서 유기물 반응이 있습니다."

"유, 유기물이요?"

"예, 유기물."

"그, 그러면 구체가 살아 있단 건가요?"

"유기물이 있다고 해서 꼭 살아 있다곤 할 수 없을 테지만……, 뭔가 심상치 않은 목적으로 만들어진 건 확실해 보입니다."

"그렇다면 그 목적이 뭔지 알아내기 위해선……?"

화면 속 내가 고개를 돌려 구체에 번쩍거리는 문자를 보았다.

"저 문자의 내용을 해석하는 방법밖에 없을 겁니다."

화면 속 나는 구체에 있는 문자를 해석할 수 없었다.

하지만 여기 있는 나는 달랐다.

난 세종대왕을 경배하라 스킬이 있어 문자 해독이 가능했다.

문자는 지구가 우주 어디에 있는지 알려 주는 주소 같은 내용으로 시작한 뒤에 달 내부에 구체가 있는 이유가 적혀 있었다.

한마디로 말해……, 구체를 설치한 목적은 기록과 통신이었다.

우선 기록은 지구에서 발생한 생명체가 시간이 흐름에 따라 어떻게 진화하는지 조사해 기록하기 위한 용도를 뜻했다.

그리고 통신은 기록한 데이터를 다시 우주 어딘가로 보내기 위한 용도로 구체가 일종의 데이터 전송 기기인 셈이었다.

난 이를 통해 두 가지 의문을 해소할 수 있었다.

찰스 2세는 인류가 달에서 어떤 물질을 캐내려다가 뭔가 잘못되어 멸망했다고 말했지만 그건 사실을 왜곡한 거였다.

그게 아니라면 찰스 2세로 빙의한 우주인도 달에 구체가 있었단 사실을 몰랐거나, 아니면 아예 관심이 없던 거 같았다.

지금에 와서 생각해 보면 둘 중 후자에 더 가까웠다.

찰스 2세의 말이 전부 사실이라면 지금까지 우주에서는 우리 인류 같은 종족이 수없이 태어나고 멸망했을 테니까 그중 한 종족이 어떻게 멸망했는지에 관심을 가질 이유가 없었다.

그리고 두 번째는 저 구체를 설치한 이들에 대한 의문이었다.

도형 문자를 처음 봤을 때부터 예상한 대로 달에 저 구체를 설치한 이들은 찰스 2세가 말한 고고학자들이 틀림없었다.

그들은 지구 생명체가 시간이 흐름에 따라 어떤 식으로 멸종과 진화를 반복하는지 알아내기 위해 구체를 설치한 거였다.

고고학자들이 그런 행동을 하는 이유는 아직 알 수 없었다.

단순히 기록을 위해서일 수도 있고 아니면 어떤 특정한 목적을 가지고 범우주적인 차원에서 연구하는 걸 수도 있었다.

어쨌든 인류가 왜 멸망했는지는 알아냈다.

실제로 화면에서도 그 재앙의 징조가 보이기 시작했다.

가장 먼저 기지 대장이 급히 통신을 보냈다.

“러, 러시아가 구체에 폭발물을 설치했단 첩보가 들어왔습니다! 무슨 일이 생길지 알 수 없으니 전 대원은 속히 귀환…….”

대장의 통신이 미처 끝나기도 전에.

쿠웅!

북쪽에서 굉음이 들려오더니 거대한 충격파가 균열을 덮쳤다.

사다리차가 좌우로 흔들리고 균열 위에서 바위가 떨어졌다.

더 큰 문제는 구체 위에서 번쩍이던 문자가 갑자기 강한 빛을 내뿜으며 주변을 대낮처럼 밝히기 시작했단 점이었다.

그 순간.

쿠우웅!

북쪽에서 좀 전보다 더 큰 두 번째 굉음이 울렸다.

그리고 그와 동시에 균열이 위에서부터 무너져 내렸다.

거대한 바위 하나가 최수나의 머리로 쏟아졌다.

최수나는 급히 피하려고 했다.

하지만 사다리차와 연결한 고정 벨트가 그녀의 발목을 잡았다.

"피하세요!"

그때였다.

화면 속 내가 소리치며 최수나를 옆으로 밀쳤다.

쿵!

최수나는 간신히 바위를 피할 수 있었다.

하지만 그 충격으로 사다리차 전체가 크게 출렁거렸다.

사다리차의 난간을 잡고 간신히 균형을 잡은 최수나가 고개를 들었을 때 이미 화면 속 나는 구체 위로 떨어지고 있었다.

그녀를 밀친 반동으로 튕겨 나간 탓이었다.

화면 속 내가 최수나에게 통신을 보냈다.

"……이런 또 고정 벨트 매는 걸 잊어버렸네요."

최수나가 울먹이는 목소리로 소리쳤다.

"현우 씨!"

"잘 있어요, 수나 씨."

화면 속 난 그녀를 향해 미소 지으며 구체에 떨어졌다.

그 순간.

눈을 찌를 듯한 빛을 뿜어내던 도형 문자가 밧줄처럼 화면 속 나를 스르륵 묶더니 그대로 구체 속으로 끌고 들어갔다.

난 화면으로 그 모습을 지켜보다가 눈을 질끈 감았다.

저 화면 속에 나오는 나란 인물이 또 다른 나인지, 아니면 상상으로 만들어진 인물인진 나도 지금은 알 방법이 없었다.

하지만 어쨌든 나 자신이 구체에 떨어져 죽어 가는 거 같은 느낌이 들어 화면을 끝까지 보고 있기가 정말로 괴로웠다.

난 고개를 돌려 화면 반대편을 보았다.

하지만 그곳도 보고 있기 불편하긴 마찬가지였다.

탐사대와 기지 대원들이 충격파에 고장 난 사다리차를 포기하고 임시 사다리를 이용해 균열 위로 올라가려고 하였다.

최수나 역시 난간에서 내 이름을 부르며 울부짖다가 동료들 손에 이끌려 어쩔 수 없이 사다리 쪽으로 이동해야 했다.

그때였다.

구체가 갑자기 수축하다가 작은 점으로 변했다.

이윽고 그 점마저 공간에서 홀연히 자취를 감추었다.

그 여파는 어마어마했다.

반경 수십 킬로미터에 달하는 구체가 갑자기 사라지면서 균열을 중심으로 엄청난 충격파가 일어 달 전체에 금이 갔다.

임시 사다리를 잡고 올라가던 탐사대와 기지 대원들 역시 그 충격파에 휩쓸려 이곳저곳에 부딪히다가 우주로 날아갔다.

최수나는 최후의 순간, 구체가 있던 방향을 멍한 시선으로 보다가 옆에서 날아온 바위에 맞아 우주 공간으로 사라졌다.

급기야 완전히 쪼개진 달 일부가 지구의 인력에 이끌려 갔다.

얼마 후, 달 일부가 대기권을 뚫고 낙하해 초거대 크레이터가 발생했다.

그 후에도 부서진 달 일부가 몇 차례 지구와 충돌했다.

사실상 거기서 지구는 끝난 셈이었다.

맑고 파랗던 지구는 곧 먼지에 뒤덮여 노란색으로 바뀌었다.

그리고 종말을 맞이한 지구처럼 화면도 재생을 멈췄다.

6

의식을 돌아오자 서둘러 본진으로 복귀했다.

그리고 왕두석에게 당분간 아무도 들이지 말란 엄명을 내렸다.

잠시 후, 난 옥좌에 앉아 화면 속 영상을 생각했다.

우선 지구 종말이 내 예상보다 빠른 점에 놀랐다.

미국 민간 업체가 광물 실험을 하다가 달 지하에서 무언가를 발견했단 말을 처음 들었을 때부터 약간 의심하긴 했다.

하지만 열흘도 지나지 않아 지구에 진짜 종말이 올지 몰랐다.

아, 엄밀히 말하면 지구 종말은 아니지.

지구는 아직 살아 있고 생명체만 다 죽은 거니까.

어쨌든 종말이란 표현이 이보다 확실한 상황은 없었다.

이건 운석 충돌이나 화산 폭발로 일어난 대멸종이 아니었다.

말 그대로 모든 것의 끝, 즉 종말이었다.

찰스 2세가 런던탑에서 이미 알려 준 거라, 막상 닥쳐도 그렇게 놀라지는 않을 거로 예상했는데……, 실제가 아닌, 단순 영상으로 보았음에도 머릿속이 멍해질 정도로 어지러웠다.

종말을 맞은 시기가 내가 있던 때보다 몇백 년 뒤였다면, 아니 몇십 년만 뒤였어도 이 정도로 충격받진 않았을 거다.

하지만 종말이 너무 빨리 닥쳤다.

그 바람에 그때까지도 지구에 살고 있던 가족, 친구, 동료들 역시 화면 속 나와 비슷한 시기에 유명을 달리했을 거다.

잠시 그들의 명복을 빌고 나서.

난 좀 더 근원적인 문제에 접근했다.

우선 팩트부터 정리했다.

찰스 2세가 알려 준 종말이 엔딩 크레딧에 나온 화면 속에서도 일어났단 뜻은 화면이 실제일 가능성이 높단 뜻이었다.

그렇다면 내가 처한 상황에 더 큰 의문이 생긴다.

나는 대체 뭐란 말인가?

난 손을 눈높이까지 들어 올려 확인했다.

찰스 2세 말대로……, 난 정말 한낱 NPC였던 걸까?

데이터와 폴리곤으로 이루어진 인공적인 존재지만 나 자신은 현종에 빙의한 이현우라고 철석같이 믿고 있는 것일까?

근데 그게 아니라면……?

현종에 빙의한 나도, 그리고 우연히 달 탐사대에 들어가 지구가 종말 맞는 현장에 있던 화면 속 나도 같은 이현우일까?

의식이 두 개로 나뉘어서 하나는 현종에게 빙의하고 남은 반은 그대로 이현우 머리에 남아 이런 상황이 일어난 걸까?

그리고 이것도 아니라면……?

설마 나와 현종의 의식이 서로 뒤바뀐 걸까?

난 고개를 저었다.

그건 아닐 거다.

화면 속 나는 정말 이현우였다.

현종의 의식이 현대의 이현우에게 빙의했다면 그가 아무리 연기를 잘해도 어딘가에서 이현우와는 다른 점이 있을 수밖에 없는데 화면을 보는 내내 위화감을 전혀 느끼지 못했다.

난 한숨을 내쉬며 옥좌에 등을 기댔다.

어쨌든 지금은 다른 저장 장치를 더 찾아보는 수밖에 없겠군.

그곳에는 뭔가 해답이 있을 테지.

난 모스크바를 아무도 살지 못하는 폐허로 만들고 나서 풀이 죽은 표트르 1세와 수도인 상트페테르부르크로 돌아갔다.

그리고 왕궁에 머물면서 표트르 1세와 대사관 설립과 같은 양국 현안을 결정짓고 벨라루스, 우크라이나로 이동했다.

러시아 국력이 세지면 벨라루스, 우크라이나 같은 동유럽 국가는 영향을 받을 수밖에 없어 미리 단속하기 위해서였다.

난 양국 수장과 국방, 경제 두 분야에서 서로 긴밀히 협력한단 협정서에 서명하고 두 나라를 조선의 우방국으로 삼았다.

물론, 러시아를 견제하기 위한 목적이었다.

동쪽에서는 조선이, 서쪽에선 폴란드, 발트 3국, 스칸디나비아 3국, 벨라루스, 우크라이나가 틀어막으면 러시아가 미국과 함께 세계를 양분하던 세상은 오지 않을 가능성이 컸다.

지금 이곳에 있는 러시아 로마노프 왕가나 국민은 내가 본 화면 속에서 지구 종말의 신호탄을 쏜 러시아완 상관없었다.

하지만 혹시 모르기에 미리 대비해 두었다.

아무래도 추운데 살다 보면 겁이 없어지는 거 같으니까.

사실 중국, 북한은 입으로만 백날 떠들 뿐이다.

하라고 멍석을 깔아 주면 오히려 뒤로 몸을 뺀다.

하지만 러시아는 다르다.

그들은 한다면 하는 민족이다.

북유럽과 동유럽을 둘러보고 나서 남유럽으로 내려갔다.

바르셀로나, 마드리드, 리스본을 둘러보고 지브롤터를 찾았다.

그리고 그곳에 건설 중이던 해군 기지와 서유럽회사 지브롤터 지사 등을 시찰하고 고생하는 병사와 근로자를 격려했다.

지브롤터를 제대로 지키기만 해도 지중해 무역은 물론이거니와 유럽의 중동, 아프리카 진출에 영향을 줄 수 있었다.

지브롤터가 흔히 말하는 지정학적 요충지인 셈이다.

다음에는 시칠리아를 거쳐 이탈리아에 상륙했다.

이탈리아는 여전히 도시 국가가 득세해 내부가 혼란스러웠다.

하지만 내가 가려는 곳은 로마 한 곳뿐이어서 이탈리아 내부 사정은 신경 쓰지 않고 바로 로마를 찾아 바티칸부터 들렀다.

바티칸 교황청은 유럽을 수십 년 동안 휩쓴 거대한 전란에서도 나름 목소리를 내며 명맥을 꾸준히 이어 오고 있었다.

난 현 교황인 인노첸시오 12세를 만나 며칠 동안 대화했다.

덕분에 인노첸시오 12세가 역대 교황 중에서 몇 안 되는 교회 개혁파라는 것을 알고 그를 약간 도와주기로 마음먹었다.

인노첸시오 12세 전의 교황들은 전란을 틈타 자기 친인척을 교황청 고위직에 앉히고 나서 교황청이 있는 이탈리아뿐 아니라, 유럽 각지에 있는 왕들에게 막대한 뇌물을 받았다.

왕들은 유럽 제패를 위해 가톨릭을 믿는 국민의 열렬한 지지, 그러니까 자발적인 입대와 경제적인 지원이 필요했기 때문에 교황에게 뇌물을 주고 그 후광을 이용하려고 들었다.

근데 인노첸시오 12세는 달랐다.

그는 우선 교황인 자신부터 검소함을 추구했다.

그리고 그 기조를 교황청과 유럽 각 교회에 강력히 적용했다.

또, 전쟁을 이용해 이득을 챙기기보다는 전쟁을 반대하고 평화를 추구함으로써 유럽 각지에 퍼진 패권주의를 경계했다.

이런 교황이라면 좀 더 오래 재위하는 편이 좋겠지.

인노첸시오 12세는 현재 심한 통풍을 앓고 있었다.

그래서 어의를 불러 교황을 진찰하게 하고 통풍약을 처방했다.

또, 식습관 개선을 통해 통풍을 관리하게 해 주었다.

아마 어의가 한 처방만 지켜도 20년은 거뜬할 거다.

교황을 만나고 나선 추기경의 안내로 바티칸 내부를 구경했다.

르네상스 때 지어진 화려한 성당과 찰스 2세가 미처 뜯어 가지 못한 거장들의 미술 작품을 감상하는 맛이 적지 않았다.

하지만 진짜 목적은 저장 장치를 찾는 데 있었다.

곧 트레비 분수가 있던 자리에서 저장 장치를 찾았다.

에펠탑처럼 트레비 분수 역시 역사보다 먼저 건립되어 있었다.

난 바로 접속했다.

의식이 다시 어딘가로 향하고 나서.

내가 감았던 눈을 다시 떴을 때였다.

고고학자가 만든 구체로 빨려 들어간 화면 속 내가 분자, 아니 원자 단위로 해체되는 거 같은 기묘한 영상이 보였다.

그리고 해체가 끝난 후에는 빠르게 소멸했다.

마치 무로 돌아가는 과정처럼 느껴졌다.

아!

근데 전부 소멸한 것은 아니었다.

뇌가 있던 곳에서 흘러나온 흰빛이 흩어지지 않고 뭉쳐 있었다.

그리고 그와 동시에 촉수처럼 생긴 케이블 하나가 공간을 뚫고 튀어나와 뭉쳐 있던 흰빛을 청소기처럼 쑥 빨아들였다.

난 너무 놀라 눈을 크게 뜨고 그 광경을 지켜보았다.

흰빛은 이현우가 가진 의식, 혹은 기억처럼 보였다.

그렇다면 촉수처럼 생긴 그 기이한 케이블은 이현우의 의식, 혹은 기억을 어딘가로 전송하는 장치일 가능성이 높았다.

외피에 있던 도형 문자에 나온 대로 데이터를 전송한 거다.

다만 그게 일반적인 정보가 아니라 신기했다.

인간의 의식이나 기억도 전송이 가능하단 걸까?

이어서 화면이 휙휙 지나갔다.

그러고 나서 한참 후에 화면이 정지했다.

새로 나타난 화면은 기이하기 짝이 없는 곳이었다.

가운데 피라미드를 닮은 검은색 구조물이 있었다.

그리고 그 주위를 총천연색으로 빛나는 빛줄기가 마치 강물처럼 엮여 한곳에서 다른 한곳으로 도도히 흘러가고 있었다.

사실 처음에는 구조물이나 빛줄기를 보고도 놀라지 않았다.

이미 놀랄 만큼 충분히 놀란 탓이었다.

근데 아니었다.

화면이 공간을 위에서 비추는 순간.

빛줄기가 지평선 끝, 아니 여기서 얼마나 떨어져 있는지 알 수조차 없는 아주 먼 끝까지 채우고 있단 사실을 알아냈다.

내가 아는 그 어떤 숫자로도 빛줄기 수를 셀 수 없을 듯했다.

여긴 대체 뭐 하는 곳이지?

막 그런 의문을 가졌을 때.

검은 피라미드 정상에 케이블이 전송한 이현우의 의식, 혹은 기억으로 보이는 흰빛이 나타나 꺼질 거처럼 깜빡거렸다.

그때였다.

금빛과 은빛 두 개가 갑자기 흰빛 앞에 나타났다.

금빛은 색은 아주 강렬했다.

하지만 가끔 빛이 흔들리는 게 안정된 상태는 아니었다.

은빛은 금빛보다 색의 농도가 훨씬 약했다.

은은하단 느낌까지 받을 정도였다.

하지만 빛 자체는 금빛보단 훨씬 안정되어 있었다.

은빛이 손처럼 생긴 촉수를 뻗어 흰빛을 가볍게 쓸어내렸다.

그 즉시, 꺼질 거처럼 깜빡이던 흰빛이 안정을 찾았다.

내가 그 화면을 보고 안도의 숨을 내쉴 때.

금빛과 은빛이 서로를 마주 보고 대화를 나누었다.

아니, 대화처럼 보이는 무언가를 주고받았다.

잠시 후, 금빛은 화가 난 듯 몸을 부르르 떨다가 갑자기 모습을 감췄다.

그러나 은빛은 떠나지 않았다.

오히려 촉수를 뻗어 흰빛을 감싸 안고 빛의 강으로 내려갔다.

강에 도착한 은빛이 다른 촉수를 빛줄기 속으로 집어넣었다.

그 순간.

빛줄기 속에서 갑자기 은하가 나타났다.

어, 저 은하는?

화면 속에 있는 익숙한 형태의 은하에 놀라고 있을 때.

카메라가 줌인하듯 화면이 은하 속 어딘가를 다시 비추었다.

아!

그 어딘가는 바로 내게도 너무 익숙한 태양계였다.

태양을 중심으로 수성, 금성 등의 여러 행성이 정해진 궤도를 그리며 빠르게 공전하는 모습이 화면 한쪽을 가득 채웠다.

지구도 눈에 들어왔다.

처음에는 화성인 줄 알았다.

하지만 순서를 보니까 화성이 아니라, 지구였다.

다만, 처음엔 대기가 노랗게 변해 알아보지 못했을 따름이었다.

폐허로 변한 지구를 보며 흰빛이 갑자기 몸을 부르르 떨었다.

흰빛은 지구가 달 일부와 충돌해 종말을 맞았단 사실을 알지 못했기 때문에 지금 본 광경에 충격을 받을 수밖에 없었다.

그때, 은빛이 다시 촉수를 거두어들였다.

그 즉시, 태양계, 우리 은하가 차례대로 줌 아웃해 사라지면서 그 자리를 총천연색으로 빛나는 빛줄기 하나가 대신 채웠다.

난 그제야 저 총천연색으로 빛나는 빛줄기가 실제는 빛이 아니라, 은하나 혹은 은하가 뭉친 은하단이란 것을 깨달았다.

그렇다면 이 공간에 있는 다른 빛줄기들도?

……우주 어딘가에 존재하는 다른 은하란 뜻이겠지.

은빛은 흰빛을 데리고 다른 빛줄기들을 살펴보았다.

예상대로 다른 은하가 맞았다.

은빛이 촉수로 빛줄기를 조종할 때마다 다양하게 생긴 새로운 은하들이 화면 속에 나타나 그 신비한 모습을 드러냈다.

근데 은하의 현 상태에 따라 빛줄기 크기가 정해지는 듯했다.

전성기인 은하의 빛줄기는 줄기가 아니라, 강물처럼 보였다.

그리고 죽어 가는 은하는 빛줄기가 실처럼 가늘었다.

언제 끊어져도 이상하지 않을 정도였다.

빛줄기 굵기가 각 은하의 성세를 나타내는 거구나.

곧 놀라운 점을 하나 더 발견했다.

은빛이 촉수로 조종해 보여 준 은하계 속 행성계는 크든, 작든 상관없이 살아 움직이는 생명체가 존재한다는 사실이었다.

생명체 문명 수준은 제각각이었다.

화면이 금방 바뀌어 자세히 보진 못했지만, SF 영화에서나 볼 법한 고도 문명을 이룬 거대 집단이 있는가 하면 이제 막 문명이라 부를 만한 상태에 접어든 초소형 집단도 있었다.

우리 인류가 이룩한 문명은 어느 단계에 있었을까?

평균은 되려나?

막 그런 생각을 하는데.

은빛이 흰빛을 데리고 빛줄기를 거슬러 올라갔다.

그리고 거기서 조금 전에 본 은하를 다시 보여 주었다.

난 그제야 은빛의 의도를 깨달았다.

좀 전에 본 은하에선 이제 전성기에 접어든 종족 하나가 은하의 거의 반을 식민지로 삼고 외부 은하로 진출하고 있었다.

근데 빛줄기를 거슬러 올라가 본 은하는 상황이 전혀 달랐다.

물론, 같은 은하인 건 맞았다.

하지만 보이는 광경은 전혀 달랐다.

마치 좀 전에 본 은하의 과거에 와 있는 거 같았다.

이전 은하에서 본 것 같은 종족이 지금은 막 행성계를 벗어나 은하의 다른 행성계로 활발히 진출하는 중이었기 때문이다.

은빛은 흰빛을 데리고 더 앞으로 거슬러 올라갔다.

그리고 거기에선 그 종족이 자기네 행성에 살던 다른 종족을 절멸시키고 행성의 패권을 이제 막 장악하는 중이었다.

난 그걸 깨닫고 엄청난 충격을 받았다.

아, 이 빛줄기들은 시간 그 자체를 의미했다!

그렇다면 그걸 다루는 저 은빛은……, 고고학자라는 뜻이겠지.

7

고고학자!

찰스 2세가 한 말을 전적으로 믿진 않았다.

하지만 그는 굳이 그 시점에 나에게 거짓말할 이유가 없었다.

즉, 어느 정도는 팩트일 거란 뜻이었다.

찰스 2세가 고고학자에 대해 뭐라고 했었지?

시간의 신이 부리는 신관이라고 했나?

생각해 보니까 정말 그 말대로군.

난 시선을 화면 속 빛의 강으로 돌렸다.

그곳엔 현재, 과거가 있었다.

그리고 어쩌면 미래까지 동시에 존재하고 있을지도 몰랐다.

근데 고고학자들은 어떻게 저런 걸 만든 거지?

그냥 단순히 시간과 공간을 빛으로 표현한 시뮬레이터일까?

아니면 내가 감히 상상조차 할 수 없는 어떤 초 차원적인 방법으로 실제 있는 우주를 저런 식으로 재정립해 놓은 걸까?

어쨌든 고고학자들이 내가 지금 있는 이 EHS란 세계를 창조한 거……, 아니, EHS의 기본 시스템을 만든 건 확실하군.

아무리 시간이 남아돈다고 해도 고차원적 존재인 고고학자들이 지구에서 유행하는 게임 같은 걸 만들진 않았을 테니까.

그렇다면 EHS를 만든 진짜 제작자는 누굴까?

찰스 2세가 속한 종족?

아니면 전혀 다른 제삼자?

난 다시 화면으로 고개를 돌렸다.

그리고 고고학자가 확실한 은빛과 이현우의 기억, 혹은 의식이 뭉쳐 만들어진 것으로 보이는 흰빛의 행동을 주시했다.

은빛이 갑자기 흰빛에 촉수를 뻗었다.

흰빛은 움찔했다.

하지만 촉수를 피하진 않았다.

애초에 흰빛을 죽이려 했다면 오래전에 그렇게 했을 테니까.

그리고 동작이 굼떠 애초에 피할 방법도 없었고.

그 순간.

촉수가 꿀렁거리며 무언가를 흰빛에 주입했다.

아!

난 화면 속 영상을 보며 탄성을 터트렸다.

꿀렁거리며 무언가를 흰빛에 주입하던 촉수 표면에 이젠 익숙한 도형 문자가 계속 떠올랐다가 사라졌기 때문이었다.

다만, 사라지는 속도가 워낙 빨라 무슨 뜻인진 알아내지 못했다.

그렇지만 은빛의 의도는 알 수 있었다.

은빛이 흰빛에 무언가를 전수하고 있구나!

잠시 후, 은빛이 촉수를 거두어들였을 때.

흰빛이 터질 거처럼 빛을 뿜어 내다가 어느 순간.

머리와 팔다리가 튀어나오며 점차 인간의 형태를 띠어 갔다.

난 그 모습을 멍하니 보며 생각했다.

저건 나일까?

아니면 이현우의 외형을 갖춘 또 다른 나일까?

이현우의 기억을 그대로 갖고 있다면 그건 나겠지.

하지만 만약에 기억이 다 사라져서 없다면?

그땐 전혀 다른 존재라고 봐야 하는 거 아닐까?

그리고 그때.

화면이 꺼지며 시스템이 이어서 볼 거냐고 물었다.

난 아니라고 대답하고 의식을 원래 있던 곳으로 돌려보냈다.

◆◈◆

로마에서 본 영상으로 제법 많은 정보를 얻었다.

덕분에 흩어져 있던 퍼즐도 제 모습을 찾아갔다.

하지만 섣불리 단정 짓진 않았다.

어차피 지금은 추측해 봐야 소용없었다.

답은 다음 영상에 있을 테니까.

그렇다면 다음 일정을 더 서둘러야겠군.

난 며칠 더 머물러 달란 교황의 청을 뿌리쳤다.

로마를 나와선 유럽 문명의 원류에 해당하는 도시를 찾아갔다.

바로 그리스 아테네였다.

로마에 저장 장치가 있다면 아테네에도 반드시 있어야 했다.

고대 유럽 역사에서 아테네는 로마보다 더 중요한 도시였다.

아테네는 우선 민주주의가 태어난 곳이었다.

그리고 고대, 중세, 근대, 현대를 거치며 인류 문명의 한 축을 담당하던 서양 문명의 근원이 처음 모습을 드러낸 도시였다.

역사를 잘 몰라도 고대 그리스가 배출한 이들의 이름을 들어 보면 왜 그리스가 서양 문명의 근원인지 바로 알 수 있었다.

소크라테스, 플라톤, 아리스토텔레스 같은 철학자를 시작으로 아르키메데스, 유클리드, 피타고라스라 같은 수학자, 페리클레스, 알키비아데스와 같은 정치가, 헤로도토스, 투키디데스 같은 역사가, 호메로스, 에우리피데스와 같은 작가까지 그야말로 인류 문명에 영향을 끼친 인물이 수두룩했다.

그리고 그 정점에는 역시 알렉산드로스 대왕이 있었다.

문제는 그런 성세가 오래 이어지지 못했단 점이다.

그리스는 줄곧 로마 제국, 오스만 제국에 밀려 힘을 쓰지 못했다.

콘스탄티노폴리스를 점령해 동로마 제국을 멸망시킨 오스만 제국은 그리스의 거의 전 지역을 제국의 식민지로 삼았다.

근데 그 오스만 제국이 서쪽에서 쳐들어온 영국-프랑스 동맹국과 벌인 대전쟁에서 참패하며 일단 식민지에선 벗어났다.

그렇다고 그리스가 독립했단 뜻은 아니었다.

유럽 다른 나라처럼 영국-프랑스 동맹국에 간접 지배받는 제후국으로 전락해 지배국에 엄청난 전비를 바치고 있었다.

그러다가 내가 찰스 2세를 죽여서 동맹국을 일시에 무너트리자 재빨리 그리스 공화국을 세우는 기민함을 보여 주었다.

그런 그리스 국민에게 난 당연히 열렬히 환영받는 존재였다.

그리스 공화국 수반은 내가 탄 자동차에 올리브로 만든 월계관을 걸어 주었고 국민은 내가 가는 길마다 꽃잎을 뿌렸다.

난 그 꽃잎을 밟고 이동하면서 쓴웃음을 지었다.

그리스가 공화국, 즉 왕가를 두지 않는 민주주의 정치 체제를 갖출 거라곤 생각하지 못했기에 당황한 것이 사실이었다.

공화정이라…….

역사보다 최소 100년은 앞선 상황이었다.

프랑스 혁명, 미국 독립 혁명은 18세기 중후반에 일어났으니까.

아마 유럽에서 벌어진 대전쟁의 여파일 테지.

전쟁하려면 엄청난 전비가 필요하다.

그리고 그 전비 대부분은 세금에서 나온다.

즉, 전쟁을 잘하려면 국민을 더 쥐어짜야 한단 뜻이다.

당연히 수탈받은 국민, 혹은 민중들로선 불만이 쌓일 수밖에 없을 테고 그 불만은 민중 혁명으로 폭발하기 마련이었다.

독립할 절호의 기회를 얻은 그리스로서는 왕가를 세워 또 다른 상전을 모시느니 그들의 조상이 그러했던 거처럼 민주주의 공화정으로 복귀하는 것이 더 나을 거라 판단했겠지.

공화정은 당연히 왕가가 있는 유럽을 뒤흔들 터였다.

왕가를 두지 않아도 나라가 번듯하게 잘 굴러간단 사실을 깨달은 다른 나라 국민도 그리스를 모델로 삼으려 할 테니까.

아마 유럽에서는 빠르면 몇십 년, 길면 몇백 년 안에 전제 왕권이 무너지고 입헌 군주제나 공화제로 바뀔 가능성이 컸다.

그게 교육이 가진 양날의 검이니까.

교육에는 무수히 많은 장점이 있다.

하지만 권력자에게는 통치 기반이 약해짐을 의미했다.

교육받은 민중은 자신이 왜 다른 이에게 지배받아야 하는지 의문을 가질 테고 그 의문은 결국 민중 혁명으로 이어진다.

그런 점에서 조선 왕실도 안전하다고 할 수 없었다.

하지만 이미 조치는 해 두었다.

비변사 정원을 늘려 권력을 백성에게 나눠 주었다.

그런 생각을 하는데 차에 같이 탄 그리스공화국 수반이 물었다.

"아테네를 꼭 방문하셔야겠습니까?"

"무슨 문제 있소?"

"아, 아닙니다. 다만, 실망하실까 봐 그렇지요."

"아테네가 그 정도로 쇠락했소?"

수반이 입맛을 다셨다.

"오스만 제국과 베네치아가 아테네에서 전쟁을 벌였습니다. 그래서 파르테논 신전이 무너지기까지 했지요. 그 후로는 도시가 완전히 몰락해 지금은 옛 영화를 떠올리기도 힘듭니다."

"몰락했다곤 하지만 그래도 아테네는 아테네니까."

"그러시다면……, 말리지 않겠습니다."

실제로 본 아테네는 수반 말대로 완전히 몰락해 있었다.

아크로폴리스 아래에 있는 작은 마을 몇 개가 다였다.

하지만 구경할 거린 많았다.

앞서 말한 아크로폴리스를 비롯해 신들을 모신 신전과 여러 광장 등이 낡기는 했지만 그래도 아직 남아 있긴 남아 있었다.

물론, 관광은 허울뿐이고 실제론 저장 장치를 찾으러 온 길이다.

곧 아크로폴리스 근처에서 저장 장치를 발견해 접속했다.

역시 화면은 피라미드와 빛의 강이 있는 공간에서 시작했다.

은빛은 보이지 않았다.

대신, 이현우만이 공간에 남아 빛의 강 여기 저길 날아다녔다.

그러다가 어떤 빛줄기 위에 정지했다.

가운데가 터질 거처럼 부풀어 오른 빛줄기였다.

그 바람에 빛줄기 속도가 다른 곳보다 약간 느려져 있었다.

마치 교통 체증을 겪는 고속도로 같았다.

이현우는 재빨리 공중에 도형 문자를 그렸다.

그리고 그 도형 문자를 부풀어 오른 부분으로 날렸다.

그 순간.

도형 문자가 부풀어 오른 부분으로 스며들었다.

부풀어 오른 부분은 곧 고름을 빼낸 거처럼 쑥 가라앉았다.

이어 빛줄기가 다시 원래 속도로 흘렀다.

난 그 모습을 보며 고개를 갸웃거렸다.

도형 문자로 고장 난 부분을 수리하는 걸까?

예상이 맞았다.

그 후에도 빛줄기에 이상이 생길 때마다 이현우가 그쪽으로 날아가 공중에 그린 도형 문자로 고장 난 곳을 수리했다.

흠, 빛줄기를 수리하는 정비병이 된 거 같군.

그렇게 다시 얼마의 시간이 흘렀을 때였다.

은빛이 피라미드에서 나와 촉수로 이현우에게 뭔갈 전수했다.

은빛은 그러고 나서 다시 피라미드로 사라졌다.

하지만 이현우는 은빛을 따라 피라미드로 들어가지 않았다.

아니, 들어가지 않는 게 아니라, 들어가지 못한다고 봐야겠지.

화면 속 영상은 다시 일상으로 돌아왔다.

하지만 곧 전과 다른 점을 하나 발견했다.

이번에는 빛줄기를 수리하는 일만 하진 않았다.

수명이 다한 듯 가느다랗게 이어지던 빛줄기가 결국, 어느 순간 완전히 끊겨 자취를 감추면 도형 문자로 흔적을 지웠다.

그리고 그 빈 자리에 새로 태어난 빛줄기를 심었다.

이번에는 정비병이 아니라, 빛줄기를 심고 키우는 농부인가?

그런 식으로 화면 속 시간은 끊임없이 흘러갔다.

금빛은 그 뒤로 한 번도 나타나지 않았다.

대신, 은빛이 가끔 나와 이현우에게 뭔갈 전수했다.

그러면 이현우는 능력이 늘어난 거처럼 못 보던 작업을 하였다.

그러던 어느 날.

난 이현우가 기억을 잃지 않았단 사실을 깨달았다.

이현우가 가끔 지구가 있는 빛줄기를 유심히 보았기 때문이다.

심지어 얼마 후에는 은빛이 가르쳐 준 도형 문자로 빛줄기 속에 있는 태양계를 크게 확대해 유심히 지켜보기까지 했다.

물론, 그 시선은 언제나 황폐해진 지구와 달을 향해 있었다.

말을 하지 않아 그가 어떤 심정으로 지켜보는지 알지 못했다.

하지만 표정에는 절망감이 짙게 배어 있었다.

가끔은 뭔갈 추억하며 그리워하는 표정을 짓기도 했다.

이현우가 지구 다음으로 신경 쓰는 빛줄기는 반대편에 있었다.

그 빛줄기는 사실 줄기라고 표현하기 미안할 정도로 거대했다.

마치 빛이 강으로 흘러가 바다를 이룬 듯했다.

이현우는 그 빛의 바다 위에서 도형 문자를 그렸다.

잠시 후, 도형 문자가 빛의 바닷속으로 가라앉으며 행성이 나타났다.

그냥 봐도 크기가 엄청난 행성이었는데 전체가 녹색으로 빛나서 정교하게 세공한 비취 구슬을 보고 있는 거 같았다.

그 행성에서 일어나는 일도 신비했다.

가끔 누가 벌집을 건드린 거처럼 수백만, 혹은 수억 개가 넘는 거대한 비행체가 일제히 튀어나와 사방으로 날아갔다.

그리고 행성과 어느 정도 거리를 벌린 다음에는 공간을 찌부러트리는 빔을 발사하고 나서 그 빔의 뒤를 따라 사라졌다.

난 입을 쩍 벌렸다.

설마 저 종족은 중력장까지 자유자재로 조종이 가능한 건가?

그게 정말이라면 성간 비행도 가능하겠군.

그때였다.

검은 피라미드가 갑자기 진동하더니 금빛이 튀어나왔다.

이현우가 처음 도착했을 때를 포함하면 두 번째 보는 거였다.

금빛은 처음 봤을 때보다 상태가 더 좋지 않았다.

지금은 금방이라도 꺼질 것처럼 빛이 계속 깜박거렸다.

교체할 때가 지난 형광등 같았다.

금빛은 피라미드 정점에 서서 주위를 천천히 돌며 빛줄기를 관찰하다가 어느 순간, 이현우 앞에 나타나 촉수를 뻗었다.

이현우는 피할 틈도 없이 촉수에 붙잡혀 금빛에 잡아먹혔다.

난 아연한 시선으로 그 모습을 지켜보았다.

뭐, 뭐지?

지금 금빛이 이현우를 잡아먹은 거야?

8

금빛이 이현우를 잡아먹는 영상을 마지막으로 화면이 끝났다.

난 어안이 벙벙해 한참을 멍하게 서 있다가 의식을 내보냈다.

좀 전에 본 그 광경은 대체 뭐였을까?

정말 금빛이 이현우를 공격하는 장면이었을까?

아니면 내가 모르는 다른 사정이 있는 걸까?

그리고 금빛은 저번보다 왜 상태가 나빠졌지?

고고학자도 시간이 흐르면 다른 생명체처럼 쇠약해지는 걸까?

난 한숨을 내쉬며 고개를 저었다.

어차피 결론은 같았다.

다음 영상을 봐야 그 이유를 알 수 있단 결론이었다.

아테네 다음은 어디지?

오스만의 이스탄불?

아니면 예루살렘?

뭐 가까운 곳부터 가면 되겠지.

난 먼저 오스만 제국, 아니 오스만 왕국부터 찾았다.

그리스와 달리 오스만 왕국은 나와 조선군을 무척 적대시했다.

오스만 제국 원수인 영국-프랑스 동맹을 무너트린 장본인이 나였음에도 적대시하는 이유는 민족 자결주의 때문이었다.

내가 중남미, 유럽 등에서 주창한 민족 자결주의가 아나톨리아, 레반트, 메소포타미아, 이집트, 아라비아반도 등에 퍼져 나가 각지에서 오스만 제국에 대항하는 독립 전쟁이 일어났다.

그중 대부분이 현재는 오스만 제국 영향력에서 벗어나 독립 국가를 세웠고 그 바람에 제국은 왕국으로 격하가 되었다.

즉, 오스만 제국이 왕국으로 떨어진 이유 중에 나도 있던 거다.

애초에 내가 찰스 2세를 제거하지 않았으면 그들은 여전히 동맹국의 식민 지배를 받고 있었을 테지만 뒷간에 들어갈 때와 나올 때 마음가짐이 다른 게 꼭 그들만도 아니니까.

하지만 그들도 내 행보를 방해할 배짱은 없었다.

이미 모스크바가 어떤 최후를 맞았는지 유럽과 중동에 소문이 쫙 퍼진 터라, 내가 이스탄불에 가겠다고 말하니까 몇 가지 조건을 슬쩍 내밀기는 했지만 결국, 출입을 승인했다.

지브롤터가 대서양과 지중해, 그리고 유럽과 아프리카에 걸친 지정학적 요충지라면 이스탄불은 유럽과 중동을 연결하는 지정학적 요충지로 인류 역사에서 아주 중요한 도시였다.

이는 이스탄불의 이름 변천사만 봐도 알 수 있었다.

그리스 식민 도시 시절엔 비잔티온이었다.

그리고 로마 제국에 처음 편입되었을 때는 비잔티움으로 불렸다.

그러다가 로마 제국 콘스탄티누스 대제가 제국 수도를 비잔티움으로 옮길 때, 콘스탄티노폴리스란 이름을 처음 얻었다.

그렇게 천년이 흐르고 나서 동로마 제국을 멸망시킨 오스만 제국이 들어와 콘스탄티노폴리스를 코스탄티니예라고 불렀다.

사실 그 두 명칭은 같은 말이었다.

콘스탄티노폴리스의 이슬람식 이름이 코스탄티니예였다.

그리고 오스만 제국이 튀르키예로 바뀔 때, 이스탄불이 되었다.

이렇듯 이스탄불은 유럽과 중동, 기독교와 이슬람 역사를 같이 보유한 도시로 두 대륙의 교차로와 같은 역할을 하였다.

당연히 볼거리도 많았다.

이스탄불은 기독교와 이슬람 문화를 동시에 접할 수 있는 희소한 지역이라, 관광객의 흥미를 끄는 유적지가 아주 많았다.

난 구경하는 척하다가 소피아 대성당과 아야 소피아 모스크란 두 가지 이름을 가진 유적지에서 저장 장치에 접속했다.

영상은 금빛이 이현우를 집어삼킨 시점부터 다시 시작되었다.

금빛이 이현우를 완벽히 집어삼켰을 때.

검은 피라미드 안에서 은빛이 뛰쳐나왔다.

난 은빛이 금빛의 행동을 제지할 줄 알았다.

은빛이 그동안 이현우를 대하는 태도를 생각하면 당연했다.

하지만 은빛은 그 자리에 서서 움직일 기미가 없었다.

왜 말리지 않는 거지?

난 의아한 마음에 화면 속 은빛을 좀 더 자세하게 관찰했다.

빛에 덮여 있어 은빛이 말리지 않는 이유를 알기는 어려웠다.

그저 은빛이 지금 상황을 슬퍼한다는 느낌만 받았을 뿐이다.

잠시 후, 갑자기 펑 소리가 나며 금빛이 폭죽처럼 폭발했다.

뒤이어 이현우가 멀쩡한 모습으로 다시 나타났다.

그리고 금빛은 그대로 작은 빛 조각으로 변해 흩어졌다.

은빛은 흩어지는 금빛 파편을 지켜보다가 이현우를 불렀다.

이현우가 은빛에 다가갔을 때.

은빛이 이현우를 촉수로 감싸고 검은 피라미드로 들어갔다.

난 화면이 피라미드 내부를 비추지 않아 약간 당황스러웠다.

그렇게 상당한 시간이 흘렀을 무렵.

이현우는 혼자 피라미드 밖으로 나왔다.

주변에 은빛은 보이지 않았다.

이현우는 아무 일 없었던 거처럼 다시 같은 작업을 반복했다.

한마디로 말해 빛줄기를 관리하는 작업이었다.

근데 한 가지 놀라운 점이 있었다.

빛줄기를 다루는 솜씨가 월등히 좋아졌단 점이었다.

복잡한 도형 문자를 찰나 간에 완성할 정도였다.

난 그제야 금빛이 흩어지기 전에 한 행동의 의미를 이해했다.

금빛은 이현우에게 어떤 능력을 전수해 준 거였다.

다만, 그 방법이 은빛과 달라 내가 잠시 오해했을 따름이었다.

그리고 바로 지금.

이현우가 그 새로 얻은 능력이 무엇인지 나에게 보여 주었다.

이젠 일일이 도형 문자를 그릴 필요도 없었다.

손가락을 움직이면 도형 문자가 자동으로 완성되었다.

이현우는 그렇게 해서 만든 도형 문자를 빛줄기로 쏘아 보냈다.

곧 빛줄기 속에서 행성이 20개쯤 되는 행성계가 튀어나왔다.

이현우는 다시 다른 도형 문자를 그려 쏘아 보냈다.

그 순간.

행성계와 똑 닮은 두 번째 행성계가 갑자기 공중에 나타났다.

마치 행성계를 복사해서 붙여넣기까지 한 듯한 광경이었다.

다만 완벽한 복사는 아니었다.

첫 번째 행성계와 복사한 두 번째 행성계 사이에 가느다란 빛줄기가 실처럼 이어져 있어 둘이지만 하나인 형태였다.

이현우는 두 번째 행성계 내부 이곳저곳을 건드리며 조사했다.

가끔 손을 멈추고 고뇌에 찬 표정을 짓는 걸 봐선 무언가 특별한 목적이 있다기보단 새로 얻은 능력을 시험하는 듯했다.

다시 한참 후에.

이현우는 손을 뻗어 두 번째 행성계를 없앴다.

그러나 실험이 끝난 것은 아닌 듯했다.

이현우는 곧 다른 빛줄기를 찾아가 같은 일을 반복했다.

우선 행성계를 복사해 두 번째 행성계를 창조했다.

그리고 그 두 번째 행성계로 이것저것을 실험했다.

그렇게 대여섯 번을 반복했을 무렵.

이현우는 자신감에 찬 표정으로 우리 은하 쪽으로 날아갔다.

설마……?

내가 그 모습을 보며 충격에 말을 잇지 못할 때.

이현우는 태양계를 불러내 똑같은 방식으로 복사했다.

곧 가느다란 빛의 실로 이어진 두 번째 태양계가 만들어졌다.

물론, 달도, 지구도 아직 멀쩡할 때의 태양계였다.

복사를 마친 다음에는 지루한 작업의 연속이었다.

이현우는 도형 문자를 이용해서 두 번째 태양계를 조작했다.

마치 창조신이 태양계를 자기 취향에 맞게 꾸미는 거 같았다.

가장 먼저 달에 있는 초대형 구체부터 없앴다.

구체가 지구 종말의 원흉이었으니까 당연한 순서로 보였다.

그렇게 한참을 작업한 이현우가 잠시 고뇌하는 표정을 지었다.

뭔가 잘 풀리지 않는 듯했다.

그렇게 시간을 한동안 흘려보내고 나서.

이현우는 과거의 태양계로 이동해 도형 문자를 쏘아 보냈다.

도형 문자에 뒤덮인 과거 태양계에서 가느다란 실이 춤을 추며 위로 올라와 공중에 있던 두 번째 태양계와 이어졌다.

즉, 이현우가 복제한 두 번째 태양계는 실 두 가닥을 통해서 원래 있던 첫 번째 태양계와 단단히 이어져 있는 셈이었다.

하지만 두 실이 있는 위치는 달랐다.

하나는 아직 지구와 달이 종말을 맞기 직전, 그러니까 내가 달로 올라가기 직전인 시점과 이어져 있는 실인 거 같았다.

그리고 두 번째 실은 1600년대 중반 어딘가와 이어져 있었다.

그 순간.

아!

나는 이현우가 한 행동의 의미를 깨달았다.

소름이 돋으며 몸이 부르르 떨렸다.

그런 거였구나!

난 혹시 하는 생각에 다시 한번 자세히 관찰했다.

하지만 내 추측이 틀렸단 증거는 발견하지 못했다.

아니, 오히려 관찰할수록 내 추측이 맞았단 증거가 드러났다.

난 눈을 감으려 허탈한 목소리로 중얼거렸다.

"……EHS를 만든 제작자가 설마 나였을 줄이야."

이현우가 복사한 두 번째 태양계가 바로 EHS 그 자체였다.

그러면서 몇 가지 의문이 눈 녹듯이 풀렸다.

우선 화면 속 이현우가 EHS를 받지 않은 이유부터 설명하면 그건 이현우가 고고학자를 만나고 나서 태양계를 복제했기 때문에 원 시간대에선 일어나지 않은 일이었던 거다.

아마 그 시점은 내가 신 부장 전화를 받기 직전이었을 테지.

내가 신 부장 전화를 받고 출근했으면 지금까지 엔딩 크레딧에서 본 영상과 똑같은 상황이 또 벌어지게 되는 거니까.

근데 미래의 이현우가 그 시점에 내 스마트폰에 EHS를 심으면서 나는 현종으로 빙의했고 신 부장 전화는 받지 못했다.

두 번째로 풀린 의문은 NPC라던 내가 플레이어인 찰스 2세를 죽일 수 있을 정도로 빠르게 성장한 비결에 대한 거였다.

난 쓴웃음을 지었다.

찰스 2세는 착각을 해도 단단히 착각했던 거다.

NPC는 내가 아니라, 찰스 2세였다.

그리고 게임 속 진짜 플레이어는 나 한 명이었다.

패시브 스킬로 세종대왕을 경배하라 같은 사기적인 스킬이 나오고 또 공교롭게도 창덕궁에 마르지 않은 샘과 같은 오버 스펙 스킬이 있던 이유 또한 모두 이현우의 안배였다.

이현우는 도형 문자를 읽을 줄 알았으니까 세종대왕을 경배하라 스킬로 나도 도형 문자를 읽을 수 있게 만들었던 거다.

그리고 나 이외 다른 플레이어들, 그러니까 찰스 2세 같은 자들은 도형 문자를 읽을 줄 몰라 우물도, 샘도 찾아내지 못했다.

이현우가 EHS를 만든 이유는 명확했다.

그는 지구가 종말을 맞지 않는 세계를 창조하려 했을 거다.

물론, 모든 의문이 여기서 다 풀린 것은 아니었다.

하지만 이제야 전체적인 그림이 눈에 약간 들어오기 시작했다.

이것만 해도 엄청난 성과였다.

이현우는 그 후에도 EHS에 나를 위한 안배를 계속해 나갔다.

난 그 모습을 지켜보다가 접속을 종료하고 의식을 돌려보냈다.

이제 이현우가 본인이 창조한 EHS란 게임을 어떻게 활용했는지 알기 위해서는 또 다른 저장 장치를 찾아 나서야 했다.

다행히 이스탄불에서 그리 멀지 않은 곳에 예루살렘이 있었다.

예루살렘도 인류를 대표하는 도시 중 하나였다.

유대교, 기독교, 그리고 이슬람교에 모두 중요한 도시이며 21세기에 들어서도 중요성이 전혀 떨어지지 않은 도시였다.

난 예루살렘으로 이동해 저장 장치를 찾았다.

다행히 골고다 언덕 근처에서 바로 발견했다.

성경에 따르면 골고다는 그리스도가 십자가에 못 박힌 데였다.

하지만 이번엔 바로 접속하지 않았다.

그전에 우선 중동의 화약고부터 정리할 생각이었기 때문이다.

난 통곡의 벽 앞에 이슬람 전 지도자를 모았다.

물론, 협박도 빼먹지 않았다.

이번 초대를 거절하면 후환이 무궁무진하리란 걸 암시했다.

곧 오스만 왕국을 시작으로 레반트, 메소포타미아, 아라비아, 이집트 등 수십 개가 넘는 이슬람 세력의 수장이 집결했다.

이슬람이라고 해서 다 사이가 좋은 건 아니었다.

페르시아와 레반트, 이집트는 항상 물고 물리는 경쟁 관계였다.

거기다 시아파와 수니파의 종파 대결까지 있었다.

이런 상황에서 말로 서로를 설득하는 건 불가능했다.

난 결국, 그들을 모아 놓고 협박했다.

"이 자리에서 각 세력은 국경을 정하시오! 단, 명심해야 할 것이 있소! 정해진 국경은 절대 변하지 않을 거라는 점이오!"

수장들은 숨조차 죽여 가며 내 말을 경청했다.

난 만족한 미소를 지으며 말을 이어 갔다.

"한데 만약 과인의 경고를 무시하고 다른 나라의 국경을 침범하는 이가 생기면 우리 조선군이 그 나라, 그리고 그 민족을 지도상에서 아예 지워 버릴 거요! 다들 모스크바 소문을 들었을 테니까 내 얘기가 결코 허풍이 아님을 알 것이오!"

수장들은 긴장한 표정으로 고개를 끄덕였다.

그다음은 일사천리였다.

오스만 왕국 동쪽에는 쿠르드스탄이란 새 나라가 생겼다.

당연히 쿠드르족이 세운 나라였다.

또, 뜨거운 감자라 할 수 있는 예루살렘은 주인을 정하지 않고 일종의 공동 도시로 만들어 유대인과 아랍인, 그리고 기독교인이 참배할 수 있는 비무장, 다종교 도시로 만들었다.

물론, 그 운영은 조선군이 맡기로 하였다.

여러모로 귀찮은 일이지만 어차피 중동에 세력 기반이 필요했기에 예루살렘을 기반으로 중동 정세에 관여할 생각이었다.

중동엔 엄청난 석유, 가스 자원과 수에즈 운하가 있었다.

둘 다 놓치기에는 너무 아까웠다.

격론 끝에 국경이 정해지고 나선 서유럽회사 자원 사업부 직원들이 사우디, 아부다비, 쿠웨이트, 이란, 이라크 같은 석유 자원 국가 수장들을 만나 에너지 관련 협정을 맺었다.

당연히 서유럽회사가 유전 개발과 운영을 한단 협정이었다.

마지막엔 이집트 수장과 수에즈 운하와 관련한 협정을 맺어서 파나마와 수에즈, 두 주요 운하의 운영권을 손에 넣었다.

그 일까지 마치고 나서 골고다 언덕의 저장 장치에 접속했다.

드디어 길고 긴 여정의 끝이 보이는 듯했다.

9

이현우는 복제한 태양계에 여러 가지 안배를 하느라 바빴다.

물론, 안배보다는 게임을 설계하는 쪽에 더 가까웠다.

하지만 계속 그것만 붙잡고 있을 순 없는 일이었다.

빛의 강에서 사고가 쉼 없이 터져 바쁘게 돌아다녀야 했다.

이현우는 다른 빛줄기에서 일어난 사고를 수습하러 갈 때마다 복제한 태양계를 은하 속에 감춰 드러나지 않게 하였다.
은하는 우리 예상보다 훨씬 넓었다.
태양계 정도는 충분히 품어 줄 여력이 있었다.
그렇게 복제해 숨긴 태양계와 사고가 벌어진 빛의 강 사이를 수십 번 오가며 여러 가지 안배를 해 두고 있을 때였다.
어느 날.
이현우가 짬이 나서 복제한 태양계를 손보려는데.
지구와 달이 종말을 맞이하고 나서 아주 오랫동안 별다른 변화가 없던 원 태양계에 낯선 우주 세력 하나가 등장했다.
아니, 나타났단 말은 맞지 않았다.
말 그대로 침략이었다.
우주 세력은 해왕성부터 점령하며 태양으로 접근했다.
이윽고 토성, 목성을 차례로 거쳐 화성에 도달했다.
그나마 쓸 만한 행성이라 생각한 듯 그들은 화성에 정착했다.
누런색이던 화성이 빠르게 녹색으로 물들어 갔다.
난 그 모습을 보며 놀라기보단 순수하게 감탄했다.
저게 테라포밍인가?
화성은 어느새 푸른색과 녹색을 칠한 비취 구슬처럼 빛났다.
그 순간.
아, 그렇구나.
뭔가가 떠올랐지만 좀 더 지켜보기로 하였다.
그때였다.
화성에서 비행체가 날아올라 지구로 이동했다.
이어 종말을 맞이한 지구와 달 주위에서 무언가를 조사했다.

난 그제야 그 우주 세력의 정체를 확신했다.

찰스 2세가 속한 종족이 저들이었군.

찰스 2세는 인류가 지금까지 가장 멀리 날려 보낸 비행체인 보이저 탐사선과 접촉해 태양계에 지적 생명체가 있단 사실을 알아냈다고 했는데 그들이 지금 지구에 도착한 듯했다.

물론, 너무 늦게 온 탓에 인류를 만나진 못했지만.

그때였다.

낯선 우주 세력을 멀거니 지켜보던 이현우가 갑자기 뭔갈 깨달은 사람처럼 빛의 강에 있는 어떤 곳으로 급히 날아갔다.

그건 바로 빛의 바다를 이루고 있는 초거대 세력이었다.

곧 지구를 조사하던 비행체와 초거대 세력의 모성으로 보이는 비취 행성에서 발진한 비행체가 동일 함정임이 밝혀졌다.

즉, 태양계를 침략한 세력과 초거대 세력이 동일 종족이었다.

난 고개를 끄덕였다.

하긴 초거대 세력이 아니고선 태양계까지 오기 쉽지 않았겠지.

거리가 몇 광년이나 떨어져 있는지 여기선 알 방법이 없었다.

하지만 성간 비행 기술이 없다면 불가능한 일이었다.

초거대 세력을 한참 지켜보던 이현우가 다시 태양계로 향했다.

그땐 지구를 조사하던 비행체도 다시 화성으로 돌아가 있었다.

그러고 나선 그들은 화성 성층권에 거대한 장치를 설치했다.

뭔가 해서 자세히 들여다보려는데.

화성 대기에 거대한 그물 같은 빛이 반짝거리다가 어느 순간, 화성도, 그 화성에 거주하던 우주 세력도 전부 사라졌다.

뭐야?

대체 지금 어떻게 한 거야?

화면을 보던 나도 놀랐지만, 화면 속에서 그 모습을 보던 이현우도 엄청나게 놀란 듯 바로 초거대 세력으로 날아갔다.

이현우는 초거대 세력의 모성을 확대하고 나서 계속 주시했다.

그 순간.

뒤에서 홀연히 은빛이 나타났다.

이현우는 흠칫 놀라 뒤를 돌아보았다.

그때, 은빛이 촉수로 도형 문자를 그렸다.

「……파이칸 족을 보고 있었구나.」

이현우도 놀람이 가신 듯 도형 문자로 물었다.

「파이칸 족을 아십니까?」

「……잘 안다고 할 수 있지.」

「저들이 태양계에 있던 화성을 이동시킨 이유도 아십니까?」

은빛은 대답 대신, 촉수로 공중에 도형 문자를 그렸다.

그 순간, 도형 문자가 어그러지면서 어떤 화면으로 바뀌었다.

액자식 구성처럼 화면 속에 또 다른 화면이 있는 상황이었다.

작은 화면에서 독립 행성 수천 개가 모습을 드러냈다.

그리고 그중에는 좀 전에 사라진 태양계 화성도 있었다.

그때였다.

독립 행성 수천 개가 일제히 어떤 한 지정을 향해 총천연색 에너지를 빔처럼 발사해 그곳에 있는 중력을 찌부러트렸다.

어마어마한 위력이었다.

곧 그 공간 자체가 마치 벽처럼 휘어져 버렸다.

뒤이어 모든 에너지를 쏟아부은 독립 행성 수천 개가 순식간에 점으로 수축하더니 우주 먼지로 변해 천천히 흩어졌다.

깜짝 놀란 이현우가 급히 물었다.

「저들은 무슨 이유로 저런 짓을 벌이는 겁니까?」

「……이곳으로 오기 위해서다.」

「파이칸 족이 이곳으로 오는 통로를 뚫기 위해 행성 수천 개에 있던 에너지를 모아 중력장을 일그러트렸단 겁니까?」

「……그렇다.」

「파이칸 족이 왜 이곳을……?」

「……'그'가 죽었단 것을 알았기 때문이지.」

그 말에 이현우가 아연한 표정을 지었다.

난 고개를 갸웃거렸다.

은빛이 말한 '그'란 금빛을 말하는 걸까?

그게 맞는다면 좋은 의도로 오는 것 같진 않군.

화면 속 이현우도 나와 같은 결론을 내린 듯했다.

「파이칸 족이 오면 저는 어떻게 해야 합니까?」

「……넌 그냥 하던 대로 하면 된다.」

말을 마친 은빛은 순식간에 자취를 감추었다.

잠시 후, 이현우가 보던 파이칸 족 빛줄기 표면에 검은 구멍이 뚫렸다.

깜짝 놀란 이현우가 황급히 물러설 때.

구멍에서 빛이 번쩍이더니 세 명이 튀어나왔다.

아니, '명'이란 의존 명사가 인간의 수를 세는 단위라면 세 명이란 말보다는 세 마리가 튀어나왔단 말이 더 맞을 듯했다.

난 너무 놀라 침을 꿀꺽 삼켰다.

파이칸 족은 개미를 빼다 박았다.

다만, 더듬이가 없고 팔과 다리가 있단 점만 달랐다.

거기다 얼굴이 묘하게 인간과 닮아 더 소름 끼쳤다.

색도 다 달랐다.

조금 큰 개체는 푸른색과 보라색이었다.

그리고 셋 중 제일 작은 개체는 흰색이었다.

이현우를 일별한 푸른색과 보라색은 그 자리에서 사라졌다.

이현우가 깜짝 놀라 고개를 돌릴 때였다.

푸른색과 보라색 파이칸 족이 검은 피라미드 정상에 나타났다.

이건 전광석화 따위가 아니었다.

공간을 건너뛰어 순간 이동한 거나 다름없었다.

고도로 충분히 발달한 과학 기술은 마법과 구별하기가 쉽지 않다는 아서 C. 클라크의 말이 잠시 떠올랐다가 사라졌다.

그게 아니라면 파이칸 족이 마법사란 얘기일 테니.

그때였다.

검은 피라미드 정상이 갑자기 사방으로 열렸다.

기다리던 푸른색과 보라색 파이칸 족은 열린 틈으로 사라졌다.

검은 피라미드 정상은 다시 원래 모습으로 돌아왔다.

이현우가 그들에게서 시선을 돌려 정면을 보았다.

그곳엔 흰색 파이칸 족이 서 있었다.

이현우를 바라보는 눈에서 별다른 감정이 느껴지지 않았다.

오히려 그래서 더 껄끄럽게 느껴졌다.

흰색 파이칸 족이 여기 남은 목적은 명확했다.

파란색과 보라색 파이칸 족이 피라미드 내부에서 은빛과 만나는 동안, 이현우가 방해하지 못하도록 감시하는 걸 테지.

이현우도 흰색 파이칸 족의 시선을 피하지 않았다.

그렇게 얼마의 시간이 흘렀을까.

쿠웅!

검은 피라미드가 들썩거릴 정도의 굉음이 공간을 강타했다.

이어 파란색과 보라색 파이칸 족이 피라미드 밖으로 나왔다.

파란색은 혈색만 약간 나빠졌을 뿐이지만, 보라색 파이칸 족은 왼쪽 팔이 통째로 뜯겨나가 거기서 보라색 피가 흘렀다.

아마도 피라미드 안에서 은빛과 두 불청객이 충돌한 듯했다.

보라색 파이칸 족이 검은 피라미드를 향해 곤충이 낼 법한 괴이한 소리를 지르고 나서 이현우가 있는 빛줄기로 날아왔다.

난 그제야 그들이 어떻게 순간이동 하는지 알았다.

그들은 등에 투명한 날개 여섯 쌍이 있었다.

다만, 날개를 젓는 속도가 너무 빨라 순간이동처럼 보인 거였다.

파란색 파이칸 족이 흰색 파이칸 족을 불러 은밀히 속삭였다.

무언가를 당부하는 듯했다.

흰색 파이칸 족은 알아들었다는 듯 뾰족한 턱을 끄덕거렸다.

지시를 마친 파란색과 보라색 파이칸 족은 빛줄기에 뚫어 놓은 구멍을 통해 사라졌고 흰색 파이칸 족은 공간에 남았다.

빛줄기에 뚫은 구멍이 점차 줄어들다가 완전히 사라진 뒤에도 흰색 파이칸 족은 공간을 떠나지 않고 계속 남아 있었다.

아마 흰색 파이칸 족은 남아서 은빛을 감시하려는 거 같았다.

그때부터 이현우와 흰색 파이칸 족의 기묘한 동거가 시작됐다.

흰색 파이칸 족은 검은 피라미드 앞에 수문장처럼 버티고 서 있다가 이현우가 피라미드에 조금이라도 가까이 가면 은빛이 도는 톱날 같은 송곳니를 드러내 그를 멀리 쫓아냈다.

그리고 거기서 영상이 멈추더니 화면이 사라졌다.

난 의식을 원래 세계로 돌려보내고 나서 고개를 갸웃거렸다.

파이칸 족이 저러는 의도가 대체 뭐지?

은빛과 이현우를 감시하는 건 확실한데 말이야.

아무튼 지금은 다음 장치를 빨리 찾아내는 게 급선무 같군.

난 또 다른 저장 장치를 찾아 아프리카로 내려갔다.

이집트 카이로를 시작으로 몇 년에 걸쳐 아프리카를 샅샅이 뒤졌지만, 케이프타운에 이를 때까지 목적을 이루지 못했다.

케이프타운에서도 마찬가지였다.

대신, 아프리카 사바나와 정글, 사막 등을 돌아다니면서 대사관과 서유럽회사 지사를 설립해 조선의 입지를 강화해 두었다.

다음에는 아시아로 넘어가지 않고 대서양을 건너 남아메리카로 향했는데 아쉽지만 거기서도 저장 장치를 찾지 못했다.

그래서 하는 수 없이 뉴욕까지 올라갔다가 거기서 지브롤터로 넘어간 다음에 수에즈 운하를 지나 남아시아로 이동했다.

남아시아도 종교, 언어, 인종 등의 이유로 중동만큼 복잡했지만 내가 도착했을 땐 이미 어느 정도 정리가 끝난 상황이라서 깊이 개입하지 않고 저장 장치를 찾는 데 주력했다.

다행히 인도 뉴델리에서 저장 장치를 찾았다.

난 서둘러 접속했다.

화면에선 여전히 흰색 파이칸 족이 이현우와 은빛을 감시하고 있었고 이현우는 모르는 척 자기 할 일을 하고 있었다.

다만, 복제한 태양계는 건드리지 않았다.

흰색 파이칸 족이 의심할 수 있다고 판단했기 때문인 듯했다.

그러던 어느 날.

이현우는 무슨 생각을 했는지 갑자기 흰색 파이칸 족이 보는 앞에서 도형 문자로 수명이 다한 어떤 행성계를 복제했다.

그러고 나선 도형 문자로 복제한 행성계를 조작했다.

이현우가 한참을 그러고 있으니까 흰색 파이칸 족도 관심을 가지고 그가 도형 문자로 하는 행동을 유심히 지켜보았다.

그로부터 다시 한참의 시간이 흐른 후.

피라미드를 힐끗 본 흰색 파이칸 족이 이현우에게 다가갔다.

그리고 그들 언어로 이현우에게 질문을 던졌다.

이현우는 알아들을 수 있는 듯했다.

바로 파이칸 족 언어로 질문에 대답했다.

물론, 난 당연히 알아듣지 못했다.

'세종대왕을 경배하라'에 읽기, 쓰기, 독해는 있어도 듣기는 없는 탓에 그들이 나누는 대화를 그저 짐작만 할 뿐이었다.

한참 대화를 주고받은 흰색 파이칸 족은 이현우가 만든 복제한 행성계, 아니 좀 더 자세히 말하면 복제한 행성계를 게임으로 만든 것에 부쩍 관심을 가지고 다시 질문을 하였다.

그러다가 호기심을 끝내 참지 못한 흰색 파이칸 족이 이현우가 행성계를 복제해 만든 게임 속에 접속하기에 이르렀다.

난 게임이 어떻게 흘러가는지 자세히 지켜보았다.

게임에 접속하면 원 행성계와 이어진 실 두 가닥에서 필요한 정보를 불러와 복제한 행성계를 게임 속 무대로 만들었다.

흰색 파이칸 족은 게임을 하면서도 이현우와 검은 피라미드 동태를 살폈지만, 시간이 지날수록 경계심이 흐트러졌다.

난 그 모습을 보면서 어이가 없었다.

미치겠군.

저 흰색 놈이 게임에 중독됐잖아.

하긴 게임보다 재밌는 걸 찾기 쉽지 않지.

이현우는 흰색 파이칸 족이 게임을 클리어할 때마다 새 게임을 만들어 제공했고 흰색 파이칸 족은 여지없이 빠져들었다.

그때 또 하나의 의문이 풀렸다.

그래, 저놈이 바로 찰스 2세에 빙의한 놈이었군!

10

흰색 파이칸 족은 완전히 게임 중독자처럼 변해 이현우에게 계속 더 재밌는 게임을 만들어 달라고 협박하기까지 하였다.

파이칸 족이 타고난 지성과 지능이 어느 정도 수준인지는 잘 모르겠지만 이현우가 만든 게임에 중독되는 것만 보면 정신보다는 육체적인 능력이 훨씬 뛰어난 종족인 거 같았다.

그렇다면 한 가지 의문이 더 생긴다.

근데 저런 종족이 어떻게 저런 초고도 문명을 이룩한 거지?

혹시 흰색 파이칸 족만 유달리 지성이 떨어지나?

아니, 그건 아닐 거야.

그런 놈이었다면 이런 중요한 일을 맡기지도 않았겠지.

그때였다.

흰색 파이칸 족의 협박을 여러 차례 받은 이현우가 마침내 우리 은하에 숨겨 둔 복제한 태양계 쪽으로 걸음을 옮겼다.

드디어 시작하는 건가?

근데 이현우는 복제한 태양계를 보기만 할 뿐, 움직이지 않았다.

마치 아직 결정하지 못한 문제가 남아 있는 듯했다.

잠시 후, 이현우가 도형 문자로 원 태양계 쪽에서 무언가를 끄집어냈다.

아!

난 그 순간, 숨을 헉 들이켤 수밖에 없었다.

이현우가 도형 문자로 꺼낸 것의 정체를 알았기 때문이었다.

그건 바로 달에서 최후를 맞이한 최수나의 데이터였다.

이현우는 곧장 최수나의 데이터를 원 태양계의 과거에 심었다.

난 그제야 최수나와 똑같은 중전이 과거에 존재할 수 있었던 이유를 깨닫고 나서 화면 속 이현우에게 고마움을 느꼈다.

그는 막을 수 없는 비극적 사고로 사랑하는 연인을 잃었지만, 또 다른 나에게는 그 사랑을 이룰 기회를 제공해 주었다.

내가 저 이현우였다면 과연 저렇게 할 수 있었을까?

같은 의식에서 갈라져 나왔지만, 왠지 쉽지 않을 거 같았다.

이현우는 최수나를 이식한 게임을 흰색 파이칸 족에 건넸다.

흰색 파이칸 족은 당연히 기뻐하며 바로 접속했다.

화면은 거기서 끝났다.

난 한숨을 내쉬고 동남아시아, 호주를 돌아보았다.

하지만 거기서는 저장 장치를 찾지 못했다.

이번에는 남아시아에서 위로 올라가 중앙아시아를 조사했다.

하지만 그 광대한 땅에서도 저장 장치는 없었다.

난 그 순간, 당황했다.

이제 찾을 만한 곳은 다 찾아보았기 때문이다.

그나마 가능성이 있다면 모든 것의 시작이라 불러도 무방한 조선의 창덕궁, 혹은 경복궁일 텐데 왠지 그 전에 뭔가 하나 더 있을 듯한 느낌에 귀국을 결정하지 못하고 있었다.

내가 고민하고 있을 때.

왕두석이 슬쩍 다가와 물었다.

"고민이 있으시옵니까?"

"네 눈에도 그렇게 보일 정도면 고민하는 것이 맞겠지."

"어떤 고민이기에 그토록 괴로워하시는 것이옵니까?"

"우린 몇 년 동안, 전 세계 주요 도시를 방문했지?"

"그렇사옵니다."

"근데 과인이 아직 가 보지 못한 도시가 남아 있을 거 같으냐?"

왕두석은 별 고민도 하지 않고 바로 대답했다.

"딱 한 곳이 있사옵니다."

"오, 그곳이 어디지?"

"왜국이옵니다."

"왜국? 아!"

난 깜짝 놀라 자리에서 일어났다.

"그러고 보니까 왜국은 간 적이 없었구나!"

"그렇사옵니다. 그땐 친정하지 않으셨지요."

왕두석 말대로였다.

왜국을 정벌할 땐 도성에 머물렀다.

다만, 지금까지 모든 전쟁을 친정한 탓에 무의식적으로 왜국 역시 친정했을 거라 믿고 그쪽을 떠올리지 못하고 있었다.

왕두석이 슬쩍 물었다.

"왜국으로 가시겠사옵니까?"

"당연하지."

"바로 준비하겠사옵니다."

난 바로 왜국을 찾았다.

갑자기 조선 임금이 대함대를 이끌고 왜국으로 들어오자 가가 막부와 왜인들이 당황해 한동안 어찌할 바를 몰라 했다.

하지만 내가 가가 막부가 아니라, 지난 전쟁 여파로 폐허나 다름없어진 도쿄로 곧장 향하자 불안감은 곧 잦아들었다.

재침략해 온 거라면 교토나 가가 막부를 노렸을 테니까.

난 에도성에서 저장 장치를 찾아 접속했다.

이어진 화면 속에서 흰색 파이칸 족은 이현우가 공들여 제작한 EHS라는 이름의 새 게임에 접속해 정신없이 플레이했다.

그러던 어느 순간.

흰색 파이칸 족이 몸을 부르르 떨더니 눈동자가 초점을 잃었다.

난 그 모습을 보며 생각했다.

내가 런던탑에서 찰스 2세를 죽였을 때구나.

뒤이어 EHS와 원 태양계를 이어 주던 실 두 가닥도 끊겼다.

난 다시 고개를 끄덕였다.

내가 시스템의 제안에 따라 독립 차원으로 만들었을 때 같군.

그때였다.

이현우가 재빨리 검은 피라미드로 들어갔다.

이번엔 화면도 검은 피라미드 내부를 비춰 주었다.

난 피라미드 내부를 보고 깜짝 놀랐다.

끈적한 액체가 든 초대형 수족관 내부에 온갖 장치를 몸에 붙인 거인 두 명이 눈을 감은 상태로 떠 있었기 때문이다.

거인 한 명은 피부가 금색이었고 다른 한 명은 은색이었다.

금색 거인은 이미 죽은 듯 몸이 딱딱하게 굳어 있었다.

하지만 은색 거인은 분명히 아직 살아 있었다.

기다란 손가락이 가끔 꿈틀거렸다.

다만, 은색 거인도 피부가 시체처럼 창백했다.

그도 곧 숨을 거두기 직전 같았다.

저게 고고학자의 정체였단 말인가?

이현우는 곧장 은색 거인 앞으로 다가가 도형 문자를 그렸다.

「놈의 의식이 완전히 끊어졌습니다.」

은색 거인은 여전히 눈을 감은 상태에서 도형 문자로 답했다.

「……네 분신이 기대대로 잘해 준 모양이구나.」
「예, 정말 잘해 주었습니다.」
「……내 수명이 정말 얼마 남지 않았다.」

은색 거인은 그러면서 몇 가지 정보를 알려 주었다.
거인에 따르면 파이칸 족도 원래는 한 번 멸망했었다.
그때, 파이칸 족 마지막 생존자 하나가 이현우처럼 우연한 기회에 이 공간으로 흘러들어 와 고고학자들을 처음 만났다.
고고학자들은 머지않아 자신들의 수명이 곧 다할 것임을 알고 있었기에 그 생존자를 가르쳐 후계자로 삼으려 하였다.
하지만 그 생존자는 마지막 순간에 배신했다.
피라미드에 있는 데이터를 훔쳐 달아난 거다.
이 공간을 떠날 수 없었던 고고학자들은 그를 쫓지 못했다.
이를 알고 있던 배신자는 고고학자들이 가진 데이터를 이용해 파이칸 족을 재건하고 엄청난 속도로 우주를 집어삼켰다.
그러다가 금빛 거인은 오래전에 죽었고 마지막 고고학자인 은빛 거인마저 이제 곧 수명이 다한단 정보를 얻은 배신자의 후손들은 조상이 알려 준 방법으로 공간에 쳐들어왔다.
그러고 나서 은빛 거인을 협박했다.
다행히 은빛 거인에게 아직 힘이 있어 쫓아 보낼 수 있었지만,

흰색 파이칸 족이 남아 감시하는 거까지는 막지 못했다.

이현우가 급히 물었다.

「파이칸 족이 원하는 것이 무엇입니까?」

「……그들은 공간에 있는 시스템마저 가져가고 싶어 한다. 내가 죽고 나서 그들이 이 시스템마저 손아귀에 넣는다면 이 우주를 제패하는 것도 불가능한 일만은 아니게 될 테니까.」

「이 우주면……, 다른 우주도 있단 뜻입니까?」

「……그건 별로 중요한 내용이 아니다.」

「그러면 이런 시스템을 만든 목적은 말해 주실 수 있습니까?」

「……그건 우리가 어리석었기 때문이다.」

「자세히 말씀해 주십시오.」

은빛 거인이 털어놓은 내용에 따르면 그의 종족은 아주 오래전에 이미 과학 문명이 도달할 수 있는 한계를 완전히 뛰어넘어 시간과 공간 일부를 조정할 수 있는 능력까지 얻었다.

「……거기다 거의 무한대의 수명까지 얻었지.」

「그렇다면 신의 경지에 이른 것이 아닙니까?」

「……우리도 그렇게 믿었다. 하지만 아주 커다란 착각이었지.」

「무슨 문제가 있었던 겁니까?」

「……우린 신과 같은 능력을 갖췄단 사실에 도취하여 종족을 지속시키기 위해 가장 중요한 한 가지를 등한시했었다.」

「그게 대체 무엇이었습니까?」

「……번식이다.」

충격을 받은 이현우는 쉽게 입이 떨어지지 않는 듯 침묵했다.

은빛 거인은 담담히 그 후의 일에 대해 말했다.

신이 되었단 착각에 빠진 그들은 번식을 소홀히 했다.

아니, 소홀히 했다기보단 혐오한 쪽에 더 가까웠다.

그래서 그들이 위기감을 느꼈을 땐 이미 자연 번식은 물론이거니와 인공 번식마저 성공하지 못하는 상황에 도달했다.

신과 같은 능력을 갖춘 그들이 인공 번식에 실패한 원인을 은빛 거인은 그들이 신체를 너무 많이 개조한 탓으로 보았다.

인공적인 유전자 변형으로 수정 자체가 안 되는 거다.

「……그래서 고안한 방법이 바로 이 시스템이었다. 우린 우리가 가진 시간과 공간 조절 능력으로 생명체가 살고 있는 이 우주의 모든 행성계를 관찰할 수 있는 시스템을 만들었다.」

「그러고 나선요?」

「……그 셀 수 없이 많은 생명체 중에 우리 종족과 똑같은 진화 과정을 거치는 생명체가 있는지 계속해서 찾아다녔다.」

「아!」

「……하지만 예상대로 그런 행운은 지금까지 일어나지 않았다. 그리고 더 큰 문제는 무한하다고 생각했던 수명도 무한하지 않다는 거였다. 우린 차례대로 우주의 섭리에 따라 수명이 다해 죽었고 이제 내가 그 마지막 생존자인 셈이다.」

이현우는 잠시 고민하다가 물었다.

「한번 배선당한 일이 있음에도 절 받아 주신 이유는 뭡니까?」

「……너도 이미 느꼈을 테지만 내 동료는 널 받아들이지 않으려고 하였다. 하지만 다행히 내 설득에 넘어가 주었다. 그래서 소멸하기 전에 남은 능력을 너에게 주기도 하였지.」

「그렇게까지 해서 절 받아 주신 이유가 무엇입니까?」

「……이 우주에 있어서는 안 되는 이 시스템을 파괴하기 위해서다. 아, 그들이 눈치챘군. 잘 들어라. 난 이제 곧 수명이 다한다. 넌 내 수명이 다할 때, 나와 그리고 이 시스템이 가진 모든 에너지를 네가 만든 그 EHS란 곳으로 옮겨라.」

「그다음에는요?」

「……에너지에 담긴 엄청난 양의 시간과 공간의 힘이라면 네가 만든 EHS를 딱 한 번 원래 있던 곳에 덮어쓸 수 있다.」

「그럼 어떻게 되는 겁니까?」

「……EHS가 더는 게임이 아니게 된다.」

「그러면 인류의 실제 역사가 그때부터 바뀌게 되는 겁니까?」

「……그렇다. 아, 그들이 거의 다 왔군. 우선 이거부터 받아라.」

그러면서 은빛 거인이 촉수로 데이터를 이현우에게 건넸다.

이현우가 급히 물었다.

「이건 과학 기술 데이터가 아닙니까?」

「……나와 내 동료가 지금까지 연구하던 것들이다. 파이칸 족

배신자가 훔쳐 간 데이터보다 훨씬 수준이 높지. 그걸 인류에게 전달하면 파이칸 족의 위협 따윈 두렵지 않을 거다.」

「이 데이터를 손에 넣은 인류가 제2의 파이칸 족이 되어 이 우주에 좋지 않은 영향을 끼칠까 봐 걱정되지 않으십니까?」

「……이미 우리 종족은 이 우주에서 수명이 다한 종족이다. 우리가 사라진 뒤의 일까지 생각하고 싶지 않구나. 더구나 우리 전철을 밟는다면 인류도 언젠간 그 성세가 다하겠지.」

고개를 끄덕인 이현우는 은빛 거인에게 마지막으로 인사하고 나서 검은 피라미드의 핵심이 있는 부분으로 날아갔다.

그때였다. 쾅 하는 굉음이 울리며 피라미드가 무너질 거처럼 흔들렸다.

굉음은 갈수록 커졌다. 그리고 피라미드는 당장이라도 무너질 거 같았다. 파이칸 족이 피라미드를 공격하는 것이 분명했다.

잠시 후, 은빛 거인의 생명 유지 장치가 꺼졌다.

잠시 그 모습을 지켜보던 이현우가 고개를 돌렸다.

"……남은 일은 너에게 맡기마."

그러면서 이현우는 눈을 질끈 감고 버튼 하나를 꾹 눌렀다.

그 순간, 공간 전체가 순식간에 점으로 변해 EHS 시스템으로 사라졌다.

당연히 이현우 역시 그때 같이 최후를 맞았다.

◆ ◈ ◆

난 지금 창덕궁 우물 앞에 서 있었다.

도쿄에서 이현우의 최후를 보고 곧장 복귀한 길이었다.

중전, 세자, 공주, 그리고 그사이 여섯 명으로 늘어난 손자, 손녀들과 한동안 시간을 보내다가 마침내 우물을 다시 찾았다.

예상대로 우물에 마지막 저장 장치가 있었다.

난 신하들에게 우물을 가리는 전각을 건설하도록 했다.

그리고 전각 건설이 끝난 날.

난 왕두석과 홍귀남만을 데리고 들어가 저장 장치에 접속했다.

저장 장치에는 이제 영상이 없었다.

대신, 이현우가 남겨 놓은 고고학자의 과학 기술 데이터가 있었다.

난 그 데이터를 구술했다.

그러면 왕두석과 홍귀남이 옆에서 받아 적었다.

워낙 데이터의 양이 방대해 거기서만 1년 넘게 시간을 보냈다.

그러고 나서 왕두석과 홍귀남도 내보냈다.

난 시스템에 접속해 물었다.

"내가 여기서 게임을 종료하면 어떤 일이 생기지?"

「EHS 시스템이 자동으로 동일한 타임 테이블에 있는 원 태양계 위에 복사되어 현 상태에서 역사가 이어지게 됩니다.」

"게임을 종료하면 내 수명이나 스킬, 버프도 사라지는 건가?"

「그렇습니다.」

"그러면 너도 내가 얼마나 더 살 수 있는지 모르겠군."

「남은 수명은 플레이어의 신체 상황에 의해 결정될 겁니다.」

"흠, 역시 그렇군. 그래도 할 건 해야지. 아무튼 그동안 나를 위해, 아니 우리 인류를 위해 여러모로 애써 줘서 고맙다."

「감사합니다.」

"이제 끝내지."

「게임을 종료하시겠습니까?」

"그래."

잠시 후, 시스템이 사라졌다.

난 시스템을 불러 보았지만 역시 응답이 없었다.

"……뭐 이러면 된 거겠지."

난 우물을 잠시 쳐다보다가 전각을 나왔다.

초조하게 기다리던 중전과 세자, 공주 등이 뛰어왔다.

난 중전의 손을 잡고 슬쩍 물었다.

"중전은 저 하늘에 있는 달에 갈 수 있다면 가겠소?"

"전하와 함께라면 어디든 가겠습니다."

"하하, 그럼 같이 갑시다."

그로부터 다시 얼마 후.

난 신하들의 추대에 못 이긴 척하며 황제에 등극했다.

그리고 연호는 AG로 삼았다.

물론, AG는 AFTER GAME의 약자다.

황제 즉위식을 마치고 나서 중전의 손을 잡고 하늘을 보았다. 보름달이 손을 뻗으면 잡힐 거처럼 가깝게 보였다.

"이현우, 고맙다. 그리고 네가 준 이 행복 절대 놓치지 않으마."

중전이 물었다.

"이현우가 누구입니까?"

"내가 아는 가장 완벽한 게임 제작자요."

"예에?"

"하하, 그런 게 있소."

난 한바탕 웃고 나서 중전과 사랑하는 가족에게로 걸어갔다.

「THE GAME OVER」

〈완결〉